高校事変15

松岡圭祐

角川文庫
23697

1

閣僚のなかでは最年少、四十三歳の尾原輝男《おはらてるお》文科大臣は、太いフレームの眼鏡を好んだ。前に銀座《ぎんざ》で特注した黒縁が気にいっていたが、日暮里《にっぽり》高校体育祭の騒動のさなか、グラウンドに落としてしまった。

新調した眼鏡は前とまったく同じだった。なくした事実は誰にも明かしていない。避難する際にいったん眼鏡を外し、ポケットにおさめただけだった、SPにはそう説明した。眼鏡店にも買い直したことは秘密にしてもらった。取り乱した事実がマスコミに流布されるのはまっぴらだ。

なによりEL《エル》累次体に知られるわけにはいかない。どこかでゴミとして処分されたことを祈るしかなかった。

鏡のなかの自分を見ても、この眼鏡のデザインこそ正解だと確信する。中肉中背、頬が痩《こ》けてもいない尾原を、太縁眼鏡が多少なりとも細面に見せてくれる。真んなか分けの黒々とした髪とも調和する。妻がいれば、うまくバランスのとれる色彩や柄のスーツ、ネクタイを見繕ってくれるだろう。あいにく尾原は未婚だった。事情を知る身内がいないぶんだけ、自由に嘘がつける。狼狽《ろうばい》して眼鏡をなくしたりはしていない。いつも堂々たる態度の若手閣僚だ。

三十六歳で政権与党の埼玉第二選挙区支部長に就任した。衆院総選挙に与党公認で立候補、当選を果たして以降、ずっと再選がつづいている。第三次矢幡《やはた》内閣では防衛大臣政務官を務め、現在の梅沢《うめざわ》内閣で初入閣。東大法学部卒、スタンフォード大学に留学し、財務省で官僚を経験した尾原は、これでも出世が遅すぎると感じていた。

非核三原則の維持に賛成を表明するものの、じつは閣内で割り振られた役割を演じるパフォーマンスでしかない。現実には総理らと同様、集団的自衛権と先制的自衛権の行使に賛成。憲法改正、憲法九条への自衛隊の明記にも深く賛同。消費増税への反対も見せかけだけで、本音は大賛成。原発運転再開反対は嘘で、実際には推進派。夫婦別姓に賛成を表明したが、じつは断固として反対。同性婚など認められないし、女性宮家の創設にも猛反発する一方、世間には真逆の顔をしめしている。教育の無償化に賛成を装いながらも、やはり反対。たとえ社会的格差が広がろうが、国家全体の経済競争力の向上こそ優先すべき、本心ではそう考えている。

ＥＬ累次体の一員としては当然のことだ。揺るぎない愛国心を持つ知識人と権力者の総称だが、世間にその存在は公表されない。大衆という名の愚民は無知極まりない。知ったところでＥＬ累次体の真価は理解できない。

始まりは尾原が参加するよりずっと前、極右と極左の各ナショナリスト団体が複数、裏で手を結びあった段階にある。なかでも重要な役割を果たす団体は、天皇家への最大の支持基盤である神社本庁において、維天急進派《いてんきゆうしん》と呼ばれる勢力だった。いくつもの神宮の宮司らが参加し、神道と仏教系の宗教組織をも多く巻きこむことで、巨額の寄付金により活動の下地を作った。ここに政界や経済界から賛同者らが続々と合流、社会運動ではなく超法規的な工作活動により、国家改革実現をめざす基本方針ができあがった。

尾原もＥＬ累次体の全貌《ぜんぼう》を知るわけではない。ただ単なる愛国同盟ではなく、世を動かしうる大物と、明晰《めいせき》な頭脳を備えた実力者のみが極秘に集結した、ほぼそれだけの認識に留《とど》まる。当初、各団体の複合体だったころは長期的展望を見据えたうえで、徐々に社会的変化を生じさせる計画が立案されていた。ところが準備段階でシビック政変が起きてしまった。革命は急務となり、複合体においても組織の再編が進んだ。新たに生じたＥＬ累次体とは、共通のスローガンで結ばれる複雑怪奇なメンバーシップ制度であり、中枢が誰なのかは謎に包まれている。梅沢総理を筆頭に多くの政治家も名を連ねるが、ＥＬ累次体のリーダーとなると、そのなかには見当たらないようだ。神社本庁の維天急進派も、依然として強い発言権を有するが、ＥＬ累次体の運営を担っているわけではない。詳細は尾原にもまったく不明だった。

弱いままの日本では、第二第三のシビック政変を回避できない。その危機感だけでも、革命のためのあらゆる非合法活動は正当化される。ＥＬ累次体のめざす概念は、ともすると古色蒼然《そうぜん》とした回帰主義にとらえられかねないが、知性ある者なら理解できる。ＧＨＱ支配下で不平等に押しつけられた現在の憲法は、もはや時代に即していない。明治憲法の復活は世界に冠たる日本を取り戻すのに必要だった。

自虐的、反国家的な教育を排除。従軍慰安婦は強制連行ではなく公娼《こうしよう》制度にすぎず、南京《ナンキン》大虐殺もフィクションでしかない。日本政府の謝罪外交はいっさい禁止。過剰すぎる権利偏重も是正。ジェンダーフリー教育は認めない。一九九〇年代に廃止された優生保護法の早期復活をめざす。

ほかにも皇室典範を改正し、男系による皇位の安定的継承を実現する。いわゆる親《おや》学《がく》に基づく家父長制を復興。自衛隊法を改正、有事法制の整備。

すべては国家存亡を賭《か》けた改革と判断し、あらゆる非常手段にうったえてでも実現させる。日本という国家が世界の手本となれば、やがて各国がその理念に追随するだろう。ＥＬ累次体の基本概念、個人の自由への制限を、地球全体が見習うべきだ。人口急増による食糧危機や二酸化炭素問題も、それにより抑制されうる。

壮大な野望とは裏腹に、いま尾原文科大臣がたたずむのは小学校の校舎一階、閑散とした職員室だった。窓の外に昼下がりの陽射しが降り注ぐ、山々に囲まれたグラウンドがひろがっている。職員室に教員がいないのと同様、グラウンドにも児童の姿はない。きょうは日曜だからだ。

尾原はつぶやいた。「学校のグラウンドは嫌いだ。お気にいりの眼鏡をなくした日のことを、どうしても思いだすからな」

それでも神奈川の山北町《やまきたまち》にある小学校を訪ねた。文科省の権限により、校長以下教職員を排除したうえで、校舎の査察が可能になる。その名目で極秘会議の場所を確保できる。用心深いに越したことはない。ＥＬ累次体の計画が二度も頓挫《とんざ》した現時点では特にそうだ。

廊下をスーツ姿の傭兵《ようへい》らに見張らせている。職員室内にいるのは三人だけだった。無音ではない。ずっと耳障りなノイズが反響しつづける。事務机に座るひとりが、ルービックキューブをいじってばかりいるからだ。丸眼鏡にＴシャツ、デニム姿のせいで、三十七歳という実年齢より若く見える。こんなさまを第三者が見たら、政権与党のシンクタンクで課長職にある人間だとは、けっして信じないだろう。

菜嶋直之《なじまなおゆき》は、ばらばらに崩したルービックキューブの各面を丹念に観察したのち、顔をそむけた。手もとを見ずに各部を縦横に回す。最初にすべてのいろの配置を暗記しておき、それだけを頼りに面を揃えていく。やがてみごと六面が揃った。菜嶋が得意げな表情を、隣に立つ痩身《そうしん》のスーツに向ける。

スーツは真面目に直立し、かしこまった態度をしめす。年齢は四十一歳、吊《つ》りあがった両目のあいだに隆起する鷲鼻《わしばな》、築添聊爾《つきぞえりょうじ》は不快そうに菜嶋を無視した。国立大学で教鞭《きょうべん》を執る築添からすれば、菜嶋の態度はできの悪い学生そのものだろう。ただし菜嶋の賢さを知ればこそ、築添は苦言を呈さずにいる。これまでルービックキューブの奏でる雑音に、苛立《いらだ》ちをあらわにしなかった築添の忍耐強さこそ、真に評価に値する。尾原はそう思った。

「菜嶋」尾原は静かに声をかけた。「できれば知能をパズルでなく、私たちの直面する問題に向けてもらいたいが」

音がやんだ。菜嶋がルービックキューブを机に置いた。丸眼鏡を外し、布で拭《ふ》きつつ菜嶋がいった。「梅沢総理風にいえば異次元の少子化対策。特別支援学校の大幅予算削減。ＥＬ累次体が国家改革のため推進してきた計画がいずれも頓挫。まさに由々しき問題です」

築添が半ばあきれ顔になった。「計画立案の役目にありながら、由々しき問題などと論評のような口ぶりとは」

菜嶋は平然と眼鏡をかけ直した。「計画実行の責任者である築添氏にとっても、他《ひ》人《と》ごとではないはずですがね。失敗の要因など熟考せずとも明白です。優莉《ゆうり》匡太《きょうた》元死刑囚の六女にして、友里《ゆうり》佐知子《さちこ》による胎児ステロイド実験の産物。奇怪な小娘の存在こそ想定外でした」

尾原のなかに憤りがこみあげた。「もう想定外では済まされん。日暮里高校一年の女子生徒ごときに、重要な計画を二度も潰《つぶ》されたんだぞ。多額の資金を提供した神社本庁の維天急進派も怒り心頭だ。なにしろ杠葉《ゆずりは》瑠那《るな》は巫女《みこ》だからな」

築添が真顔できいた。「神社本庁の権限で、杠葉瑠那の義父母に圧力を加えられないのですか」

菜嶋は苦笑した。「狭義の神社本庁とは、渋谷《しぶや》区代々木《よよぎ》にある事務組織でしかありません。省庁ではなく民間団体です。全国津々浦々に八万もある神社のすべてを、どうにかできるとお思いですか。そこまでの中央集権体制など確立されていないんです。

維天急進派も事務総長までは取りこめていないですし」

とはいえ杠葉瑠那が小さな神社に育った事実は、神社本庁の維天急進派にとって面白くない話にちがいない。尾原は声を荒らげた。「杠葉瑠那の排除はEL累次体にとって最優先事項だ」

築添が唸《うな》った。「優莉匡太の六女という事実は公にされていません。これを報道させるだけでも社会的抹殺は可能かと」

菜嶋はふたたびルービックキューブを手にとった。「築添教授。客観的思考は不得手ですか？　そりゃ優莉架禱斗《かいと》の妹だと暴露すれば、学校じゃいじめの憂き目に遭うだろうし、ほどなく退学するかもしれない。けれども世間は同情に傾くよ。それに……」

尾原はうなずいた。「胎児のころ友里佐知子に脳組織を刻まれた。そんな生い立ちが知れたら、国際社会の哀れみを買う。杠葉瑠那は存在感を強めてしまう。満二十五歳になって共産党あたりに担ぎだされ、厄介な政敵にもなりかねん」

「では」築添が当惑顔を尾原に向けてきた。「純粋に犯罪を暴露してはどうですか。杠葉瑠那は十五にして大量殺戮《さつりく》犯なのですし」

菜嶋がせせら笑った。「証拠がない」

築添はむっとして菜嶋を見つめた。「疑惑を報じれば充分のはずだ」

「どう報じるんですか？　奥多摩《おくたま》の山中で戦車を乗りまわし、相模湾《さがみ》上で元NPAと渡り合ったとでも？　EL累次体の計画に触れざるをえなくなります。公安警察にしろ刑事警察にしろ一枚岩ではありません。EL累次体への賛同者もいれば敵対者もいる。抵抗勢力に追及の機会を与えてはならない」

「それなら」築添が声をひそめた。「杠葉瑠那を殺害する以外には……」

気が鬱《うつ》する。尾原はため息をついた。「殺害は何度も試みた。現実問題として物理的に困難だとわかった。戦場育ちの瑠那は非常に用心深い。身体能力も秀でている。常人離れした能力で罠《わな》を察する」

「思いきった手段にうったえれば、命を奪うことは可能でしょう。たとえば彼女が自宅にいるときを見計らい、江東区《こうとう》の阿宗《あそう》神社と周辺一帯を、広範囲に爆破するとか」

菜嶋が嘲笑《ちょうしょう》じみた笑い声を発した。「こりゃ驚いた！　先生、ずいぶんと乱暴なやり方を提言なさる。でも根本的な問題を見失っておられませんか」

築添が菜嶋を睨《にら》んだ。「なんの話だね」

「生粋の愛国心の持ち主ばかりの寄り合い所帯、EL累次体は高度な知力と実行力をもって、世界に冠たる日本の構築をめざしています。なのに住宅街で大爆発事故？

治安の悪さでベネズエラと肩を並べてどうしますか」

「十代女子の連続失踪《しっそう》致死や、特別支援学校の大規模被害は、計画上やむをえないこと認められたはずだ」

「それらは当初そうでした。しかし計画はいずれも失敗し、世が物騒になっただけ。あまりに陰惨な事件や事故がつづくと、国家そのものの評価が下がります。政治も宗教も権威が失墜、国民への統率力を欠き、無秩序がはびこりますよ。そんなわけで築添教授のご提案は、EL累次体の同意を得られません」

尾原は苛立ちを募らせた。「だからこそ悩ましい。こっそり暗殺を謀るのが無理、大惨事に杠葉瑠那を巻きこむのも不可能ときてる」

菜嶋は椅子の背もたれに身をあずけた。ルービックキューブを投げあげてはキャッチする。「推奨されない殺人計画に、EL累次体から多額の予算は下りません」

校舎内にチャイムが鳴り響いた。日曜であっても放送室のプログラムタイマーを切っていない。地方ならではのおおらかさのなせるわざか。国家のあらゆる体制が一丸となるべき、そんな理想を追求する立場としては、この学校の杜撰《ずさん》さが腹立たしい。

「いいか」尾原は事務机に寄りかかった。「EL累次体へのプレゼンテーションにはコツが要る。審査では計画予算に見合う複数の利益が重視されるようだ。すなわち杠葉瑠那が死ぬだけでは不充分だ、承認が下りない」

ルービックキューブを投げあげていた菜嶋が手をとめた。「同感です。杠葉瑠那が世間の同情を集めることなく、また英雄視されることもなく、ただ社会から見放される存在になり、できれば失意のまま死を迎えるべきです」

尾原は首を横に振った。「まだ足りない。杠葉瑠那の排除だけでなく、EL累次体の理想を少なくともひとつは実現しなければ」

「そうですね……。資金を提供する神社本庁の維天急進派と、宮司らの願いを叶《かな》えられれば申しぶんないでしょう。杠葉瑠那の死により、彼らの望みも果たされる、そんな一挙両得こそが、EL累次体に計画を認めさせうるのです」

「維天急進派や宮司たちの望みというと……」

「ジェンダーフリー、ジェンダーレス、ジェンダーニュートラルのいずれにも猛反対。トランスジェンダーなど認めず、LGBTQは言語道断とみなしています。そのあたり神社本庁とは意見の食いちがいがあるようですが、維天急進派はこれらの撲滅を願っています」

「興味深い話だが」尾原は腕組みをした。「杠葉瑠那は同性愛に無縁だろう。その種の情報はまったくきいたおぼえがない。杠葉瑠那を抹殺する方法があるとして、それらの案件にどう絡める？」

ふいに築添が気色ばんだ。「そういうことなら適任者がいます」

「適任者？」尾原はきいた。

「ああ」菜嶋が椅子の背もたれから身体を起こした。「築添教授。もしかしてあの小娘のことですか」

築添が神妙にうなずいた。「そう。彼女だ」

「こいつは面白い！」菜嶋が立ちあがった。「僕の聡明《そうめい》な頭脳がいま、ひとつの可能性を導きだしました。すべて実現できます。世間が杠葉瑠那を見放す。杠葉瑠那も失意のうちにこの世を去る。と同時に維天急進派の希望も叶えうる。一石三鳥の絶妙な計画です」

にわかに気分が昂揚《こうよう》してくる。菜嶋はＥＬ累次体の優秀なブレインだ。その彼が断言した以上は信頼が置ける。ＥＬ累次体は積極的に予算を承認するだろう。頭痛の種だった杠葉瑠那の抹殺、しかもＥＬ累次体の理想の実現にひと役買える。尾原自身の地位向上にもつながるはずだ。

「すぐに計画を固めよう」尾原は鼻息荒くきいた。「その適任者とやらはどこの誰だ？」

2

日本でも屈指の資産を有する神社といえば、まず明治《めいじ》神宮が挙げられる。なにしろ原宿《はらじゅく》駅に隣接する約二十二万坪もの広大な神域がある。山手《やまのて》線沿いにある神社は、駐車場を所有するだけでもひと財産といわれるが、明治神宮は桁外《けたはず》れだった。境内だけで数兆円の資産価値を計上、そのうえ神宮球場から明治記念館まで、すべて明治神宮の子会社が運営している。

そんな明治神宮と双璧《そうへき》をなすのが、長野県松ヶ瀬《まつがせ》山麓《さんろく》にある杢子《もくし》神宮だった。皇祖を祀《まつ》る神宮の多くが、軒並み観光名所化したのに対し、杢子神宮は閉鎖的な方針で知られる。内部で働く神職に寮があたえられ、通勤の必要がない。福祉も重視している。児童養護施設を兼ねていて、保護者のいない少女らを巫女《みこ》として雇用、衣食住のすべてを提供する。このあたりヨーロッパのキリスト教会や、東南アジアの寺院と性質が似通っている。

国立大学で神学を教える築添にしてみれば、杢子神宮は計算高い営利団体にほかならない。善意の名のもとに、保護者のいない女子ばかりを集め、幼少期から宗教教育を施す。外界と半ば遮断された立地だけに、生涯を巫女に捧《ささ》げる者が大半を占める。杏子神宮の名物といえば、年にいちどだけ披露される集団巫女舞だが、このときだけは広大な境内も、物見高い参拝客で埋まる。ほかの神社に真似できないスペクタクルショーを、杏子神宮は独占している。そこだけを見ても、杏子神宮が宣伝したがる宗教組織としてのストイックさに、若干の疑問符がつく。

七月上旬、強い陽射しが照りつける松ヶ瀬山麓には、参拝客の姿もほとんどない。見渡すかぎりの境内のそこかしこで、斎服や巫女装束が厳かに歩を進める。本殿と神楽《かぐら》殿のあいだにひろがる庭園に、簗添は案内された。行く手の木陰に木製のベンチがあり、巫女装束がひとり座っている。

簗添を導く斎服姿は、権宮司《ごんぐうじ》を務める男性だった。宮司に次ぐ地位が権宮司になる。ふたりが近づくと、巫女装束が立ちあがった。徹底した礼儀作法を感じさせる振る舞いで、巫女は深々と一礼した。さすがに教育が行き届いている。

十六歳にして背の高い巫女だった。百八十センチ近くあるかもしれない。極端な小顔で、やたら細い身体については、装束に隠れた腕や脚も長いとわかる。いわばモデル体型だが、男性が思い描く理想の女性像とは少しちがう。このスレンダーさはパリコレ向きだった。すなわち同性から憧《あこが》れられるルックスそのものだろう。色白で、瞳《ひとみ》がフランス人形のように大きく、睫《まつげ》が伸びている。鼻筋もすっきり通り、唇は薄く幅が広い。両親は離婚しているが、祖父がオランダ人だと判明済みだった。どことなく和装をした西洋人の観光客にも見えてくる。ただし表情に喜びのいろはなかった。常に暗く沈んでいる。整いすぎた面立ちがクールに見せているのだろうか。そうではないと築添は思った。実際にこの巫女は伏し目がちだ。萎縮《いしゅく》した態度に不安のいろがのぞく。

権宮司がささやいた。「重大な案件とうかがっておりますが、具体的にはどのような内容でしょうか。松崎真里沙《まつざきまりさ》は問題児ですよ。ここ一年のほとんどが謹慎処分です。ほかの者のほうがよくありませんか」

「いえ」築添はあえてぶっきらぼうにいった。「こちらで決めた人選ですので」

それ以上はなにも明かさなかった。EL累次体に通じているのは宮司だけだ。権宮司に詳細を伝える必要はない。

「そうですか」権宮司は邪険にされていることを敏感に察したらしい。むっとする反応とともに権宮司がおじぎをした。「私は社務所におりますので」

権宮司は踵《きびす》をかえし立ち去った。境内の木立のなか、築添は巫女装束の真里沙とふたりきりになった。

くだけた言い方で喩《たと》えるのなら、松崎真里沙はボーイッシュだった。外見上だけではない。これまで受診した精神科医三人のうちふたりは、真里沙が性同一性障害だと推定している。残るひとりの医師は、杢子神宮が経営する地元の総合病院の所属で、宮司の顔いろをうかがった可能性がある。神社本庁の維天急進派に身を寄せる宮司は、同性婚に真っ向から反対し、LGBTは依存症にすぎないと断じている。

真里沙は頻繁に問題を起こす。同世代の巫女と、宮司いわく〝不純な交際〟をおこない、そのたび職務から外されてきた。寮住まいの巫女たちが通う、杢子神学女子高校も何度か停学になっている。現在の真里沙も謹慎中だった。あろうことか女性の担任教師とまちがいを犯したという。女性教師のほうは真里沙にすっかり心を奪われ、授業も手につかないありさまのため、やはり退職処分になった。過去に真里沙とつきあった巫女も、全員が骨抜きにされてしまったときく。

男性の簗添からすると、真里沙は美形にはちがいないものの、性的魅力は感じられない。同性から見るとちがうのだろうか。接触した巫女を次々と魅了し、堕落させるため、真里沙は邪気に満ちた厄介者と見なされていた。露骨な差別待遇を受けているが、外界の倫理観を遮断した杢子神宮においては、差別自体を批判する者もいない。

同性愛などあってはならないとする維天急進派と、その強い影響を受けるEL累次体にとって、松崎真里沙は悪魔の申し子も同然だった。杢子神宮で今後も存在を持て余すことがあるなら、いっそ抹殺すべき、宮司もひそかにそう提案している。殺人はまずいと思いとどまらせたのが、ほかならぬ築添教授だった。

法の超越はEL累次体にとって、いささかも困難なことではないが、それは国家規模の革命にかぎられる。単なる私怨《しえん》や生理的嫌悪で命を奪うことは、厳に慎まねばならない。まして宮司は神職にある。杢子神宮の風紀が、同性愛の巫女がいる以上に乱れたのでは元も子もない。

築添は真里沙を見つめた。「杠葉瑠那に関する資料を読んだか」

真里沙がぼそぼそと応じた。「拝読しました」

「どう感じた？」

「……会ったことがないのでわかりません」

「写真と文面から受けた印象だけでいい。率直に述べろ」

「高校生と巫女の仕事を両立させていて偉いと思います」

「松崎」築添はため息とともに歩み寄った。「私は宮司じゃないし、この神宮に属する者でもない。ここだけの話にしておく。もっと本音がききたい。杠葉瑠那とつきあうとしたらどうする？　好意を持てそうか？」

「……向こうがわたしを好きになってくれるとは思えません」

「きみは充分に魅力的だ。自覚もあるはずだろう」

真里沙の目がわずかに泳いだ。「書かれていることが本当なら、とても好感が持てる子です。でも、あのう……」

「なんだ」

「なぜ杠葉瑠那さんという子を紹介してくださったのですか」

瑠那に対し興味をしめしている。悪くない兆候だと築添は思った。「あいにく彼女がきみと同じ性的指向の持ち主というわけじゃないんだ。杠葉瑠那はきみを知らない」

「……そうですか」

真里沙は落胆のいろをのぞかせた。どのように想像していたかは察しがつく。杢子神宮から厄介払いされそうな現在、新たな生活が与えられるのでは、そう期待していたのだろう。ほかに問題を及ぼさないパートナーを紹介され、東京都江東区のちっぽけな神社で、ともに巫女として暮らす。杠葉瑠那の資料を渡された真里沙は、そんな希望を抱いたにちがいない。

築添は腕組みをした。「そうがっかりするな。いままで交際してきた相手も、最初からそういう趣味……というか性的指向じゃなかったんだろ？　みんなきみに出会って目覚めたといっている。その、男女以外の愛のかたちというやつにな」

同性愛という言い方を築添は避けた。真里沙が拒絶すると思ったからだ。しかし実のところ真里沙は、まったく同性愛の素地がなかった少女たちを、何人も心変わりさせている。この中性っぽさの漂う痩身《そうしん》の巫女《みこ》に、そのような魔力が備わっているとは驚きだ。生まれ持った才能といえるかもしれない。

真里沙は虚空を眺めていた。「誰を好きになるかはその人しだいです」

「杢子神宮の巫女としては忌み嫌われる考え方だ。そこはわかってるな？」

「……辛《つら》くあたられているのは感じています」

「それでも誰かとつながりを持ちたいか？　孤独には耐えかねるわけか」

沈黙が降りてきた。真里沙は哀しげに目を閉じた。あまりいじめるのは好ましくない、築添はそう思った。そもそもこの件を築添がみずから伝えにきたのは、他言無用の極秘事項だからだ。本当は十代の繊細な心と向き合いたくない。世間の〝良識派〟はこの言い方を好まないだろうが、真里沙のような同性愛者、EL累次体が見なすところの異常者はなおさらだった。傷つけずに物事を強制するのは難しい。

「松崎真里沙」築添は問いただした。「杠葉瑠那を魅了し、相思相愛になれといわれたら実行できるか」

　真里沙が困惑のいろを浮かべた。「それはどういう意味でしょうか……?」

「杠葉瑠那を落とせといってる」

「なぜですか」

「新天地を得るためだ。もう杢子神宮にはきみの居場所はない。阿宗神社で杠葉瑠那と心を通じ合わせ、ともに暮らせば、ほかの誰にも迷惑をかけずに済む」

「わたしの人生が……。それ以外にないとおっしゃるんでしょうか」

「そうだ」築添はあえて語気を強めた。「男女の健全な交流が乱れることは社会にとって害悪だ。きみが将来、新たな職場に勤めるのも、そこに不純な交際を持ちこむことになる。だから従来どおり巫女として働けばいい。世に影響を与えない小さな神社でだ」

「……杠葉瑠那さんには迷惑をかけてもいいのですか」

「彼女はまだきみを知らなくとも、相思相愛になる素地があると、私たちは判断した」

「杠葉さんは義父母と同居しているようですが」

「義父母も理解してくれる。きみと杠葉瑠那の交際が本物ならな」築添はわざと腕時計に目をやった。「松崎、あまり時間がない。間もなく夏休みだ。山梨県鳶坂《とびさか》で夏期巫女学校が開かれる。杠葉瑠那もそこに来る。事前に彼女に交際を申しこみ、巫女学校で仲を深めろ」

「わたしに選択の自由はないんですか」

「ない。阿宗神社という新天地を逃せば、きみに生きている資格はない」

真里沙が怯《おび》えたように目を伏せた。悲嘆に暮れたように小さくため息を漏らす。脅しはこれで充分だと築添は感じた。世間一般としては異常な要請にちがいない。現実の社会はLGBTQに寛容になってきている。しかし真里沙はそれを知らない。真里沙はずっと杢子神宮で肩身を狭くしてきた。杢子神宮の方針に沿い、杢子神学女子高校の授業でも、同性愛は異常性欲であり害悪だと教えている。道徳心に背きながらも、自分ではどうにもできない、真里沙はそんなジレンマに陥っているはずだ。杠葉瑠那を惚《ほ》れさせることにしか活路をみいだせない、阿宗神社しか逃げ場がないと知れば、真里沙ならではの類《たぐ》い希《まれ》な才能を発揮するしかない。同性愛者でなかった女子を確実に惚れさせるという、禁断の魔力を発動せざるをえない。

無知ゆえ人は洗脳される。外の世界を知らずに育った少女なら、いっそう選択の余地はない。

築添は淡々と告げた。「夏期巫女学校の入学申請書を提出しろ。杠葉瑠那にも手紙を書け。思いを伝える恋文をな」

真里沙の目は潤んでいた。泣きそうな顔になったものの、すぐに表情を硬くした。決心に至ったらしい。深々と頭をさげると、真里沙は築添に背を向けた。小走りに去っていく。

背後から菜嶋の声がきこえてきた。「築添教授、やりますねぇ。大学生を相手にするより、杢子神学女子高校の教師になられたら？　みんなすなおにいうことをききそうです」

築添は振りかえらなかった。「頼りない計画だ。杠葉瑠那が松崎真里沙に惚れる、その可能性にすべてを賭《か》けるのか？」

「いいや」菜嶋は歩いてくると築添の横に並んだ。「世間に相思相愛だと思わせられたら充分です。本心なんか誰にもわからない。どうせふたりとも死ぬんですから」

かつて宮司が提案した殺人とは別の方法で死に至らしめる。そこに問題はなくとも、工作手段は疑問だらけだった。築添はきいた。「どうやって相思相愛を演出する？　杠葉瑠那が興味をしめさなかったら終わりじゃないか」

「どうあっても興味をしめすよう仕向けます。恋愛感情とは別のものを餌にしてね」

「どんな？」

「具体的には松崎真里沙に、ＥＬ累次体の極秘事項を持ちださせます。それも杠葉瑠那がけっして無視できない情報です。ＥＬ累次体の全メンバーの氏名など最適でしょう」

「……偽の情報を餌に杠葉瑠那を釣るつもりか？」

「いえ。偽物じゃ見抜かれますよ。なにしろ杠葉瑠那は天才ですからね。松崎真里沙には正真正銘、本物の全メンバー名を託します」

「なにをいってる。気はたしかか」簗添は菜嶋を見つめた。「ＥＬ累次体が了承するはずがない」

「ところがもう承諾を得ているんです。計画の成功が絶対条件ですがね。杠葉瑠那は食いついてくるでしょう。彼女にとってＥＬ累次体は〝異次元の少子化対策〟で大勢の十代女子を死なせ、〝特別支援学校の予算低減策〟で蓮實《はすみ》教諭を苦しめた、悪の秘密結社です。確実に復讐《ふくしゅう》を誓っています」

「ＥＬ累次体の全容があきらかになるのなら、杠葉瑠那は飛びつくだろう。しかし傍《はた》目《め》には……」

「松崎真里沙と距離を縮め、真剣交際に発展したも同然です。これで計画は次の段階に進みます」

手もとを見ずにルービックキューブを揃える、菜嶋の高度な知性は否定しようがない。簗添は舌を巻かざるをえなかった。たしかに水も漏らさぬ計画だ。とはいえ罪悪感も残る。松崎真里沙はただの人身御供《ひとみごくう》でしかないのか。

菜嶋は簗添の心を読んだようにいった。「胸を痛める必要はありません。なぜなら松崎真里沙は僕らと同じ、EL累次体の一員ですから」

「なに？」簗添は面食らった。「彼女が？」

「正確にいえば、EL累次体なる存在は知らぬまま、抗《あらが》いがたい力に翻弄《ほんろう》されている自覚を持ち、指示どおり従順に行動した経験を有する少女です」

「彼女は過去にどんな仕事を……？」

「某私立大学の総長は五十代の女性でしたが、横領着服を働き逮捕されましたよね。杉並《すぎなみ》区で六十代の女性区議会議員も、区役所から重要文書を持ちだし逮捕。それぞれ金と文書はいまだ見つかっていません」

「どちらの事件も報道で知っているが、松崎真里沙になんの関係がある？」

「金と文書はEL累次体の手にあります。いずれの場合も松崎真里沙を差し向け、ご婦人を誘惑させたんです」

築添はさらに驚いた。「大学総長や区議会議員を……落としたのか？　そのうえで意のままに操ったと？」

「脅迫はこちらでやりました。交際を夫にばらされたくなければ、いうとおりにしろとね。松崎真里沙はみごと期待に応《こた》えてくれましたよ。彼女はずっと年上のご婦人であっても、メロメロにする能力を秘めているようです。舌の技が絶妙らしくてね」

それ以上ききたくもない。築添はさっき真里沙の立ち去った方角を眺めた。木漏れ日が地面に斑状《まだら》にひろがる。クロツグミやコゲラの鳴き声が響き渡る。

真里沙はもうＥＬ累次体に身も心も捧《ささ》げている。保護者のいない少女ゆえ、なにも見えないまま盤上の駒にされたのか。哀れな存在だと築添は思った。ただし同情には値しない。ＥＬ累次体がＬＧＢＴＱ禁止法を成立させたら、松崎真里沙はそもそも存在を許されない。いまのうちに異端児として役立てれば本望だろう。

だがなおも不安は残る。築添は菜嶋にきいた。「彼女ひとりにまかせてだいじょうぶか？」

「お目付役なら選んであります。それも十代後半の小娘ですけどね。一か月前からまた蛭本《ひるもと》女子刑務所に服役中です。父親が指定暴力団の組長で」

「ああ」思い当たるふしがある。築添はうなずいた。「世墓《せぼ》組のか」

「そうです」菜嶋はにやりとした。「世墓藪美《やぶみ》は中三のころ、もう組事務所にあった拳銃《けんじゅう》を持ちだしては、喧嘩《けんか》の場でぶっ放してました。優莉の血筋に対抗できるのはあいつだけです」

3

世墓藪美は服役初日からずっと不満だった。男の未成年犯罪者は少年刑務所に入る。だが女の場合は、藪美のように十六歳でも、成人受刑者と同じく女子刑務所に収容される。女子専用の少年刑務所、あるいは少女刑務所と呼ぶべき施設が存在しない。

女子刑務所にいる受刑者の三割以上が、覚せい剤取締法に引っかかっている。殺人を犯した者がいても、せいぜい親や交際相手を死なせたケースばかりだ。身内だろうが赤の他人だろうが、単純に腹が立った輩《やから》をぶっ殺す、そんな女は少ないらしい。おかげで雑居房でも話が合わなくて困る。

脱走への願望は日増しに募る。美容師やネイリストの職業訓練を受ければ、刃物の類いが入手できそうだが、ことはそう簡単ではなかった。職業訓練を選ぶ自由は模範囚にしかあたえられない。中学生のころから凶悪犯だった藪美は、ホームヘルパーの訓練すら受けられずにいた。炊場や工場での仕事はあるが、針一本持ちだすのさえ困難だ。現場の出入りに検身がある。全裸で四つん這《ば》いになり、膣《ちつ》や肛門《こうもん》にガラス棒を突っこまれて調べられる。異物を隠していたら懲罰房行きになる。

むかつくことばかりの毎日だが、いまに始まったことではない。かつて通っていた学校もそうだった。刑務官の態度は教師によく似ている。高慢で高圧的で、セクハラやモラハラ、パワハラのオンパレードだ。ひねくれた性格の持ち主が、合法的に職に就ける場所、それが学校と刑務所なのだろう。一歩まちがえば立場が逆転していたかもしれないのに、教師や刑務官はそう思っていない。だからよけいに腹立たしい。

学校との最大のちがいは受刑者服だった。こればかりは学校の制服よりテンションが下がる。グレーの半袖《はんそで》シャツとズボンだけで冴《さ》えない。漫画で見かける横縞《よこじま》模様の囚人服のほうがずっと洒落《しゃれ》ている。

受刑者の食事を作る炊場のわきに、藪美は立っていた。鉄格子の狭間《はざま》の通路を、複数の台車が一列になって進んでくる。台車には食材が載せてあった。食材の搬入は用度課の職員の仕事だ。受刑者はここで台車の到着をまち、荷下ろしを手伝うだけでしかない。それも自由にはおこなえない。すぐ近くを見張りの刑務官がうろついている。

藪美はいつものようにぼんやりと鉄格子を眺めていた。ふと注意が喚起される。通路と炊場を隔てる鉄格子の一部、通用口の扉が半開きになっていた。ふだんは施錠されているはずだ。

炊場で働くのも受刑者だが、やはり模範囚しか選ばれない。連中は朝の起床時間が早く、休みもばらばらのため、全員が独居房暮らしだった。そのため藪美の知り合いはひとりもいない。炊場に飛びこんだとしても味方は皆無だ。

とはいえ炊場を突っ切れば中庭にでられる。そこから塀を越えれば娑婆《しゃば》がまっている。位置関係は漠然と把握するのみだが、環境など突入してから視認すればいい。問題はいまこの場だ。台車の列が通路の幅いっぱいに迫ってくる。先頭が半開きの通用口に差しかかろうとしている。間もなく刑務官の目が扉にとまるだろう。扉が開いたままでは台車にぶつかる。刑務官は台車に停まるよう指示し、扉を閉じ施錠するだろう。

予想どおり刑務官が片手をあげた。台車が速度を緩める。刑務官の注意は当然のごとく台車に向けられている。絶えず受刑者に目を配るはずが、いまこの瞬間だけは視線が逸《そ》れていた。刑務官の手が腰のベルトに伸び、鍵束《かぎたば》をつかんだ。

藪美はその隙を逃さなかった。迷わず駆けだすや床に滑りこみ、刑務官に足払いをかける。あわただしく騒音が反響した。転倒した刑務官から鍵束をひったくる。ワイヤー付きなのは承知していた。しかもワイヤーは五十センチほどしか伸びない。それで充分だと藪美は思った。停まりかけた台車のキャスターにワイヤーを踏ませる。刑務官は勢いよく立ちあがりかけたが、ワイヤーに引き戻され、またも仰向《あおむ》けに倒れた。刑すかさず藪美は通用口に飛びこみ、後ろ手に扉を叩《たた》きつけた。警笛が鳴り響くなか、炊場を全力疾走で突っ切っていく。

広々とした調理場では、あちこちで受刑者服が立ち働く一方、それらに寄り添うように刑務官が立つ。だが刑務官らは拳銃どころか警棒さえ持たず、みな丸腰なのが常だ。武器を奪われることを警戒してのことだが、日本の刑務所に特有の風習であり、世界的にはめずらしいときく。いまも刑務官どもは、あたかも鬼ごっこの鬼のように、素手で群がってくるにすぎない。

刑務所の炊場がカセットボンベを使わないことは承知のうえだった。それでも危険物になりうる缶ならある。藪美は走りながら調理台の下方に視線を向けた。夏場だけに殺虫剤が置かれるが、料理に混入しないように床専用となっている。思ったとおり害虫駆除用の缶スプレーが目にとまった。それを拾うや手近な鍋《なべ》に放りこんだ。鍋は沸騰していたが、汁に塩分が入っているため、おそらく通常の沸点を超えている。現在は百十度近い。缶の破裂まで五秒、四秒、三秒……。

藪美は刑務官らを充分に引きつけたうえで、瞬時に床に転がり、調理台の下に潜りこんだ。ほぼ同時に爆発音が耳をつんざいた。強い振動が炊場の床を突きあげる。炎と水蒸気とともに、熱湯が辺り一面に飛散し、刑務官らが絶叫を発した。

すばやく跳ね起きた藪美は、悶絶《もんぜつ》する刑務官の背を蹴《け》り、いちどに十人ほどを薙《な》ぎ倒した。道を切り拓《ひら》くや、肉のにおいがするほうへと走った。

警報のベルがけたたましく鳴り響く。応援の刑務官らが四方のドアから突入してきた。今度はみな警棒を振りかざしている。だが銃が持ちだされるのは、逃亡者が建物をでてからになる。

刑務官たちの呼びかけに応じ、炊場の受刑者らがその場で姿勢を低くした。さすが模範囚ども、飼い慣らされた犬のように忠実に行動しやがる。藪美は走りながら笑った。愉快でたまらない。このまま死んでも悔いはないが、そうなるつもりはなかった。さんざん引っ掻《か》きまわしたうえで自由を得てやる。

炊場ではバナナの皮が粉砕されることを藪美は知っていた。食事として受刑者にだされるバナナは、いつも皮がすべて剝《む》かれている。受刑者がバナナの皮でタバコを作るのを警戒してのことだ。

だが粉砕されたバナナの皮は、用途を変えれば危険極まりない物質になる。藪美は大きな円筒の側面にある蓋《ふた》を開け放った。細切れになったバナナの皮が、床一面に雪崩をうつ。刑務官が追ってきたが、次々と足を滑らせ、派手に転倒した。

藪美は笑い声を発しつつ肉焼きグリルに達した。包丁はすべて尖端《せんたん》が丸くなっている。柄の部分にワイヤーもついていた。藪美は数本の包丁をまとめてつかみ、ワイヤーの束を肉焼きグリルの下火バーナーに這《は》わせ、上蓋を閉めた。上下から熱せられたワイヤーは強度を失う。藪美が強く引っ張ると、ワイヤーの束はぷつりと切れた。

刑務官らが体勢を立て直しつつある。藪美は両手に一本ずつ包丁を持った。わずかに角度をつけ、回転を加えながらぶん投げる。包丁はいずれもカーブを描きながら敵陣へと飛んだ。慌てふためいた刑務官たちがタコ踊りを始めたが、バナナの皮に足をとられ、思うように逃げられずにいる。包丁二本が刑務官ふたりの胸部に突き刺さった。

炊場はもはやパニック状態と化した。受刑者らが逃げ惑うなか、藪美はかまわず包丁を次々と投げた。刑務官のひとりが身を挺《てい》して受刑者を庇《かば》った。そのせいで刑務官の背に包丁の刃が命中した。のけぞる刑務官を見て藪美は甲高く笑った。

だが妙な気配を感じた。刑務官は誰ひとりとして血を噴かない。そういえばどいつもこいつも体型がずんぐりしている。制服の下に防弾防刃ベストを着ているらしい。そんな用心深さがいつ備わったのだろう。

最初から頭か首を狙うべきだった、そんな後悔は生じない。投げナイフで首を刎《は》ねるなど困難極まりない。人は顔に向かってきた物を反射的に避《よ》ける。ド素人でもそれだけはすばやい。だから胴体を的にするしかなかったが、まるでその考えを読まれていたかのようだ。

刑務官のひとりが調理台を踏みこえ、背後から襲いかかってきた。藪美は姿勢を低くした。刑務官の胸倉をつかむと、一瞬にして重心を見極め、ただちに投げ技を放った。刑務官は大鍋に落下し、叫び声を発しながら手足をばたつかせた。

藪美はもう次の脅威に向き合っていた。新たに刑務官の群れが押し寄せてくる。だが振り下ろされた警棒を、藪美は包丁の刃でインターセプトした。がら空きになった敵の腹に重い前蹴りを浴びせる。前方の刑務官らがドミノ倒しになると、別方向からの包囲が狭まってきた。藪美は軽く跳躍し、空中で片脚を高々とあげ、旋風脚《せんぷうきゃく》を食らわせた。敵勢の顔面をいっせいに蹴り倒す。調理台の上に着地した藪美は大鍋を蹴った。床に這う刑務官らに大鍋の中身をぶちまける。大勢の絶叫がこだました。

調理台に上ってきた屈強そうな刑務官が、なおも警棒で攻撃を仕掛けてくる。しかし藪美はすりこぎの棒を手にしていた。逆手に持ったすりこぎで警棒を遮り、もう一方の手でタオルをつかむ。煮えたぎる鍋にタオルを浸し、それを鞭代《むち》わりに刑務官の鼻柱を強打した。

湯を含んだタオルは硬さを増すうえ、熱が殺人的な凶器と化す。しばかれた刑務官がもんどりうって調理台から転落した。藪美も飛び下りるや床に転がり、包丁を拾った。若い刑務官がつかみかかってくる。瞬時に背後にまわり、藪美は刑務官を羽交い締めにした。包丁の刃を刑務官に突きつける。

藪美は怒鳴った。「こいつをぶっ殺すぞ！　遺族にさんざんなじられて深酒に溺《おぼ》れたくなけりゃ、とっとと外へのドアを開けろ！」

刑務官らが一様に息を呑《の》み、全身を凍りつかせた。だがそれは一瞬にすぎず、にわかに金属のきしむ音が反響した。

陽射しが炊場を照らす。外気が吹きこんできた。藪美は妙に思った。連中が脅しに屈するにしてもずいぶん早い。

そちらに視線を向けたとき、藪美は思わず歯ぎしりした。中庭に銃を構えた数十人が集結している。いずれも刑務官ではない。県警のＳＡＴの装備に近かった。こんなに迅速に駆けつけられるはずがない。

警官たちのなかに唯一の私服がいた。年齢は四十すぎ、吊《つ》りあがった目に鷲鼻《わしばな》、高そうなスーツを着ている。ゆっくりと手を叩きながら炊場に入ってくる。そのさまは陳腐なドラマに登場する悪役のボスにほかならなかった。

薮美は人質の喉《のど》もとに刃を突きつけたまま、油断なくスーツを見つめた。「交渉人の刑事？　塀の外にタクシーまわしなよ」

「あいにく刑事じゃないんだ。私は築添。職業は大学教授だよ」

「へえ。わたしはカフェ店員」

「大学教授といったのは冗談ではないんだ。きみの適性を調べに来た」

周りで刑務官らがもぞもぞと立ちあがる。火傷《やけど》は免れなかっただろうが、みな一命を取り留めている。胸や背中に包丁が刺さった連中までが、ただ苦い顔で身体を起こした。やはり制服の下に防弾防刃ベストを着ている。誰ひとり致命傷を負ったようには見えない。

中庭の警官らの群れを割り、もうひとり私服が現れた。今度はより風変わりな男だった。年齢は三十代ぐらい、丸眼鏡に黒のTシャツ姿、ルービックキューブを投げあげてはキャッチする。男がへらへらと笑いながらいった。「無駄な抵抗はやめろ、きみは完全に包囲されている。って呼びかけられたらどうする？」

　藪美は鼻を鳴らしてみせた。「そりゃ降参するしかないかもね」

「それこそ冗談だろ」男が藪美の足もとに顎《あご》をしゃくった。「ガスのホースに爪先《つまさき》をかけてる。なんのためかな」

「さあ。自分でも気づかなかった」

「人質をとったのは交渉目的じゃないよな。ガスの放出から一分間、運動を控えて息をとめるためだ。周りは中毒症状を起こし、バタバタと倒れていく。コンロに引火し爆発が起きるまで二分。その直前に中庭へ飛びだすつもりだった。ちがうか」

「あんた誰？」

「菜嶋。シンクタンクで働いている。もし警官が動員されてなきゃ、きみのもくろみは成功してた。この刑務所の警備体制では、世墓藪美の脱走はとめられなかっただろう。十六歳の女子にして、まったく驚きの強靱《きょうじん》さだよ」

「びっくりしなくても、おっさんたちより敏捷《びんしょう》なのは当然。オリンピックの体操や新体操の出場資格も、女子は十六から」

「幼少期に父親を見て育って、いろんな暴力的手法を学びとったんだな」

「わたしなりの改良を加えてる」

「あいにく炊場への通用口を開けておいたのも僕たちでね。それがなけりゃきみは最初からなにもできなかった」

「暗闇指令《くらやみしれい》がスケバン刑事《デカ》のスカウトにでも来た？」

「そんなとこだ」

築添教授がからかいぎみにつぶやいた。「ずいぶん古い漫画を知ってるんだな」

藪美は吐き捨てた。「ムショのなかの漫画、古いのしかねえの。ワノ国からエッグヘッドに移ってどうなった？」

菜嶋が落ち着いた声を響かせた。「世墓藪美。裁判では明らかになっていないが、両親と世墓組の幹部を皆殺しにしたな？　乱射に巻きこまれた通行人も大勢犠牲になった」

「事情聴取なんかとっくに終わって服役中」

「刑期が延びてほしくないのなら、私たちに手を貸してはどうかね。じつはほかの不良娘に手を焼いている」

「不良娘？」

「優莉匡太の六女だ」

闘争心が一気に燃えあがる。こんな展開こそまさしく漫画だ。藪美はきいた。「見返りは？」

問いかけにふたりの男は答えなかった。菜嶋が早口にいった。「質問するのはこっちだ。紫の服を着たブスがモテ子になった。なにいろの服に着替えた？」

いきなり菜嶋がルービックキューブを投げつけてきた。藪美は手にした包丁を投げた。投げナイフでいう無回転投法だった。腕力が包丁の飛ぶ速度に比例する。まっすぐ飛んだ刃がルービックキューブに命中した。キューブはばらばらになり、パーツが放射状に飛び散った。

包丁の尖端《せんたん》が丸く削ってあっても、勢いをつければ浅く刺さる。藪美の動体視力は標的をしっかり見極めていた。落下した包丁の刃は、キューブのパーツ一個に刺さっている。刃の先がめりこんだのは青の面だった。

菜嶋が歩み寄ってきて、それを見下ろした。さも愉快そうな笑い声を発する。藪美もつられて笑った。

築添だけが眉《まゆ》をひそめた。「青が正解なのか？　なぜだ」

藪美は軽蔑《けいべつ》とともにつぶやいた。「あか抜けなよ、教授先生」

「世墓藪美」菜嶋の細めた目に怪しい光が宿った。「名字は変えないとな。野中《のなか》にしよう。野中藪美。超一流の身体能力に奸智《かんち》、気にいった。きみこそ優等生だよ。ＥＬ累次体が歓迎する」

4

江東区の住宅街に阿宗神社はある。夏場だけに陽が昇るのが早い。杠葉瑠那はいったん巫女《みこ》装束を纏《まと》い、境内を箒《ほうき》で掃く。毎朝欠かさず参拝に訪れる近所の高齢者らに挨拶《あいさつ》する。

早くも蟬の声が響きだすころ、義母の芳恵《よしえ》とともに朝食を作る。学校へ持って行く弁当も一緒にこしらえる。義父の功治《こうじ》はきょう、公務員として区役所に出勤するためサマースーツ姿だった。社務所に隣接する自宅の一階、和室で卓袱台《ちゃぶだい》を囲む。食事を終えた義父を送りだしたのち、瑠那は自室へ戻り、日暮里高校の制服に着替えた。冬服はエンジとグレーのツートンカラーで、かなり洒落《しゃれ》たデザインだったが、夏服は膝《ひざ》丈《たけ》スカートにその特徴が残るだけでしかない。ほかは半袖《はんそで》ブラウスにリボンと、わりと質素なほうだ。

行ってきますと義母に告げ、瑠那はカバンを手にでかけた。短い参道を歩き、小さな鳥居をくぐると、静かな生活道路が横たわっている。道行く人はごく少ない。

ところがきょうはなぜか高齢の婦人が、瑠那の目の前に立ちふさがった。年齢は八十を過ぎているように見える。白髪を綺麗《きれい》にまとめ、地味ないろのチュニックにスラックス姿だった。朝の散歩がてら参拝に立ち寄った、そんな雰囲気が漂う。

婦人は一通の封筒を差しだした。洋風の横長封筒で封蠟《ふうろう》ステッカーが貼ってある。ささやくような声で婦人が告げてきた。「杠葉瑠那さんにお便りです」

不穏な空気を感じる。瑠那は手をださなかった。「誰からの手紙ですか」

「差出人はあなたと同世代です。親がおらず、代わりに育ててくれた保護者の家は神道で、いわゆる宗教二世のような立場にありました」

「あー……。わたしと同じですか」

「それが神道のなかでも、神社本庁の維天急進派を信奉する、ごく少数派の夫婦の家に引き取られてしまったようで……。思想のちがいから肩身の狭い思いをしながらも、幼少期からの洗脳もあり、そんな家庭であっても抜けだせず苦しんでいるとのことです。杠葉瑠那さんに会えたら、ぜひ現状から連れだしてほしいと」

「連れだす？　どういう意味ですか」

「この手紙の差出人は、維天急進派と関係の深いＥＬ累次体の名簿一覧を持ちだす、そう約束しています。それを手に、一緒に警察に駆けこんでもらえないかとのことです」

ぴりっと緊張の電流が神経を駆け抜ける。瑠那は胸もとに手をやった。なにげなくブラウスの胸ポケットにおさめたスマホを操作する。平然と瑠那はささやいた。「すみません。よくわからなかったので、もういちどおっしゃっていただけますか」

婦人は冷やかなまなざしで見かえした。「音声メモ機能はご遠慮ください」

沈黙があった。婦人は譲らない態度を頑《かたく》なにしめし、それっきりずっと無言を貫いた。いまの動作の意味を正確に察するとは、どうやらただ者ではない。

黙っていても始まらない。音声メモをオフにするフリをしただけで、だませる相手とも思えなかった。瑠那はふたたびスマホの画面をタップし、いっさい記録をとらない状態に戻した。

油断なく瑠那はきいた。「手紙の差出人は、わたしに会いたがってるんですか」

「そうです。近いうちにお会いすることになります」

「わたしと会う自由があるなら、その時点で家出は成立してるでしょう」

「それがそうでもないのです。保護者との精神的な結びつきは断ちがたいようで」

「EL累次体とかおっしゃいましたが、なんの話ですか」

「当然おわかりかと」婦人は瑠那に封筒を突きつけた。「お読みください」

瑠那は婦人から目を逸《そ》らさず、片手で封筒を受けとった。

もし頑として拒絶したなら、婦人は黙って引き下がり、この場から立ち去っただろう。そんな気がしてならない。それでも瑠那は突っぱねなかった。EL累次体の使いが阿宗神社を訪ねてきた。すなわち一種の脅しだった。瑠那の留守中に自宅を襲撃されたくない。義母に危険が及ぶ事態はなんとしても避けたかった。

婦人のほうも瑠那が封筒を受けとると確信していたのだろう。満足そうな笑みをこぼすと、黙ったまま立ち去った。

尾行したところでなんの意味もない。瑠那は直感的にそう思った。婦人の言葉は多分に芝居がかっていた。台詞《せりふ》を丸暗記しただけの役者仕事に思える。問い詰めたところで、おそらく真実はなにもわからない。

瑠那は封筒を開けた。なかには便箋《びんせん》が入っていた。差出人とおぼしき写真も同封してあった。

便箋を開き、文面に目を走らせる。手書きの丁寧な字が並んでいた。しかし読み始めてすぐ、瑠那は言葉を失った。思わず写真と手紙を見くらべる。自然に顔が火照《ほて》りだした。どういうつもりだろう。本気だとはとても信じられない。

気もそぞろに歩きだす。尾行の有無には常に警戒するものの、いつもよりは注意力が散漫になっている。駅前の人混みも隈《くま》なく観察できたとはいいがたい。電車に乗り日暮里駅に移動したのち、のぼせたような頭で通学路を歩く。

日暮里高校のフェンス沿いの路地まで来た。ほかにも制服が多く校門へと向かう。相談すべき相手はひとりしかいない。朝のホームルームが始まる前に一Cを訪ねよう。凜香《りんか》に意見をきかなければ……。

路上でふいに背中を叩《たた》かれた。瑠那はびくっとし振りかえった。

「おはよ」凜香が微笑とともに見つめてきた。「なんだ？　なにびっくりしてる？　瑠那らしくもない」

「凜香お姉ちゃん」瑠那はため息を漏らした。「よかった。ここで会えて」

明るく染めたショートボブに丸顔の凜香が、気遣わしげな態度に転じた。「どうかしたのかよ」

瑠那は辺りを見まわした。不審な人影は見当たらない。制服の群れが通りすぎていくだけだ。さっき婦人から受けとった封筒を瑠那は差しだした。「こんな手紙が来て」

「あ？　なんだこれ」凜香が便箋を開いた。しばし読みふけるうち、眉間《みけん》に皺《しわ》が寄ってくる。つぶやくような声で凜香がいった。「こいつは……」

「どう思いますか」瑠那は問いかけた。

「どうって……。誰がどんなふうに読んだとしても結論はひとつ。こりゃラブレターだろ」

「やっぱそうですよね……」

「かいつまんでいうと、瑠那に会ったことはねえけど、噂をきいたうえで写真を見たら、いっぺんに恋しちまったって話だよな？　寝ても覚めても瑠那のことしか考えられなくなって、いまこの瞬間もなにをしてるのか、気がかりで仕方ないとか」

「そのつづきがちょっと怖くないですか」

「あー。いま瑠那につきあってる人がいたら、死にたくなるとか打ち明けてるな」

「本気なんでしょうか」

「んー」凜香は渋い顔になった。「瑠那については、わりと正確に分析できてるな。控えめでおとなしそうに見えて、じつは芯《しん》の強さを内包してるとか、きっと運動が得意だろうとか……」

「情報を得てるだけかもしれません。この手紙を届けた高齢のご婦人が、EL累次体に言及してたので」

凜香が鋭いまなざしを向けてきた。「マジで？」

瑠那はうなずいた。「育った家庭環境から、維天急進派の宗教二世になり、どうしても抜けだせないって」

「維天急進派？」

「神社本庁でも極端な革命論者の集まりで、危険分子の扱いを受けてきた団体です。ＥＬ累次体の源流のひとつだったとしても、まったくふしぎではありません。思想が似通ってるので」

「ＥＬ累次体について、そのばあさんはなにを喋《しゃべ》った？」

「手紙の差出人がＥＬ累次体の名簿を持ちだすから、それを持って一緒に警察に駆けこんでくれないかって」

「あー……。それでこの手紙にも〝手に手を取り合って一緒に行きたい〟と書いてあるわけか。そういう意味なんだな？　一緒に逃げて、警察に駆けこむっていうか、そのまま駆け落ち希望っていうか……」

「奇妙ですよ」瑠那は当惑とともに疑問を呈した。「会ったこともないのに、わたしのなにを知ってるっていうんでしょう？　理想像を重ね合わせて美化してるだけにも思えます」

「そうかなぁ。差出人はかなり的確に瑠那のことをとらえてると思うよ？　むしろわかりすぎてるのが怪しい。瑠那の写真をどこで入手したか知らないけど、それだけでひと目惚《めぼ》れってのもなぁ……」

「でしょ？　しかもEL累次体の名簿なんかをオマケにつけて、こっちが無視できないようにしてる」

凜香が便箋を眺めながら唸《うな》った。「これがわたし宛ての手紙で、イケメンからの誘いだったら、文句なく飛びつくけどな。でも……」

「女の子だし」瑠那はつぶやいた。

「ああ」凜香は同封の写真を瑠那に向けた。「ガーリーとボーイッシュの中間かな。中性的な魅力には溢《あふ》れてるし、女子校でモテまくるタイプだろ」

長い黒髪は巫女《みこ》だからだろう。明るいいろのショートにしたほうが似合う顔立ちに思える。切実で真摯《しんし》なまなざしが印象的だった。端整な顔はきりりっと引き締まっていて、女子でもアスリートに多いタイプといえる。背丈もあるようだが、過度に身体を鍛えているわけではなさそうだ。その意味では危険を感じない。けれども……。

瑠那は思いのままを口にした。「罠《わな》っぽいですよね」

「だよな」凜香が頭を掻《か》いた。「恋愛は自由だし、女を好きになる女がいてもいいけど、この展開はどうも胡散《うさん》くさい。EL累次体の名簿を盗みだした裏切り者が、見ず知らずの瑠那と駆け落ちしたがるなんて、どうも男が書いたシナリオくさい」

「維天急進派はトランスジェンダーを認めない方針です。EL累次体もそうだとしたら、彼女が居場所を失ったのは事実かもしれません。ひょっとしたらその弱みにつけこまれ、利用されてるだけかも」

「そりゃ相手を好意的に見過ぎじゃねえか？　こいつが瑠那の命を狙ってねえってどうしていえる？」

「なんていうか……。素朴そうだし、そんなに強そうでもないので」

「おい瑠那」凜香が怪訝《けげん》そうな目を向けてきた。「この子に心が傾きかけてねえか」

「ま、まさか」瑠那はあわてて否定した。「そんなことないですよ」

自分の動揺に驚かされる。あくまで冷静にとらえようとしたが、なぜか落ち着かない。理由はどこにあるのだろう。

凜香がやれやれという顔で歩きだした。「自分を好きといわれて、そんなに嫌な気はしねえよな。たとえ相手が女でも」

瑠那は冷や汗をかく気分で、凜香に歩調を合わせた。「恋愛の経験なんてなかったので……」

「巫女だから？　男とつきあうなとかいわれてる？」

「いまの世のなかでそんなことはありません。ただきっかけがなかっただけです」

歩きながら凜香がまた便箋に目を落とした。「この松崎真里沙って子、よっぽど瑠那にぞっこんか、それともEL累次体の操り人形かだな。杢子神学女子高校一年、巫女として杢子神宮で働いてるって書いてあるけど……」

「杢子神宮は維天急進派寄りです。性同一性障害に理解なんかない。宮司からすれば真里沙さんは厄介者でしょう。使い捨ての駒に選んだのかも」

「だとしたら可哀想だけどよ。いまのところ同情は禁物。真里沙がハニートラップの名手かもしれねえんだから」

「ハニートラップって……。同性のわたしにですか?」

「ありえなくはねえだろ。注意しねえといつの間にか瑠那のほうが腑抜《ふぬ》けにされちまうかも……」

目の前に迫った校門から、巨漢のジャージ姿が駆けだしてきた。一C担任の蓮實が呼びかけた。「急げ。じきに登校時間終了になる。遅刻扱いにするぞ」

見まわすとほかの生徒らは、とっくに校内に消えていた。瑠那は恐縮ぎみに歩を速めた。「おはようございます」

凜香はまだ悠然と歩きつづけた。「瑠那と重要な話をしてたんだよ」

蓮實がむっとした。「なにが重要な話だ。先生の悪口だろ」

「なんでそんなこと……」凜香が笑った。「あー、先生。ハニートラップってのが耳に入った？　自意識過剰だろ。先生と雲英亜樹凪《きらあきな》のことじゃねえよ」

　顔面を紅潮させ蓮實が怒鳴った。「いいから早く教室に入れ！」

　瑠那は凛香とともに校門へ駆けこんだ。グラウンドを小走りに校舎へと向かう。蓮實を振りかえり、いちど軽く頭をさげたものの、けさの手紙について相談する気はなかった。凛香も蓮實に伝えるつもりはなさそうだった。

　雲英亜樹凪の籍はまだこの学校から抹消されていない。依然行方不明として扱われている。蓮實の負った心の傷はようやく癒《い》えてきたようだ。元婚約者の桜宮詩乃《さくらみやしの》とふたたび交際が始まったことも大きいのだろう。しばらくはそっとしておきたい。生徒のプライベートな問題は生徒が解決すればいい。たとえそれが命に関わることであっても。

　凛香が走りながらきいた。「夏期巫女学校で会いたいって、松崎真里沙は書いてるよな？　瑠那も夏休みに通う巫女学校のことだろ？」

「そうです。山梨県鳶坂の」

「神社本庁の維天急進派ってのがEL累次体の一部なら、巫女学校に行くなんて危なくねえか？　味方ゼロで四面楚歌《そか》に陥るかも」

「だからこそEL累次体に近づけます。中枢に飛びこむも同然かもしれません。不穏な社会を作りだす元凶がいたら、ただじゃおきません」

凜香が愉快そうに笑った。「わたしも巫女になって入学してえ。駄目かな?」

瑠那は思わず苦笑した。「神社で一年以上の助務経験がないと。願書の受付も終わってますし」

朝でも夏の陽射しは強烈だった。昇降口に駆けこむと、明暗の落差に目が慣れず、視野が真っ暗に染まってしまう。しかし瑠那に抜かりはなかった。閉じておいた片目を開けることで、すぐに暗がりに順応できた。

夏期巫女学校もやはり闇のなかにある。目眩《めくら》ましに遭った次の瞬間には、銃弾か刃《やいば》に襲われるかもしれない。だが罠を承知で乗りこむ価値はある。EL累次体の蛮行により多くの十代女子が命を落とした。その無念は血で償わせる。

5

夏休みに入った。晴れた日の昼下がり、凜香は江戸川《えどがわ》区で建築工事中の中学校に入りこんだ。

きょうは休工日のため、ほかには誰もいない。校舎の骨組と各階の床はできているが、校庭に面する壁がまだだった。おかげで四階の床に腰かけ、両脚を校舎の外にだしていられる。眺めは最高だった。はるか彼方《かなた》に東京ディズニーランドのシンデレラ城や、葛西《かさい》臨海公園の観覧車がおぼろに見えている。

完成前の校舎はありがたい。防犯カメラがないおかげで、こうしてのんびりできる。禁じられた密会には恰好《かっこう》の場所でもあった。ただし約束の時間になっても、まだ相手が現れない。徐々に苛立《いらだ》ちが募ってきた。

「ったく」凜香はペットボトルの蓋《ふた》を開けた。「あの寝坊が。いつも遅刻しやがって」

間近で結衣《ゆい》の声がした。「そうでもない。寝起きにはちがいないけど」

床に置かれた資材を覆うブルーシートのうち一枚が、いきなり取り払われた。その下から優莉結衣が半身を起こした。凜香は思わず清涼飲料水を噴いた。

「おい!?」凜香は口もとを拭《ぬぐ》いながらペットボトルに蓋をした。「結衣姉、なんだよ。ずっとそこにいたんか」

ストレートロングの黒髪に、色白の小顔、猫のごとく大きくつぶらな瞳《ひとみ》。抜群のプロポーションを、いまは紺のマキシワンピに包んでいる。長く持て余すような脚を、凜香の隣で校舎の外に投げだし、結衣は着座の姿勢になった。すばやい動作はいつもと変わらないが、本当に寝起きらしく、どこか眠たげな表情だった。

結衣が喉《のど》に絡む声でつぶやいた。「夜明け前に忍びこんで、ずっと寝てた」

凜香は面食らった。「なんでそんなに早く……」

「公安がいつも十人ぐらい見張ってる。昼間じゃ撒《ま》くのに手間取る」

「それで早めに現地へ赴いたって？　長距離トラックの運ちゃんみてえなことしやがる」

なおも結衣は寝起き直後のように、さかんに髪を撫《な》でつけていた。「あんたと会うのは簡単じゃない。十八を過ぎると弁護士もあまり守ってくれないし」

「でもメールは傍受されてねえだろ？　お父さんが逮捕直前に使ってた最高レベルの暗号変換ツールだもんな」

「今後は同じ暗号を使わないで。サンプルが増えれば解読の鍵《かぎ》が増える。よくできてるとはいっても十年前の暗号だし」

「平文《ひらぶん》に戻して読んだろ？　どう思った？」

結衣は遠方を眺めた。「わたしもいろいろ探るうちに、ＥＬ累次体のメンバーを十数人は把握できてる」

「マジか。なら瑠那が入手した名簿と照らし合わせれば……」

「ええ。本物の名簿かどうかわかる」

つまりEL累次体の全メンバー名が白日の下に晒《さら》される、その絶好の機会ではある。それにしてもと凜香は思った。「本当はお巡りの仕事だろうに。なんで高一女子が苦労しなきゃいけねえ」

「警察が信用できないのなんて、いまに始まったことじゃない」

姉の言葉は腑《ふ》に落ちた。EL累次体なるものが蔓延《はびこ》ったからではない、それ以前からだ。優莉家なら常識だった。たしかに半グレ同盟は凶悪犯の集まりではあったが、警察もそう変わらなかった。嘘をつくし脅迫するし、子供を利用しようとするうえ、幼い心も平気で踏みにじってきた。極端な違法捜査も日常茶飯事だった。

あいつらが正義感の塊なら、なぜシビック政変時に反逆せず、体制の従順な下僕でありつづけたのだろう。国家の犬とは百パーセント正確な表現だと凜香は思った。日本史で習う太平洋《たいへいよう》戦争中の官憲どもと、いまの警察は実質的に同じだった。道を誤った政府の手先になり、大衆を弾圧する。その時点でむかしの特高警察と同罪でしかない。もし徴兵制が始まった日には、どうせ目のいろを変えて、兵役逃れの若者を探しだそうとするにちがいない。なのに後になって、命令だから仕方がなかったと言いわけしやがる。凜香は中学生のころよりおとなしくなった自覚があるが、それでも交番を見かけるたび、いまだに火焔瓶《かえん》を投げこみたくなる。

凜香は伸びをした。「毎日が女子高生の無駄遣い。ここそこ隠れて不毛な殺し。犯罪を積み重ねてばっか。馬鹿親のもとに生まれた呪いは一生解けねえのかな」

結衣が小さく鼻を鳴らした。「あきらめるのは早いって、いつも自分にいいきかせてる」

「カタギになって、まともな恋愛をして、結婚して家庭を築くって？」凜香は笑い飛ばした。「自分についちゃ希望を持ちてえけど、結衣姉がそんなふうになれるとは思えねえな。どうせ結衣姉もわたしをそう思ってるだろ？　そっちのほうが正しいのかもしれねえ」

「そんな寂しい考え方はしたくない」結衣が真顔でつぶやいた。「両親が死んで、架禱斗も智沙子《ちさこ》も死んで、少しはふつうに生きられるかと思ったのに。世のなかがちっとも良くならない」

凜香は結衣の横顔を眺めた。結衣の前髪が微風に揺れている。虹彩《こうさい》が陽光を透過し、琥珀《こはく》いろの光を帯びていた。

「まあね」凜香は力なく同意した。「物価高も少子化もいっこうに改善しねえ。いろいろ不正が横行するし、治安も悪くなる一方。女子高生は変態の餌食《えじき》になってばっかり。親ガチャだけじゃなく時代ガチャも大外れ」

「瑠那は迷ってた？」

「夏期巫女《みこ》学校へ行くのを？　いや、全然」

「ためらいがなさすぎるのが気になる」

「……どういう意味だよ」

「ＥＬ累次体を目の仇《かたき》にして、根絶やしにしてやろうって野心に燃えてる。一介の女子高生としちゃ健全な生き方とはいえない」

凜香は苦笑してみせた。「そんなもん結衣姉もそうだったろ？　武蔵小杉《むさしこすぎ》高校の犠牲者のために復讐《ふくしゅう》する気満々だったじゃねえか。瑠那もそうだよ。〝異次元の少子化対策〟のツケを、馬鹿な大人どもに払わせようとしてる。躊躇《ちゅうちょ》のなさが結衣姉そっくり」

「そう」結衣の視線が下がった。「だからよけいに瑠那が心配」

6

夏期巫女学校の初日を迎えた。目も眩《くら》むような陽射しが降り注ぎ、いたるところに陽炎《かげろう》を揺らがせる。瑠那は山梨県の鳶坂駅から専用バスに乗り、山中奥深くの巫女学校舎に向かった。

四方を緑に囲まれた盆地に学校舎がひろがる。明治期に建設された神道学校の跡地で、それ自体が巨大な神宮のようだった。鳥居をくぐると石畳の参道が社殿へと延びる。両脇は境内に似た広場だが、砂利を敷き詰めてあるのはごく一部だった。校庭のような剝《む》きだしの土の向こう、二階建て木造校舎が三棟並ぶ。どれも洒落《しゃれ》た擬洋風建築で、瓦《かわら》屋根に花頭窓の塔屋を備えていた。

乗ってきたバスは女子高生でいっぱいだったが、みな事前に郵送された制服を着用している。幅広襟の半袖《はんそで》ブラウスに膝丈《ひざたけ》スカート、どこか宝塚《たからづか》音楽学校の制服に似た印象がある。校章のバッジだけは購入したものの、制服自体はレンタルで、二十五日間の講習が終わると返却する。既製品だが肩幅やウエストまわりがフィットした。瑠那にとって幸いだった。

敷地内に同じ制服姿がひしめきあっていた。長い黒髪のみが共通項で、それ以外には巫女をうかがわせる特徴もない。すぐ拡声器から案内の声が反復している。「お宮の前を通るときには、かならず屈行してください。到着後はすみやかに、第一校舎一階のロッカールームへ赴き、巫女装束に着替えること」

十代女子ばかり大勢がロッカールーム前に列をなしていた。全国津々浦々から集まってくることを思えば、最初から巫女装束で登校するのは現実的ではない。よって着替えが混み合うのもやむをえないだろう。周りに不満をこぼす声はなかった。誰もが整然と列に並ぶ。さすが巫女の集まり。このていどで礼儀を忘れたりしない。

木製ロッカーが連なる板の間は大混雑だった。隣接する和室で白の小袖《こそで》と緋袴《ひばかま》を身につける。丈長《たけなが》で髪を後ろにまとめ、白足袋《しろたび》に浅沓《あさぐつ》を履く。瑠那は外にでた。

社殿の前には巫女装束が数百人、ずらりと整列していた。壮観な眺めではある。まるで平安《へいあん》絵巻のようだと瑠那は思った。けれども社殿に設けられた舞台に、校長が上ったとたん興ざめになった。斎服姿はいいのだが、マイク片手に演説し始めたからだ。近くの日廻《ひまわり》神宮で宮司を務める、村冨正清《むらとみまさきよ》という五十代の男性が、この夏期巫女学校の校長を兼ねている。村冨校長の声がスピーカーを通じ反響した。「神道に奉職する女性祭祀《さいし》補助者として、正しい巫女のあり方をみなさんに学んでいただくため、神社本庁はこの夏期巫女学校を主催するようになりました。本校舎はふだん、日廻神宮の研修施設として用いておりますが、明治九年築の由緒正しき……」

瑠那は頭を動かさず、目だけを左右に走らせ、辺りのようすをうかがった。斎服姿の大人はほかにも居並ぶが、ほとんどは教職員と思われた。ただしなかには、やけに屈強そうな身体つきも目につく。その手合いは年齢も二十代から三十代ぐらいと若い。警備員を兼ねているのだろうか。たしかに守衛の制服は見当たらないが、神職の装いに紛れる必要は感じない。なにか別の意図があるのか。

やがて校長の演説が終わり、斎服の教員に交替した。教員は特に名乗らないまま注意事項を告げた。「ここから西にひろがる森は、小高い丘に見えますが、実際には瞰《み》野《の》古墳といって、日廻神宮の神域のひとつです。古墳は宮内庁により立入禁止、ドローンなどの飛行禁止区域に指定されています。ただしみなさんには石室の見学があり、特別に立ち入りが許可されていますから、そのときは教員の指示に従ってください」

乗ってきたバスは一本道を走っていた。東方から道が延びているため、瞰野古墳の反対側になる。古墳がある西にかぎらず、たった一本の車道以外、交通のアクセスは皆無のようだ。まさに陸の孤島だが、さほど孤立感はおぼえない。スマホの携帯が許可されているのが安心につながっている。

文科省は昨年、登下校時のトラブル対策のため、生徒のスマホ所持を認めるよう全国の高校に通達した。授業中の電源オフは学校の裁量に委《ゆだ》ねられるが、没収の自由はないとしている。武蔵小杉高校事変以来、いざというとき通報できないのは致命的とみなされたからだろう。夏期巫女学校は、学校教育法第一条の定める高等専門学校にあたるため、この取り決めが適用される。

巫女学校にEL累次体の息がかかっていたとしても、すべてを牛耳るには至っていないことがうかがえる。行政にしろ司法にしろ、EL累次体の影響力は確実に拡大しつつあるものの、現時点では限定的だ。国のあらゆる制度が腐りきる前に歯止めをかけねばならない。

開校の辞が申し渡されたのち、社殿前の集まりはいったん解散となった。三学年はそれぞれ三つの校舎に移動した。一年生は第一校舎の昇降口前に集合になった。外壁にクラス分け表が貼ってあるあたり、ふつうの学校の新学期と同じだった。名簿のいちばん上は筆頭と呼ばれる学級委員長で、あとは五十音順になっている。

クラス名は浄《じょう》、明《みょう》、正《せい》、権正《ごんしょう》、直《ちょく》の五つ。浄や明の集まりからは、互いにはしゃぎあう声がきこえる。特に浄は全員が同じ仲間どうしのようだ。権正や直になると、誰も知り合いがいないらしく、みな棒立ちになっていた。

瑠那は権正のクラスだった。周りの戸惑いがちな顔ぶれを見て、クラス分けの意図が徐々に呑《の》みこめてきた。

浄から直までの五つは神職階位の区分だ。すなわちクラス分けは巫女のヒエラルキーだろう。所属する神社の格により、露骨に差別されている。

隣に立っていた小柄なクラスメイトが、おずおずと話しかけてきた。「あのう、わたし恵南琴奈《えなみことな》っていいます。埼玉県美里町《みさとまち》にある、柾岡《まさおか》神社というところで育って、高校に通いながら巫女をしてて……」

瑠那は穏やかに応じた。「杠葉瑠那です。東京都江東区の阿宗神社に住んでます」

温和そうな面立ちの恵南琴奈が、ほっとしたように目を細めた。「よろしく……。巫女といっても家業を押しつけられてるだけだし、働いてるのも両親とわたしだけだし、不安でしょうがなくて」

「わたしもそう。気にしないで」

琴奈が声をひそめた。「浄や明のクラスは、大きな神宮の巫女ばかりみたい。町内会や個人が管理する神社の子は、権正や直で」

「権正と直のちがいは？」

「噂にきいたけど、ちっぽけな神社なのは同じで、たぶん神社本庁に属してるのが権正、属してないのが直……」

ああ。ありがちな区分だと瑠那は思った。浄や明の巫女たちは談笑しつつも、ときおり勝ち誇ったような目をこちらに向けてくる。特に直のクラスの子らは萎縮《いしゅく》するばかりだ。呆《あき》れたことにここでは学校側の制度が、スクールカーストの形成を助長している。

待遇に文句がいえない空気も漂う。願書が認められれば、交通費とごく安い入学金以外、いっさい負担せずに済むきまりだ。阿宗神社も東京都神社庁に属するため、ささやかながら寄付金を納めているが、いくつかの大きな神宮がここの運営を支えているのはまちがいない。嫌なら入学しなければいいのだが、神社本庁が定める巫女《みこ》の仕来りや作法を学べるとあっては、無視できるはずもなかった。

眼鏡に斎服姿の三十代男性が、踏み台に上り一礼した。「学年主任の倉橋《くらはし》です。えー、これから各教室に移動してもらいますが、その前に……。入学前の実技と筆記試験で成績優秀だった生徒は、上位クラスに移動する権利があります。逆に成績の悪かった生徒は下位クラスに、こちらは強制的に降格になります」

巫女たちがざわめきだした。六月半ばに試験を受けたことを瑠那は思いだした。関東《かんとう》の試験会場は、東京都神社庁に近い明治記念館だった。筆記は神社に関する知識。実技は斎戒、破魔矢や絵馬の作製と手渡し、神楽《かぐら》と舞楽があった。入退場の振る舞いも点数に加えられると説明をきいた。

倉橋教諭は紙をひろげた。「えーと……。権正の組。東京都江東区阿宗神社、杠葉瑠那。浄の組へ」

一同がいっせいにどよめいた。最上クラスの浄への移籍は、よほど異例のこととみなされたようだ。

浄の巫女たちは一様に不満顔だった。なかでも雛《ひな》人形のように白塗りをした、ぽっちゃりぎみの女が不服を申し立てた。「浄の組は杢子神宮の巫女ばかりです。阿宗神社……というところが、どのような神社か知りませんが、杠葉さんは難儀するかと」

倉橋教諭がその巫女に目を向けた。「きみは？」

「鑑継祥子《みつぎさちこ》です。浄の筆頭に指名されました」

内心やれやれと瑠那は思った。どの学校でもこんな状況は避けられない。はっきりものをいってくれただけマシかもしれない。瑠那は控えめに発言した。「先生。上位クラスに移動する権利があるとおっしゃいましたが、つまり移動しなくてもよろしいんでしょうか」

「もちろん自由だが……。浄のほうが高度な授業を受けられるよ。いいのか？」

「はい」瑠那は即答した。

隣で琴奈がささやいた。「杠葉さん、いいの？　せっかく選ばれたのに」

瑠那は首を横に振った。「恵南さんと一緒のクラスにいたい」

琴奈が目を丸くし、ほどなく微笑を浮かべた。「嬉《うれ》しい。正直ほっとしてる。なんとなく杠葉さんとは仲良くなれそうな気がしたし」

浄は祥子を中心に、みな安堵《あんど》のいろを浮かべ笑いあっている。祥子は瑠那に軽蔑《けいべつ》の籠《こ》もったまなざしを投げかけた。瑠那は取り合わなかった。学校といっても二十五日間の講習でしかない。

倉橋教諭が一同に呼びかけた。「静粛に。では次に、成績が芳しくなく下位クラスに移籍する者を発表する。これは拒否できない。浄の組、松崎真里沙」

瑠那ははっとした。浄のクラスがまたざわつく。大半がにやにやしていた。そのなかから長身の巫女が、ひとり暗い顔でうつむきながら歩みでる。西洋人っぽい小顔、巫女装束がなんとなく不似合いなモデル体型。

浄のクラスには異なる反応も見受けられた。数人の巫女たちは、せつないまなざしで真里沙を見送っている。まるで恋仲を引き裂かれたかのように、悲哀をあらわにする少女もいた。

どうやら杢子神宮でも一部の巫女は、すっかり真里沙に魅せられていたようだ。それぞれどのていど交際したのか、詳しいことはなにもわからない。しかし彼女たちの面持ちから察するに、異性の恋人に熱をあげるのと、なんら変わらない心情だったのだろう。真里沙もどこか申しわけなさそうにしている。まるで女子校にひとり放りこまれた美少年の立場だった。

真里沙がちらと瑠那を見た。潤みがちなまなざしがまっすぐに向けられる。瑠那は困惑とともに目を逸《そ》らした。真里沙は権正の組に合流したものの、瑠那の周りにはすでに大勢のクラスメイトが立っているため、近づくのをあきらめたらしい。なおも未練の感じられる流し目を残し、真里沙は教師のほうに向き直った。やはり人形のような美顔だった。

瑠那は心臓の高鳴りを自覚せずにいられなかった。巫女装束がやけに暑く感じられてくる。すべては罠《わな》にすぎない、その可能性が濃厚なのに、真里沙の好意を真実と信じたくなる。だが本当に真里沙が瑠那に気があったとして、それからどうしようというのだろう。仲を深めたいのか。親密になって結ばれるのを望むのか。まさか。自分の本心がよくわからない。

冷や汗か本物の汗かわからないが、巫女装束の下が湿り気を帯びてくる。そんな瑠那の耳に倉橋教諭の声が届いた。「校舎の向こうには寮がある。クラス内の班ごとに部屋が分かれる。起床は五時半。清掃を経て、朝食は六時半」

巫女たちが懐から手帳をとりだし、シャープペンシルを走らせる。瑠那もそれに倣った。顔をあげると、真里沙も手帳にメモをとっていた。

瑠那は視力がよかった。真里沙の書く文字が見てとれる。達筆だった。流麗な行書体を書き綴《つづ》っている。以前に受けとったラブレターは楷書《かいしょ》体に近かったが、あの便箋《びんせん》にも丁寧な字が並んでいた。ペン習字の心得があるのかもしれない。巫女の事務仕事の多くを、郵便物の宛名書きが占めるため、字が巧《うま》いに越したことはない。

メモをとる真里沙が、軽くこめかみの髪を搔《か》きあげた。長い髪の下からイヤリングがのぞいた。金いろの繊細な装飾だが、さほど高そうには見えない。とはいえ問題はそこではなかった。巫女学校の校則において、アクセサリーは禁止ではないが、そもそもイヤリングは巫女にふさわしくない。真里沙に似合ってはいるものの、ほかの生徒にばれたら反感を買うだろう。

近くに別の斎服姿の男性が現れた。やはり三十代だが、倉橋教諭よりも活発な印象がある。男性が声を張った。「権正の組、集合。担任の桝崎《ますざき》だ。クラスは四人ずつの班に分かれる。いまから名前を読みあげる。まず一班……」

真里沙は二班だったが、瑠那は四班で琴奈と一緒になった。

ほかのクラスがぞろぞろと校舎へ入っていく。桝崎教諭が権正のクラスに呼びかけた。「では各班ごとに分かれて、一班から順に先生につづくように」

桝崎が昇降口に向かう。権正の巫女たちは二列になり、担任教師の後につづいた。二班の少女らがもう真里沙に熱い視線を向けている。早くも魅了されたらしい。

距離があるせいか、琴奈はそこまで惹《ひ》かれてはいないようだが、それでも気にはなるようだ。うわずった声で琴奈が話しかけてきた。「杠葉さん。あの松崎さんって子、なんだかふしぎな存在感だよね」

瑠那はため息とともに歩きだした。恋敵が激増し、真里沙が瑠那に醒《さ》めだしたら、EL累次体の名簿を渡す気も失うだろうか。

7

寮の部屋は二段ベッドがふたつ。ありがたいことにバスルームは各部屋に備わっていた。実技をともなう授業では巫女装束、それ以外は制服、寮ではジャージと指定された。朝の清掃はジャージでなく巫女装束。ただし朝食はテーブルと椅子なので制服。いちいち部屋に戻って着替えねばならない。煩雑なことこのうえない。

初日の授業が始まった。実技ではあっても茶道や華道は制服で出席する。事前の報《しら》せをちゃんときいておかないと、ひとりちがう服装で恥をかくことになる。語学の授業もあった。英語のほか中国語と韓国語からひとつを選択。ほとんど数学といえる経理も必須《ひっす》科目に含まれる。授業中、巫女《みこ》は簿記の資格を取得するべきと、教師が強く勧めてきた。古文、漢文、日本史と神道史、考古学に宗教学。これらの授業はすべて制服姿だった。

巫女装束での授業はご神札の祀《まつ》り方、修祓《しゅばつ》や玉串奉奠《たまぐしほうてん》の儀、巫女舞などになる。今後はジャージで近くの田んぼに出向き、田植えもするらしい。たしかに稲作は神社の祭祀《さいし》と同義ときいたことはあるが、実習授業があるとは予想していなかった。先が思いやられる。

学校と同じく、クラス単位で授業を受けると考えていたが、実際にはちがった。科目に出席する最小単位は班であり、どの授業に行くかは班で話し合ってきめる。つまりほかのクラスの班と受講するのが常であり、権正の全員がまとまって出席するわけではない。いまのところは松崎真里沙のいる班と、いちども同じ授業になっていない。浄の嫌味な生徒たちと一緒になるのも避けられないが、やむをえないことだった。

授業以外の風変わりな行事としては、ヘアドネーションの時間がある。すなわち髪の寄付だった。世界じゅうの病気の子供たちのため、メディカルウィッグを作る材料として、パーマやカラーと無縁の長い髪は重宝される。巫女は奉職のため、ふだんも神社にヘアドネーションへの依頼があった。巫女学校ではクラスの全員が、ひとり十本ずつ髪を根元から切り、名札のついた帯で束ねて寄付する。髪は第一校舎の保管室に集められ、閉校後にヘアドネーション協会に渡されるという。

瑠那も髪を寄付した。ヘアドネーションには意義がある。自分のDNAサンプルをとられる心配はない。毛根がなければDNA型は抽出できないからだ。

昼の休み時間になった。食事をとる暇もないぐらい忙しい。瑠那は制服から巫女装束に着替え、教材備品室を備える第二校舎に入った。まだ時間が早かったらしい。ひとけのない二階廊下を進むうち、奇妙な呻《うめ》き声をきいた。

ふつう教室とのあいだを壁と引き戸が隔てるが、ここだけは襖《ふすま》だった。半開きになった襖のなかは和室で、囲炉裏にかがり火が揺らいでいる。神棚にも火の灯《とも》った蠟燭《ろうそく》のほか、やけに大きな幣束が三つ祀ってあった。

畳の上で数人の巫女がのたうちまわっている。みな巫女装束とは異なる白袴姿《しろばかますがた》だった。苦しげに唸《うな》りながら喉《のど》もとを掻きむしり、四つん這《ば》いになり、仰向《あおむ》けに転がる。

巫女たちは瑠那よりわずかに年上で、二年生か三年生に見えた。全員が小さな竹筒を背負っている。やたら長い数珠《じゅず》には、猪の牙《きば》や鹿の角、寛永通宝《かんえいつうほう》とおぼしき古銭が結わえてある。

ひとりが両腕を高々とあげ、いきなり静止すると、低い声を響かせた。言葉は判然としない。名乗りをあげたようでもある。

近くに斎服姿の教員ら三人が正座していた。うちひとりがなにかを問いかけた。こちらも能の詞章のようで、喋《しゃべ》っている内容はさだかではない。しかし巫女と交互に言葉を発する。会話しているつもりらしい。

近くで女子の声がささやいた。「口寄せの実習。一年生はやらなくていいから、安心しなよ」

瑠那は緊張した。廊下にはいつの間にか、もうひとりの巫女が現れていた。制服姿だが体育会系の筋肉質で、肌が褐色に焼けている。高校では女子レスリング部あたりの所属かもしれない、そんなふうに思わせる。長い黒髪を邪魔に思っているのか、常に毛先を背中に払おうとする。

アスリート女子に特有の明るさと活発さがのぞく。巫女が笑いながら自己紹介した。

「正の組、野中藪美。初めまして。ええと……」

「権正の組、杠葉瑠那です」

「あー、杠葉さん。きのうクラス分けのとき、浄の組に移籍できたのに蹴《け》った……」

瑠那は思わず苦笑した。「きょう午前中の授業だけでも、権正の組でよかったと思ってます」

「ずいぶん丁寧な言葉遣いだね。同じ一年生なのに」

「ごめんなさい。これが癖になってるので……」

「きみ変わってるね」藪美は目を細めながら襖の向こうを眺めた。「こんなの神道史で習えば充分じゃね？　ほんとに実習授業があるなんてね」

「ええ」瑠那はうなずいた。「憑依巫女《ひょうい》。イタコですよね。二年になったら、みんなやらなきゃいけないんでしょうか？」

「まさか。部活みたいに希望者だけを募って、しかも儀式を経て絞りこむってさ。今期は二年と三年を合わせて、ここにいる子たちで全員だって」

「あー。こういうトランス状態に入りやすい資質の人って、数十人にひとりぐらいだそうですね」

「だよね？　トランス状態でしかないよ。クラブで音楽きいてるうちに、なんかおかしくなっちまうのと同じ類《たぐ》い」

「あくまで歴史的研究のため再現してるんでしょうか」

「うちの担任はそういってた。巫女学校は夏期に限られるけど、憑依巫女の実習は年を通じて、この学校舎でおこなわれてるって」

「なぜそこまでする必要があるんですか」

「危なっかしい理由をきいたよ」藪美が声をひそめた。「神社本庁の維天急進派とやらが、終戦を経てGHQにねじ曲げられる以前の、本来の神道を取り戻したがってるとか。だから昭和十六年よりむかしの儀式を、片っ端から再現してるんだって」

「へえ。でもなんだかそこまでいくと……」

「ついていけない」藪美がおどけたように笑った。「オカルト遊びでふざけてるだけにも見えるし、どこまで本気なんだか」

「いえ、かなり真剣に取り組んでるのはたしかでしょう。あの竹筒はオダイジですよね？　なかにはイタコを悪霊や生き霊から守るための経文が入ってます」

「詳しいね」

「神道史の教科書に書いてあったので……」

「まだ授業でやってないところも読んでる？　勉強家だねぇ。あの猪の牙や鹿の角も魔除《まよ》け？」

「ええ。古銭は三途《さんず》の川の渡し船賃です」

巫女のひとりが畳に俯《うつぶ》せ、全身を痙攣《けいれん》させながら、ときおり奇声とともに跳ねあがる。魚が憑依したのだろうか。教員の問いかけには答えず、さかんに妙な鳴き声を発する。

藪美が苦笑いを浮かべた。「学校案内の動画にこんなのがあったら、誰も入学しなかっただろうね。わたしはノーサンキューって感じ」

ふいに襖が開け放たれた。教員のひとりが難しい顔を向けてきた。「こら」

「あ」瑠那は頭をさげた。「申しわけありません……」

藪美もおじぎをした。ふたりは逃げるようにその場をあとにした。

足ばやに廊下を進むうち、藪美がつぶやいた。「なんだかもやもやする。お清めの塩とか撒《ま》いたほうがいいのかな。塩で合ってる？」

「まちがってはいないかと……。神道では死に寄りつく邪気を穢《けが》れとしています。穢れを振り払うためには塩を撒きますから」

「食堂にある塩でいいのかな。杠葉さん。ご飯はまだ？　一緒にどう？」

「午後の授業は弓道の実習なので、早めに教材備品室へ行って準備しないと」

「そっか。わたしもでようかな。巫女装束に着替えてこよ。じゃ頑張ってね」藪美は終始笑顔のまま、手を振りつつ下り階段に消えていった。

巫女のわりにずいぶんくだけた物言いをする。それでもクラス分けで上から三番目、正の組ということは、阿宗神社より大きな神社に勤めているのだろう。

瑠那は藪美について特にそれ以上は考えなかった。二階の教材備品室で弓や竹矢、襷《たすき》などを受けとる。また外にでて、第三校舎裏の弓道場に向かった。

森に囲まれた弓道場は、平屋の壁面が縁側のように開いていて、木立のなかに的が設置してある。的までの距離は二十八メートル、弓道でいう近的《きんてき》だった。

袖《そで》を襷で縛った巫女《みこ》装束が板の間に整列する。さっき顔を合わせたばかりの野中藪美がいた。藪美は瑠那と目が合うと、弓と矢をかざしながら微笑した。瑠那は多少の当惑をおぼえた。人見知りな性格のため、ぐいぐい来る友達には慣れていない。

教師は飯塚《いいづか》という三十代の男性だった。巫女は飯塚教諭の指導を受けたのち、ひとりずつ上座の神棚におじぎをしてから、弓矢を手に射場につく。やはり作法がきちんと定められていた。足踏み、胴造り、弓構え、打起し、引分け、会、離れ、残心。一連の動作は規律正しく、なにより優雅でなければならない。

同じ班の琴奈が先に立った。極度に緊張しているようすの琴奈は、ずっと手が震えつづけていた。放った矢もあさっての方向に飛んでいった。浄の生徒たちが失笑を漏らした。列に戻ってきた琴奈は顔を真っ赤にし、いまにも泣きそうになっていた。

琴奈が残念そうにささやいた。「うまくいかなかったよ……」

「気にしないで」瑠那は励ました。「作法のほうが重要なんだから。恵南さんはちゃんとできてた」

浄のクラスの筆頭、鑑継祥子が進みでた。肉付きのいい体形だけに、弓を引く姿勢に難儀しそうだったが、どうやら弓道の経験者らしい。弓構えは堂にいっていた。矢を水平に保ったまま、弓とともに静かに持ちあげる。いささかも狙いがぶれるようすもなく、弦をしっかりと引き、充分に間を置いたのち、勢いよく矢を放った。矢は的の中央付近に刺さった。見守る巫女たちがいっせいに歓声をあげた。祥子は気を抜かず、最後まで教科書どおりの姿勢を保った。ただし退場に際し、満足げに鼻息を荒くしつつ、瑠那を一瞥《いちべつ》するのを忘れなかった。

次は瑠那の番だった。弓と矢を携えながら歩みでていく。神棚に一礼した。

琴奈が小声で応援する。「頑張って」

浄の巫女たちがくすくすと嘲笑《ちょうしょう》した。祥子がからかうような声を発した。「杠葉さん、しっかりね。弦に手を挟まないように」

また笑いが起きる。瑠那は無視を決めこんでいた。的に対し横向きに立つ。両足を肩幅に開く。弓の下部は左膝《ひだりひざ》に軽くあてる。右手は弦にかける。的をまっすぐ見つめ、弓を垂直に上げ、弦を静かに引く。

そこまでの姿勢が正確だったからか、浄の巫女たちの笑いはおさまり、弓道場は静まりかえった。

瑠那は的の中心を狙い澄ました。けれども注意をそこに集中したわけではない。迫り来る危険を察知すべく、絶えず五感を働かせている。いま瞬時に視覚と聴覚が喚起された。的から大きく離れた斜め上方、枝葉がかすかに揺れるのを目にした。

弦から手を離し、瑠那は矢を放った。矢は的を外れ、木立のなかの太い幹の、かなり上方へと飛んでいった。

巫女たちがどっと笑った。射ち損じたと思ったにちがいない。祥子が甲高い声で叫んだ。「さすが杠葉さん、大当たり!」

「ありがとう」瑠那はぼそりといった。

と同時に太い幹の上から、人影が降ってきて、どさりと地面に横たわった。二十代半ばの男の顔は苦痛に歪《ゆが》んでいる。迷彩柄のタンクトップとズボンのスナイパー、投げだされたのは猟銃だった。瑠那の放った矢は、男の肩を貫いていた。弓道用の矢だけに、命を奪うほどではないが、血は噴水のようにほとばしっている。

巫女たちはいっせいに悲鳴をあげた。弓道場はたちまちパニック状態と化した。斎服姿の教職員らが、あわてたようすで駆けこんできて、倒れた暗殺者へと駆け寄っていく。射場は逃げまどう巫女らで大混乱になった。琴奈も目を瞠《みは》りながら立ちすくんでいる。

瑠那は平然と一礼をし、踵《きびす》をかえし退場した。ゆっくりと歩を進めながら瑠那は思った。ようやく人殺しが命を狙ってきた。予想どおり危険な状況になりつつある。こうでなくては罠《わな》に飛びこんだ意味がない。

8

社殿の奥、御正宮《ごしょうぐう》と呼ばれる建物にある校長室は、和洋折衷の趣だった。床は畳だが、斎服姿の校長はエグゼクティブデスクにおさまっている。応接用のソファもいたるところにあったが、校長以外は全員立っていた。

瑠那もそのなかのひとりだった。ほかは教員の斎服ばかりだ。デスクの上には猟銃が横たわっている。五十代の村富校長が猟銃を見下ろし、頭を抱えていた。

村富校長が苦々しげに唸《うな》った。「開校直後だというのに、こんな不祥事が……」

学年主任の倉橋教諭の眉間《みけん》にも皺《しわ》が寄っていた。「侵入した男は、ひとまず日廻神宮総合病院に運びました。院長には事情があきらかになるまで、警察への通報を控えるよう伝えました」

「ああ」村冨校長がうなずいた。「当然そうするべきだ。なにがどうなっているのか、まだ判然としないのだからな。うちの生徒が放った矢で大怪我をしたのだからなおさらだ」

権正のクラス担任、桝崎教諭が唸った。「そんな仰り方《おっしゃ》はどうかと……。杠葉瑠那は優等生です。矢が大きく的を外れた結果、偶然にも部外者の男に当たったわけですが、その男も木の上に登って、いったいなにをやっていたのか」

弓道の飯塚教諭が瑠那に視線を向けた。「杠葉。あの方向に矢を放ったのは本当に偶然か？　先生の目には、直前に狙いを変えたように思えたが」

村冨校長が怪訝《けげん》な顔になった。「それは……。どういうことかね。不審者に気づき、杠葉君が狙い撃ったとでも？」

教員らがいっせいに見つめてくる。瑠那はうつむきながら首を横に振った。「いいえ。的を狙ったつもりでした」

複数のため息が折り重なる。倉橋教諭が鼻を鳴らした。「部外者はすっかり木立に溶けこんでいて、飯塚先生も気づかなかったんでしょう？　生徒も誰ひとり目をとめずにいた。初心者が狙い撃つなんて不可能ですよ」

納得の空気がひろがるなか、飯塚教諭だけが腑《ふ》に落ちない顔で、なおも瑠那のようすをうかがう。瑠那は意に介さないふりに努めた。

村冨校長は猟銃に手を伸ばした。「これは鹿を撃つための銃か？　付近の山には、たしかに鹿撃ちの猟師が出入りしているが、そのひとりだったという可能性は……？」

桝崎教諭が否定した。「いえ。狩猟のシーズンからは外れています。いまの時期に猟をするのは違法です。とはいえ男は身分証の類《たぐ》いを持っておらず、出血多量で意識が朦朧《もうろう》としているとのことで、銃猟免許の所持者かどうかもわからないのですが」

「まったく」村冨校長は弱り果てた表情で、薄くなった頭を掻《か》いた。「どこにどう事情を説明すればいい？」

倉橋教諭が校長に提言した。「鳶坂署の署長に話を通しておくべきかと」

「ああ、そうだな。彼なら事後報告に理解があるだろうし……」

村冨校長は言葉を切り、瑠那を一瞥したのち、気まずそうに視線を逸《そ》らした。ほかの教員らも似た反応をしめした。地元の警察との密談について、生徒の耳にいれるべきではない、そう思ったからだろう。

巫女学校と日廻神宮の隠蔽《いんぺい》体質や、所轄警察との癒着がうかがえる。だが校長たちの口ぶりから察するに、ただ不祥事の発生に頭を悩ましているだけにも思える。ＥＬ

累次体と密接につながっていて、暗殺失敗に歯ぎしりしているようには見えない。もっとも、日廻神宮の宮司を兼ねる校長が、事情を知らない教員らの前で、立場を取り繕っているだけとも考えられる。

瑠那はデスクの上の猟銃が、鹿撃ち用の散弾銃ではなく、ライフルだと気づいていた。日本の猟師がライフルを所持するには、散弾銃の所持許可を得たのち、十年という期間が必要になる。あの迷彩柄の男は若かった。猟師だったとは思えない。

ドアをノックする音がした。村富校長が応じた。「どうぞ」

開いたドアから現れたのは巫女《みこ》装束だった。女子アスリート然とした外見の野中藪美が、きびきびとおじぎをした。「失礼します。山下《やました》先生の許可を得てうかがいました」

山下は正のクラス担任の名だった。藪美は校長室に足を踏みいれると、エグゼクティブデスクにつかつかと歩み寄った。手にしたスマホの画面を、縦横斜めという動きに六回タップする。PINコードでロックを解除したようだ。そのスマホを村富校長に差しだす。

村富校長はスマホを受けとった。「これは?」

「動画です」藪美がいった。「画面をタップすれば再生できます」

教員らがデスクを囲み、揃ってスマホを見下ろした。動画が再生された。瑠那の目にも画面が確認できた。弓道の授業中のようすだった。

射場に立つのは瑠那。まだ構えに入っていない。スマホカメラはしばらく瑠那を映していたが、やがて被写体から外れ、周りのあちこちを映しだした。そのうち木立のなか、太い幹の上方をとらえた。不審に思ったかのようにズームアップする。

大写しになると、さすがに枝葉に潜む迷彩柄の人影が、克明に浮かびあがった。猟銃を俯角《ふかく》に構え、射場の方向を狙い澄ましている。

桝崎教諭が驚きの声を発した。「杠葉を狙ってる」

だが猟銃のトリガーが引き絞られるより早く、矢が男の肩に命中した。男は体勢を崩し、転落とともに画面下方へとフレームアウトした。巫女たちの悲鳴がこだまする。

動画が終わり、校長室に静寂が戻った。

村冨校長が顔をあげた。「誰が撮った?」

藪美がおずおずと答えた。「そのう、わたしです。杠葉さんのフォームをカメラにおさめたくて」

飯塚教諭が憤りのいろを浮かべた。「弓道場にスマホを持ちこんだのか。しかも無許可で撮影するとはなにごとだ」

けれども村冨校長は片手をあげ飯塚を制した。「まあいいじゃないか。これによると侵入者は、あきらかにうちの生徒に危害を加えようとしていた……。偶然にも矢に当たるとは因果応報だな。署長にも説明がつく」

教員一同がほっとする反応をしめした。倉橋教諭が校長にいった。「公表は二十五日後、閉校したのちにすればいいでしょう。警察の捜査をまったうえでそうしたと説明すれば……」

「むろんそうする。巫女学校がスキャンダルで中止など、あってはならんことだ。神社本庁にも迷惑がかかる。日廻神宮としても……」

また村冨校長が口をつぐんだ。生徒の前で諸事情を詰めるべきではない、ふたたびそう自覚したようだ。村冨校長が黙ってスマホを倉橋教諭に渡す。

倉橋教諭がスマホを藪美に返却した。「行っていい。杠葉もだ。次の授業に出席しろ。ここでのことは他言無用だ。わかったな」

教師たちが無言のうちに退出をうながしてくる。瑠那は深々と頭を下げた。藪美も同じようにしている。ふたりでドアに向かい、もういちど室内におじぎをしてから、廊下へとでた。

御正宮の正面玄関につづく通路を歩きながら、瑠那は藪美に礼をいった。「ありがとう。助けてくれて」

「どういたしまして」藪美が横に並んで歩いた。「勝手に撮ってごめんね。でも射場に向かう足どりからして、もう杠葉さんがただ者じゃないとわかったし、勉強になると思って」

「ただ者じゃないなんて……。弓道なんてろくにやったこともありませんよ」

「またそんな」藪美が笑いながら快活にいった。「猟銃向けられても堂々としてたじゃん」

瑠那は黙りこんだ。軽く冗談めかした口調だが聞き捨てならない。とはいえ動揺をしめすわけにもいかなかった。偶然にも瑠那が外した矢が、不審者を射貫いた。そんなことは信じられないと藪美はほのめかしている。

ただしそれなら藪美の行動にも腑に落ちないところがある。瑠那は疑問を呈した。

「なぜカメラを森に向けたんですか。しかもあの幹の上のほうに」

「あー、ちょっと枝葉が動いたのが見えたから。猿かなにかだと思って。きみも気づいてたでしょ？」

またも瑠那は返事を控えざるをえなかった。ずいぶん訳知りな態度をとってくる。瑠那に本心を打ち明けさせようとしているのだろうか。だがもし藪美が瑠那の素性を暴くつもりなら、やけに遠回りな接触にも思える。

瑠那は淡々と藪美にきいた。「猟銃を持った男が木の上にいるとわかって、怖くなかった？」

「そりゃ怖かったよ。立ちすくんで声もでなかった」

「でも動画に手ブレが全然なかったですよね」

「あー、震えさえ起きないほど凍りついてたかも」藪美はふとなにかを思いついたような顔をした。「わたし次の授業、茶道の実習だった。おしとやかさに欠ける女だから さ、どうしても教わっとかないと。もう行くね。じゃまた」

藪美は駆けだした。御正宮の通路のあちこちに〝走らない〟と貼り紙があるが、まるで意に介さない。たちまち藪美は正面玄関の外へと姿を消した。

瑠那は立ちどまった。周りに聞き耳を立てる。脅威が迫っていれば気配でわかる。いまはなにも感じない。

きょう藪美は、口寄せをのぞく瑠那のもとに現れ、一方的に話しかけてきたと思うと、勝手に姿を消した。ここでも同じことが繰りかえされた。果たして偶然だろうか。

ふたたびゆっくりと歩きだす。正面玄関に達すると、外は赤みがかっていた。陽が傾きだしている。きょう最後の授業が始まっていた。できるだけ単位は落としたくない。将来を巫女として生きられるかどうかの試金石になる。

9

実技の授業では、巫女の一年間の行事についても習う。小さな神社には縁のない内容がほとんどだが、正式な巫女の役割が学べるのは勉強になる。

田植えもその一環でおこなうらしい。田の神迎えといって、山の神に田んぼへおいで願う、そんな祭祀《さいし》が古くからあるからだ。ほかに雛祭《ひなまつり》、花鎮め、月次祭《つきなみのまつり》、夏越《なごし》の大祓《おおはらえ》、七夕と盂蘭盆会《うらぼんえ》、神在祭《かみありさい》、新嘗祭《にいなめさい》。

初週の授業で瑠那が経験したのは、本来は一月におこなう左義長《さぎちょう》とお焚《た》き上げだった。氏子から集めた正月の松飾りや注連縄《しめ》を焼いたり、古くなったお守りを燃やしたりする、その正確な段取りを教わる。阿宗神社でもおこなっているが、授業では神宮並みに大規模な神事が再現された。持ちこまれる物を焼くべきかどうか、正確に区別するのも巫女の役割になる。門松や書き初めは燃やしていい。ただし正月用の仏花は、宗教が異なるため丁重に断わらねばならない。授業ではまちがった物を火にいれてしまうと減点になった。特に魂が宿るとされる人形《ひとがた》を、お祓《はら》いもせずに燃やすと、清掃の懲罰が科せられる。瑠那はいちども誤らずに済んだ。

どんより曇った日の午後の授業は、節分の追儺《ついな》式だった。全員が巫女《みこ》装束で、袖《そで》に襷《たすき》を掛け、御正宮の正面玄関前に集合した。外壁は檜《ひのき》の素木《しらき》、屋根は萱葺《かやぶき》、柱は掘立だった。

日廻神宮や杢子神宮では例年二月、鬼に扮《ふん》した男性職員が御正宮に入り、巫女が豆まきで追い払う、いわゆる追儺式が実施される。もともと追儺式は陰陽道《おんみょうどう》の行事〝おにやらい〟で、かつては宮廷でおこなわれた。それとは別に、平安時代には大衆のあいだで、炒《い》った大豆を撒《ま》き、鬼を追い払う儀式がひろまった。これらが一緒になり、現在の豆まきの儀式になったらしい。

鬼の扮装《ふんそう》をした男性職員が揃うと、巫女たちはきゃっきゃとはしゃいだ。豆まきというより、秋田のなまはげに近い鬼だった。般若《はんにゃ》に似た立体的な面に、白髪のかつらをかぶり、藁《わら》の衣装で全身を覆う。なまはげに登場するのは本来、鬼ではなく来訪神だが、ここでは同一視されているようだ。鬼が大きな包丁を持っているあたりにそれがうかがえる。みな年齢は二十代から三十代で、屈強そうな二の腕がのぞく。校内でときおり見かける、鍛えた身体の男性職員らだとわかる。こういう授業のために動員されたのだろうか。

桝崎教諭が声を張った。「いいか。この実習の趣旨は、神宮の追儺式をきちんと務めあげることにある。作法を守りながら豆を撒き、御正宮の鬼を残らず追い払う。面倒だからといって、いちどに撒く豆を多くするなど、乱暴な振る舞いをしてはならない」

巫女舞に似た動作で、しゃなりしゃなりと豆を撒きつつ、摺《す》り足でゆっくりと前進していく。豆を浴びせられた鬼は退散していくので、無理に追いまわさなくていい。終始しなやかに動き、御正宮をひとまわりする。鬼の扮装をした職員らが巫女の評点をきめるという。

福豆がいっぱいに入った枡《ます》を受けとり、巫女たちが正面玄関を入っていく。瑠那は野中藪美の姿を見かけた。彼女はきょうも同じ授業に参加している。ほかに別クラスの顔見知りは目につかなかった。

同じ班の琴奈が当惑ぎみにいった。「鬼に追いまわされたらどうしよう」

瑠那は苦笑した。「お化け屋敷じゃないんだから、そんなことにはならないと思うけど」

「でもなんか怖い。杠葉さん、一緒にいて」

「もちろん一緒にいるよ。同じ班だもん」

正面玄関を入った通路はほの暗かった。外が曇っているせいで窓から射しこむ光量が少ない。社殿とは異なり、この建物は純和風ではなかった。床は板張りで、広い通路のいたるところに丸柱が立ち、各部屋への出入口は鉄扉になっている。それら室内は行事の範囲から除外される。鬼はあくまで通路にしかいない。

巫女たちは笑いながら豆を撒きだした。「鬼は外、福は内」

誰もが能のごとくゆっくりと動く。鬼たちもスローモーションのような動作で、右手に金棒、左手に包丁を振りかざし、わらわらと群れてくる。しかし巫女の豆を浴びると退散していく。巫女は摺り足で追いかけながら、さらに豆を撒きつづける。

当初は不安げにしていた琴奈も、これなら怖くないと思ったらしく、嬉々《きき》として豆で鬼を退けている。やがて瑠那と琴奈の距離は開いていった。ほかの巫女たちも同じだった。摺り足で鬼を追ううち、通路のあちこちに分散していく。実際このように手分けして、巫女たちがばらばらに動かなければ、御正宮のなかにいる鬼をすべて追い払うことはできない。

瑠那は厳かに豆を撒きつつ、徐々に通路を進んでいった。鬼が奥へと逃げる以上、瑠那もそちらに向かわざるをえない。摺り足でゆっくり進もうとも、鬼がその速度に合わせてくれるため、見失う心配はなかった。

いくつか通路の角を折れた。ほかの巫女のはしゃぐ声が、いつの間にか遠ざかっていた。この辺りの通路には窓がなく、いっそう暗くなっている。瑠那は足をとめ、通路の前後に目を向けた。遠くで巫女たちが鬼を追い、角の向こうに消えていった。笑い声もフェードアウトし、やがてきこえなくなった。もう見える範囲に瑠那以外の巫女はいない。周りで鬼たちがふらふらと蠢《うごめ》くのみだった。

すると数体の鬼がいきなり動作を速め、瑠那めがけ突進してきた。ひとりが包丁、もうひとりが金棒をスイングする。瑠那は身を翻し、すばやく躱《かわ》した。なおも凶器が空気を切る音がさかんに鳴り響く。かつらの白髪を振り乱し、鬼が容赦なく迫ってくる。

廊下にさがった掛け軸を背に、瑠那は鬼を引きつけると、包丁の攻撃を受ける寸前に離脱した。掛け軸は包丁の水平切りを受け、まっぷたつに裂かれた。

包丁は本物の刃だった。肝が冷えたりはしない。ただ敵の殺意に対抗するべく、瞬時に五感を研ぎ澄ませる。瑠那は枡からひとつかみした福豆を強く握り潰《つぶ》した。皮の下に籠《こ》もった空気を押しだし、豆を硬く引き締める。握りこんだ豆のすべてを、サイドスローの姿勢で大きく振りかぶり、満身の力をこめ鬼に投げつけた。胎児のころからのステロイド注射により、瑠那の筋肉は本質的に異常なほど発達している。至近距離から投げつけた豆でも秒速四百メートルに達する。その威力は散弾銃に匹敵した。面には弾痕《だんこん》にけたたましい音とともに、鬼の全身に無数の豆が深々と食いこんだ。面には弾痕に似た幾十もの穴が開き、藁の衣装は隅々まで細切れになった。まさに散弾銃による被弾だった。凍りついた鬼は、ゆっくりと後方に倒れ、背中を床に激しく打ちつけた。

瑠那はつぶやいた。「鬼は外」

ほかの鬼たちは一様にうろたえだした。それでも唸《うな》り声とともに金棒が飛んできた。瑠那は枡を小さな盾とし、金棒を受け止めると同時に、別方向からの包丁の突きを躱した。

四方八方から金棒と包丁の猛攻が浴びせられる。突きとスイングの容赦ないコンビネーションが逃げ場を失わせる。瑠那はすばやく身をよじり、間一髪回避しつづけたものの、包囲網は確実に狭まりつつあった。

頭上に気配を感じた。鬼のひとりが跳躍し、空中で金棒を振り上げるや、瑠那に襲いかかった。周囲を敵勢に固められた以上は逃れられない。

だが別の人影が宙を飛び、鬼にタックルを食らわせた。ふたりはもつれあいながら、近くの床に落下し、寝転がってからも激しく争いつづけた。レスリングの寝技の様相を呈し始める。

体当たりを食らわせたのは藪美だった。藪美はローリングの体勢で、敵の背後から胴体にしがみつき、全力で起きあがらせまいとしていた。「杠葉！　そいつらから逃げて！」

鬼たちに一瞬、浮き足立つ反応がみられた。瑠那はその隙を逃さなかった。低く沈みこみ、ひとりの敵の片膝《かたひざ》にヒールキックを浴びせるや、奥の敵の腹に頭突きを食らわせる。包囲網が乱れ、敵の金棒が宙に舞った。瑠那はすかさず金棒を奪い、薙刀術《なぎなた》の要領で大きくひと振りし、鬼たちをいっせいに薙《な》ぎ倒した。

まだ逃走するつもりはない。敵陣から脱した瑠那は、藪美が寝技で押さえこむ鬼に突進した。金棒を両手で短く持ち、騎兵のごとく水平に構え、全力疾走で襲撃する。藪美が鬼の頭を起きあがらせた。瑠那は金棒の尖端《せんたん》を鬼の面に激突させた。面の縦横に亀裂《きれつ》が入り、鬼は勢いよく後方に倒れた。後頭部を床に打ちつけ、それっきり動かなくなった。

瑠那は藪美を助け起こした。すでに周りでは鬼たちがふらふらと立ちあがりだしている。

藪美は息を切らしていた。「こいつら十二鬼月《じゅうにきづき》？　日光浴びて砂になってくれりゃいいんだけどさ」

「上弦《じょうげん》じゃなさそうですね。頭以外でも充分に致命傷を食らってますから」

それでも鬼が接近戦術に長《た》けているのはあきらかだった。迫り来るや波状の攻撃を浴びせ、またも逃げ場を奪おうとしてくる。藪美がひとりに足技をかけ、引き倒すや馬乗りになった。彼女にレスリングの心得があるのはたしかだが、実戦慣れしているとはいいがたい。敵ひとりの動きを封じるのがやっとだった。そのあいだ藪美の両腕はふさがっている。瑠那は自分と同時に藪美の身を守らねばならない。

ローサイドキックを連続して繰りだし、瑠那は鬼たちの膝頭《ひざがしら》を割った。前屈《まえかが》みになった鬼どもを金棒で勢いよく一掃する。まだ無事だった鬼のひとりが、金棒で殴りかかってきた。瑠那も金棒でインターセプトし、両者が鍔《つば》迫《ぜ》り合いになった。男が巨体を武器に上方から押さえこもうとする。だが瑠那は敵の腹にニーキックを浴びせた。呻《うめ》き声を発した敵が体勢を崩す。瑠那は金棒をバットのように振り、鬼の顔面をぶっ飛ばした。

藪美の押さえこむ鬼が俯《うつぶ》せになっている。瑠那は跳躍し、その鬼の後頭部を蹴《け》り下ろした。顔面を床にぶつけた敵が、全身を脱力させ伸びきった。

ところが藪美がはっとしたようすで怒鳴った。「後ろ！」

撃鉄を起こす音を耳にした。鬼のひとりが拳銃《けんじゅう》を構えているとわかる。しかし瑠那はすでに包丁を拾いあげていた。なまはげ用のごとき大きな包丁を、振り向きざま縦回転を加えつつ、敵めがけ力いっぱい投げる。鬼の胸部に包丁が突き刺さった。後方に吹き飛んだ敵の手から拳銃が転がり落ちた。床に跳ねる音でステンレス製とわかる。小ぶりなルガーSP101の可能性が高い。

だがそれをたしかめるすべはなかった。まだ動ける敵が、床に這《は》う仲間を助け起こし、通路を撤退していく。そのなかのひとりが拳銃を拾いあげるのを目にした。

瑠那は藪美の手を引っぱり、通路を猛然と逃走しだした。ふたりは全力で駆けていった。いまだ銃声は轟《とどろ》かないが、油断はできない。乱射を始める前に角を折れねばならない。

角の向こう側に飛びこんだ。なおも走りつづける。藪美は狼狽《ろうばい》をあらわにしていた。「いまの……銃だった？　玩具《おもちゃ》じゃなくて？」

あのレスリングでの戦いぶりからすると、藪美には捨て身の勇気はあっても、本気で喧嘩《けんか》をした経験はなさそうだった。殺し合いなど縁遠い世界だろう。なら信用してもいい、そう考えるべきなのか。すべてが周到な芝居でなければの話だが。

瑠那は走りながらいった。「また助けてくれたんですね。感謝してもしきれません」

「いったいどうなってんの？」藪美がうわずった声を発した。「杠葉さん、なんで漫画みたいに狙われてる？」

「さっき杠葉と呼び捨てにしてくれたじゃないですか。嬉《うれ》しかったです。これからもそう呼んでくれませんか」

「きみ、やっぱ変わってるね……。親密になるなら下の名で呼び合おうか、瑠那」

「いいですね」瑠那は笑ってみせた。「藪美」

藪美が笑みを浮かべたが、表情はひきつりがちだった。まだ恐怖が覚めやらないらしい。慌てふためく逃げっぷりも演技とは思えない。ごく自然な反応に感じられる。やはり藪美は一般人なのか。心を許していいのだろうか。

正面玄関から射しこむ光が見えてきた。ふたりは同時に歩を緩めた。互いに顔を見合わせる。瑠那は後方に耳を澄ました。追っ手の足音はきこえない。

残る距離をふたりは駆けていった。出入口に達すると、建物の外にはもう巫女《みこ》装束が勢揃いしていた。

桝崎教諭がこちらに背を向け、当惑ぎみに巫女たちに問いかけている。「まだでてきていないのは杠葉と野中か？　みんな姿を見かけなかったか。迷子になるとは思えないが……」

すると琴奈がこちらに目をとめ、嬉しそうに笑った。「あ、杠葉さん！」

全員がいっせいにこちらを見つめてきた。桝崎教諭も振りかえった。どの顔にも驚《きょう》愕《がく》のいろが浮かんでいる。ふたりの巫女装束がぼろぼろになっていたからだろう。

「ど」桝崎教諭が啞《あ》然《ぜん》としてきいた。「どうしたんだ？　そのありさまは」

藪美が疲れきった顔でつぶやいた。「鬼《き》殺《さっ》隊《たい》、ただいま帰りました」

「はい」瑠那は藪美に倣ってみせた。「今後も柱《はしら》をめざして精進します」

10

一年生の十六歳、浄のクラスの筆頭、優等生を自負する鑑継祥子は苛《いら》立《だ》ちをおぼえていた。

夏期巫女学校は、祥子の才能を同世代に広く知らしめる、華々しいデビューの場になるはずだった。なのにこざかしい奴らが混乱を引き起こし、いっこうに目立てずにいる。

午前中の二時限目は、百人一首の実技自習になった。第三校舎一階の特別教室は専用の和室だった。明治神宮の競技かるたの会場と、寸分たがわぬ内装を誇っている。

畳張りの大広間で、天井には埋めこみ式の照明が縦横に並び、部屋の隅々までを均等に照らしだす。

生徒たちはみな巫女装束で、袖《そで》を襷《たすき》で縛っている。正式な授業であっても実技自習のため、担当の教師はいない。それぞれが模擬戦に参加し、試合結果が成績に反映される。教師の目がない状況を利用し、祥子は気にいらない同学年の生徒らを、こてんぱんに叩《たた》きのめすつもりでいた。プライドを傷つけ、格下であることを思い知らせれば、生意気な生徒も祥子にへつらうようになるだろう。

今回の実技自習に、権正クラスの杠葉瑠那が出席すると知り、祥子は燃えていた。高慢な鼻をへし折ってやる絶好の機会にちがいない。ところが模擬戦が始まって三十分、瑠那はいまだに現れない。

伝えきくところでは、前日に節分追儺《ついな》式の実技に参加した瑠那は、またもトラブルを起こしたらしい。正のクラスの野中藪美という巫女とともに、きょうも朝から教員らに事情をきかれているという。

噂によれば、瑠那と藪美は鬼たちに襲われたと主張したようだ。だが御正宮の通路に、荒らされた痕跡《こんせき》は見受けられたものの、暴虐を働いた教職員などいないと確認された。とはいえ弓道の授業と同様、不審者の侵入も疑われるため、瑠那と藪美はかならずしも嘘つきの扱いを受けていない。祥子はそんな情報を得た。

ちっぽけな神社の巫女にすぎないくせに、このうえなく腹立たしい存在、それが杠葉瑠那だった。あいつのせいで夏期巫女学校の品格が低下しつつある。さっさと退学に追いこむにかぎる。成績の最終順位一位は、ほかならぬ鑑継祥子でなければならない。

大広間のあちこちで百人一首の模擬戦がおこなわれている。連戦連勝をつづけるうち、祥子は大勢の取り巻きを引き連れていた。

いまの対戦相手は、権正のクラスで杠葉瑠那の友達、恵南琴奈だった。下の句の札を二十五枚ずつ、互いの陣地に三段ずつ並べたのち、正座して向かいあう。上の句はほかの巫女が詠みあげる。

気弱そうな琴奈は最初から腰が引けていた。祥子はどんどん札をとっていき、ずっと琴奈には一枚もとらせていない。

畳の上に残る下の句の札は、早くもわずか数枚になった。祥子は琴奈にきいた。

「杠葉さん、この授業は欠席なのかしら」

「いえ……」琴奈は困惑ぎみに微笑した。「きっともうすぐ来ると思います」

「そう。先生がたの手を煩わせるなんて、巫女にあるまじき振る舞いよね。その友達もたかが知れてる」

詠み手の巫女が上の句を詠み始めた。「あ……」

祥子はすばやく動き、下の句の札の一枚を、勢いよく横方向に弾《はじ》いた。ながながし夜をひとりかも寝む。いま残っている札のうち、〝あ〟で始まる上の句は、柿本人麻呂《かきのもとのひとまろ》の〝あしびきの山鳥の尾のしだり尾の〟しかなかった。

取り巻きがまたどよめいた。巫女のひとりが腰巾着《こしぎんちゃく》のごとく囃《はや》し立てる。「さすが鑑継さん。浄の組の誇りですわ」

祥子は鼻を鳴らしてみせた。「巫女がひとりしかいない神社では、百人一首をする相手もいないんでしょ」

笑いの渦がひろがる。琴奈は顔を真っ赤にし、黙ってうつむいていた。

また上の句が詠みあげられる。祥子は容赦しなかった。残る数枚をすべてとり、対局はワンサイドゲームのまま終了した。

取り巻きの巫女が、まるで自分が勝ったかのように琴奈を嘲笑《ちようしよう》した。「恵南さん。お友達を選んだほうがいいわよ。杠葉さんの下品さと頭の悪さが伝染しちゃったみたい」

集団の笑い声がけたたましく響き渡る。琴奈は半泣き顔ながら、抗議の声を忍耐で呑《の》みこみ、深々と頭をさげた。そのさまはまさに土下座だった。祥子は片手を振り、琴奈にさっさと立ち去るよう動作でしめした。琴奈が両手で顔を覆いながら逃げだすと、周りの巫女たちはどっと笑った。

詠み手の巫女が告げてきた。「鑑継さん。次の対戦相手は権正の組、杠葉瑠那さんです」

巫女たちが静まりかえった。祥子のなかに緊張が走った。退場する琴奈に代わり、いそいそと正面に座る巫女を、固唾《かたず》を呑んで見守った。

ところが正座し頭をさげたのは瑠那ではなかった。西洋人っぽい小顔と華奢《きゃしゃ》な身体つきが目の前にある。杢子神宮の巫女でありながら、権正のクラスに降格になった、松崎真里沙が面《おもて》をあげた。

祥子は思わず眉《まゆ》をひそめた。「相手は杠葉さんのはずだけど」

真里沙が静かに応じた。「対戦表ではそうなっています。でもまだ姿を見せないので、規則にしたがってわたしが代わりに」

取り巻きの巫女たちは一枚岩ではなかった。真里沙に対し嫌悪ではなく、うっとりとしたまなざしを向ける者もいる。杢子神宮でもお馴染《なじ》みの反応だった。頭の軽い巫女ほどボーイッシュな真里沙に魅了される。常に風紀を著しく乱れさせる、巫女にまったくふさわしくない血筋と風貌《ふうぼう》。ここで完膚なきまでに叩きのめしておくにかぎる。

互いに下の句の札を二十五枚ずつ交ぜたのち、交換して畳の上に並べる。真里沙のしぐさは優雅で、ともすると上流階級の美少年に見えなくもなかった。ほかの巫女の心がぐらつくのも理解できる。だからこそよけいに腹立たしい。維天急進派の影響を濃くする杢子神宮の神道において、トランスジェンダーなど穢《けが》らわしさの極みにすぎない。最優秀者の祥子としては、この異端児に天誅《てんちゅう》を食らわせ、巫女の世界から追放せねばならない。

対戦が始まった。詠み手の巫女が発声した。「わが……」

祥子は即座に身を乗りだした。〝わが〟で始まる上の句のつづきは〝袖は〟か〝庵《いお》は〟のいずれかしかない。しかし〝が〟の次にSの響きがきこえれば袖、Iなら庵と判断できる。詠み手はIの響きを口にした。〝庵〟とはっきり発音する前に、祥子の手は下の句の札に向かっていた。世を宇治《うじ》山と人はいふなり。

ところが祥子の手が達するより早く、真里沙が札を横方向に弾いた。

祥子は愕然《がくぜん》とした。視線をあげると真里沙の涼しい顔がそこにあった。

札をとられた。真里沙もIの発声を敏感に察知し、迅速に反応したらしい。祥子は慄然《りつぜん》とした。真里沙は競技かるたの強者にちがいなかった。

周りの巫女《みこ》たちがざわめきだした。頬を赤らめながら真里沙を見つめる目も増えた。あろうことか祥子の取り巻きの大半が、敵である真里沙に魅了されつつある。

真里沙の素振りはクールな美少年そのものだった。軽く前髪を撫《な》でつけたのち、また前屈姿勢で札を見下ろす。自分に関心を向けてくる少女たちの熱いまなざしを、いっこうに意に介さない。百人一首に集中するその態度が、さらに乙女の恋愛感情を刺激する。

祥子のなかで憤りが募った。なんとしても真里沙を叩き潰《つぶ》さねばならない。詠み手の巫女に視線を送る。すると詠み手は小さくうなずき、手にした上の句の札を水平にし、照明にしっかりとかざした。

長い髪に隠れた祥子の耳には、ワイヤレスイヤホンが嵌《は》まっている。人工音声が告げてきた。〝上ノ段、右から四枚目〟。

祥子の父は杢子神宮の権禰宜《ごんねぎ》だった。父自身、権宮司の座をめざし、最終的には宮司に上り詰めようとしている。娘の祥子も巫女学校でいちばんの成績をおさめねばならない。父は日廻神宮にも顔が利いた。娘のために手段を選ばず、あらゆる下準備を徹底してくれている。

もう広く知られることだが、カジノのカードゲームのテーブルにはセンサーが付いている。使用されるカードは、一般のトランプより厚みがあり、電車のスイカやイコカと同じく、非接触ICが内蔵されている。それによりカジノ運営側は、客によるカードのすり替えや、ディーラーの個人的な不正の有無を監視している。カードリーダーセンサー付ゲームテーブルの価格は約二百万円で、一般にも販売中だった。

百人一首の札は、カジノのカードよりさらに厚みがあるため、非接触ICは難なく仕込める。ここにある下の句の札は、すべてセンサーにより識別が可能になっている。詠み手が持つ上の句の札は、天井の照明に内蔵されたカメラに向けると、文面が自動的にスキャニングされる。畳の下のセンサーが下の句の札の位置を察知し、人工音声で祥子の耳に伝えてくる。

もう次にとるべき札が〝白きをみれば夜ぞふけにける〟なのはわかっている。詠みあげられる上の句は、中納言家持《ちゅうなごんやかもち》の〝かささぎの渡せる橋に〟だ。しかし詠み手がなにもいわないうちに、祥子が動いてしまったのでは、不正を白状するも同然になる。第一声の〝か〟、せめて〝K〟の発音を、詠み手が漏らした直後に手をださねばならない。

詠み手がいった。「か……」

祥子の手がすばやく札を横に弾いた。取り巻きの巫女がどよめいた。真里沙ははっかささぎの渡せる橋に……。

いくらでも集中すればいい。

「ひと……」

花ぞ昔の香《か》に匂ひける。


　祥子を見つめた。詠み手が上の句を詠みつづける。

祥子がお手つきでないことは証明された。祥子は内心せせら笑った。

　真里沙の表情が真剣になった。

い。勝負はもう目に見えている。

　対戦はつづいた。新たに一首が詠みあげられる。

　まだ真里沙は動かない。〝ひ〟の時点で三首ある。〝ひと〟まで詠まれれば二首に絞りこまれる。しかし次の音は〝は〟か〝も〟に分かれる。そこまできかないと区別できない。

　それでも結果を知る祥子は、難なく先んじて札をとった。

詠み手は〝人はいさ……〟と詠んだ。またも祥子が正解だったと裏付けられた。

　真里沙の顔に怪訝《けげん》ないろが浮かびだした。いまの祥子の行動が勘に基づくものだったかどうか、真里沙は疑わしく思っているのだろう。好きなだけ考えあぐねればいい。もう真里沙には一枚もとらせない。

　その後も詠み始めで、下の句が絞りこまれる寸前を狙い、祥子は次々と札をせしめていった。真里沙の表情が徐々に険しくなっていく。やがて勝てないと悟ったのか、淀《よど》んだまなざしがさらに暗く沈みだした。美少年っぽい端整な顔が焦燥に歪《ゆが》みだすのは一見の価値がある。祥子はじわじわと確実に真里沙をいたぶりつづけた。最初の一枚以外、まったく勝てずにいる真里沙を見下すことに、なんら躊躇《ちゅうちょ》をおぼえなくなった。

「松崎さん」祥子はいった。「わたしはもう二十枚近くとってる。そろそろ本気をだしてくれないと、あなたの負けが確定しちゃう。どう？　いまのうちに降参しとく？」

真里沙は辛《つら》そうに目を伏せた。けれども硬い顔のままささやいた。「いいえ。最後までお手合わせ願います」

「いい心がけ。でも自分の置かれた状況を考えたら？　この勝負に負けた場合、潔く巫女から足を洗ったらどうかしら。あなたには向いてない職業だし」

「……わたしには巫女しかないんです。杢子神宮に育てていただいた恩もあります」

潔癖すぎるほどの清純さと頑《かたく》なさが、またも巫女たちを魅了し始める。まるで宝塚の男役だ。祥子は業を煮やした。「甘ったれたことばかりいわないでよ。自分の進退を賭《か》けると約束しなさい。いま対局をつづけるだけでも、わたしの手を煩わせてるって自覚はあるの？」

真里沙は表情を曇らせたものの、決意の籠《こ》もった上目づかいで見かえしてきた。

「わかりました」

「進退を賭けるのね？　そうこなきゃ」祥子は笑った。真里沙が挑発に乗ってきた。もう運命は確定した。異端児は巫女学校から追いだされる。杏子神宮にも居場所はなくなる。

沈痛な面持ちの真里沙が目を閉じた。約束を後悔しているらしい。だが時すでに遅しだ。祥子の心は躍った。父もきっと褒めてくれる。

そのとき誰かの手が真里沙の肩に触れた。真里沙がびくっとして振りかえった。杠葉瑠那が真里沙に交替をうながす。真里沙は茫然《ぼうぜん》としつつも退いた。代わって瑠那が祥子の真向かいに正座した。瑠那が両手を前につき、深々と一礼する。

祥子は動揺とともに抗議した。「松崎さんと対戦中なんだけど」

「もともとわたしと鑑継さんの対戦でした」瑠那が醒《さ》めた顔でいった。「それとも負けるのが怖いですか」

「松崎さんの将来を賭けた勝負だったのよ」

「ならわたしの将来も賭けます」

ざわっとした驚きがひろがる。真里沙が感慨に満ちた目を瑠那に向けていた。あれだけクールひとすじだった真里沙が、瑠那に対しては惚気《のろけ》に似た、なんらかの思いをのぞかせる。祥子はいっそう憤怒の感情を掻《か》き立てられた。

「……よくいった」祥子は詠み手の巫女《みこ》に目配せした。「じゃ、このまままつづけましょう」

瑠那が飛びいり参加してきた。けれども案ずることはない。こちらには必勝のメカニズムがある。たったいま瑠那は将来を賭けると明言した。真里沙とふたり揃って地獄に叩《たた》き落としてやる。

人工音声が祥子の耳に届いた。「中ノ段、左から二枚目」

〝夢のかよひ路人目よくらむ〟だった。すると上の句は〝住の江の……〟だ。〝す〟で始まるのは一枚だけになる。Sの発声がきこえた瞬間に動けばいい。

いまにも詠み手の巫女が、上の句を詠み始めようとしている。祥子は前のめりになり、詠み手の第一声をまった。

Sの発声を帯びた吐息が、きこえるかきこえないか、まだそんな段階だった。祥子の目の前を突風が横切った。数秒ののち、それが瑠那の動作だとわかった。瑠那の手はとっくに札を横に弾《はじ》いていた。

祥子は愕然《がくぜん》とし凍りついた。周りの巫女たちもどよめいた。真里沙はひたすら目を瞠《みは》っている。瑠那だけが平然とした面持ちのまま、とった札を手もとに引き寄せた。

思わず茫然自失とさせられる。祥子は自分の目を疑った。なんという早業だ。だが圧倒されてばかりはいられない。いまのは偶然にちがいない。唯一の〝す〟で始まる札だ。ビギナーズラックは誰にでもある。次からは好きにさせない。

人工音声が次の札の位置を告げた。相手側、上ノ段、左から四枚目だとわかった。むべ山風を嵐といふらむ。上の句は〝吹くからに……〟だ。

〝ふ〟で始まる上の句の札は、やはりこの一枚だけだった。けれどもハ行で始まる上の句なら、まだ〝春過ぎて……〟や〝久方の……〟、〝ほととぎす……〟など複数残っている。Hの発音がきこえた段階では、瑠那の耳がいかに良かろうと、けっして絞りこめないはずだ。その段階で先制してやる。

詠み手の巫女が詠み始めようとする。まだなにもきこえない。ところがふたたび疾風が祥子の前を駆け抜けた。〝むべ山風を……〟の札は、すでに瑠那の手に弾かれ、木の葉のように宙を舞っていた。

誰もが言葉を失っている。いまさら詠み手の声だけが虚《むな》しく響き渡る。「吹くからに秋の草木のしをるれば、むべ山風を……」

「いんちきよ!」祥子は慌てて怒鳴った。「まだなにもきこえてなかった」

「いえ」瑠那が見かえした。「一音に満たなくても発声のきざしは耳に届きました」

「Hの発音ならハ行すべてが当てはまるでしょう。絞りこめるはずがない」

「H？　いまのはFでした。上前歯が下唇に触れてる発声だから〝ふ〟しかありえない。Hなら上唇と下唇が離れています」

衝撃が感覚を麻痺《まひ》させる。周りの巫女たちも恐れおののく反応をしめしていた。祥子は全身の震えを抑えられなくなった。

なんという聴覚の鋭敏さだ。研ぎ澄まされているどころの騒ぎではない。しかもこの瑠那の落ち着きようはどうだろう。プレッシャーなど微塵《みじん》も感じていない。逆に猛烈な威圧感が押し寄せてくる。とても抗《あらが》いきれない。

戦々恐々とする祥子の内耳に、人工音声が反響した。「エラー。カードリーダーセンサーが故障です……」

どういうことだ。祥子は冷や汗をかきつつ瑠那を見つめた。その手もとに視線が落ちる。とたんに祥子はぎょっとした。瑠那の右の人差し指が、畳のなかに深々と突き立てられていた。

11

瑠那は冷静な気分で祥子を見かえしていた。自分の手もとを眺める必要はない。右手の人差し指はついさっき、満身の力をこめ畳に突き立てた。指先に配線や基板を突き破った感覚が残る。

カジノのカードテーブルと同類のセンサーが仕込んであることは、祥子と真里沙の対戦を遠目に眺めただけでも確信できた。非接触ICを感知するセンサーには当然、電源が必要になる。大広間のすべての模擬戦場を、縦横に結ぶ配電を考慮すれば、配線の位置はおのずから割りだせる。瑠那はそこを断線させた。

人差し指を畳から抜き、瑠那は祥子に問いかけた。「この勝負、鑑継さんも進退を賭けてるんですよね?」

祥子は動揺をあらわにしていた。うわずった声で祥子は否定した。「そ、そんなこと、わたしはひとことも……」

「そうですか」瑠那は詠み手に視線を移した。「次」

詠み手の巫女があわてぎみに、上の句の札に目を落とす。「ゆ……」

瑠那は間髪をいれず一枚の札を弾いた。蘆《あし》のまろやに秋風ぞ吹く。詠み手の詠む上の句が正解を証明する。夕されば門田《かどた》の稲葉おとづれて……。

「ありえない!」祥子が血相を変え怒鳴った。「〝由良のとを……〟かもしれないのに、

〝ゆ〟だけじゃとれない!」

「yuの段階でrにつながるのなら舌が丸まります。鑑継さん」

「なによ」

「耳掃除したら?」

祥子の顔面が紅潮し、茹《ゆ》で蛸《だこ》のようになっている。瑠那は身を退かせた。真里沙に交替を目でうながす。当惑ぎみの真里沙だったが、瑠那の要請に応じ、対戦位置に戻った。

「か」祥子が取り乱したようすで批判した。「勝手にころころ入れ替わらないでよ」

瑠那は首を横に振った。「松崎さんの将来がかかっているのなら、みずから勝負する権利があるはずです。それと……」

「今度はなに?」

「耳栓をとったほうがよくきこえます」

張り詰めた空気が充満する。祥子はさかんに眼球を泳がせていた。ワイヤレスイヤホンの装着を見抜かれている、ようやくその確信を得たらしい。周りの巫女はどうしたことかとうろたえるばかりだった。

詠み手が緊張の面持ちで詠み始めた。「ちぎりき……」

真里沙の手がすかさず一枚の札を弾いた。〝ちぎり〟までなら二枚あるが、次の一音をきけば、どちらなのかあきらかになる。末の松山《まつやま》波こさじとは。誰の目にも真里沙の正解は明白だった。

以後の展開はまるで勝負にならなかった。真里沙は次々と札を奪った。祥子は手がでないどころか、すっかり及び腰になっていた。そのうち真里沙は、まるで祥子に機会を譲るかのように、上の句を長くきくようになった。祥子は血眼になり下の句の札を探しつづけた。しかし時間がかかりすぎた。充分に時間差のハンデをあたえたうえでも、最終的に札をとるのは常に真里沙だった。

両者のとった札が互角になった。残る札もごくわずかだった。次の一枚で勝敗がきまるといっても過言ではない。詠み手の巫女の声が響き渡った。「ちはやぶる……」

あまりに有名な歌だ。なかなか動きださない祥子に、周りの巫女たちが激しく狼狽《ろうばい》している。それがプレッシャーになったのか、祥子はこわばった表情で、片手を浮かせたまま固まってしまった。

その隙に真里沙が一枚を弾いた。からくれなゐに水くくるとは。まちがえようのない下の句の札だった。

祥子は腰が抜けたように茫然《ぼうぜん》としていた。その顔が周りに向くと、ふいに憎悪のいろがひろがった。甲高い声で祥子が当たり散らした。「あなたたちが邪魔するから集中できなかったんでしょ！」

心外だという周りの反応が、祥子の怒りをさらに増長させたらしい。両手を振りかざし暴れだした祥子を、ほかの巫女たちが押さえようと必死になった。

巫女のひとりが叫んだ。「だ、誰か先生を呼んできて！」

数人の巫女が廊下へと走っていった。真里沙はひとり深々と頭をさげ、ゆっくりと立ちあがった。ちらと瑠那を見たのち、逃げるように歩を速めた。真里沙が大広間から廊下にでていく。

大広間の混乱を尻目《しりめ》に、瑠那は真里沙を追って廊下へ駆けだした。畳張りの廊下の角で、真里沙はこちらに背を向け、ひとり立ちどまっていた。周りにはほかに誰もいない。

瑠那は歩み寄りながら声をかけた。「松崎さん……」

振りかえった真里沙と向かいあう。瑠那は絶句せざるをえなかった。真里沙のまなざしは乙女のいろに染まりきっている。瞳孔《どうこう》が開ききった状態で、瑠那をひたすらまっすぐに見つめてくる。目が潤みだしたと思いきや、大粒の涙が膨れあがった。恍惚《こうこつ》とした表情が真っ赤に染まり、真里沙はストレートに感情をぶちまけてきた。「杠葉さん、好き」

「あ、あの」瑠那は思わず後ずさった。「お手紙をどうも……。でもまだお互いによく知らないですし……」

「わたしはあなたのことをよく知ってる。理想どおりの女の子だった。杠葉さん。あなたしかいない。わたしを地獄から連れだして」

切実なうったえようだった。嘘偽りがあるようには思えない。真里沙はたしかに純粋な心の持ち主なのかもしれない。こうして見つめあううち、真里沙が女だという事実を忘れそうになる。顔立ちは美少年そのものだからだ。けれども真里沙の主張は、救いを求める囚《とら》われの姫以外のなにものでもなかった。

瑠那は説得に入った。「落ち着いてください。あの手紙を届けたおばあさんの伝言、本当なんですか？　ＥＬ累次体の全メンバー名を教えてくれるの？」

「お願い」真里沙が瑠那の両手を包みこむように握った。「わたしにはあなたしかいない。なんでもいうことをきくから、一緒に逃げて」

当惑とともに緊張も生じてくる。真里沙は少なくとも、ＥＬ累次体という言葉になんの戸惑いもしめさなかった。意味不明とばかりに問いかえしたりもしない。交換条件を提示した自覚はあるようだ。

瑠那はささやいた。「松崎さん。EL累次体の名簿を持ちだしたの？　それはいまどこにあるんですか」

「ああ、杠葉さん」真里沙は涙ながらにすがってきた。「わたしを見捨てないで。ここに置いていかないで」

「そんなことはしません。だから教えてください。名簿はどこに……」

「いまここにはないんです。それよりまずわたしを先に連れだして。いますぐにでも逃げだしたい」

「でも名簿を……」

「杠葉さん。わたしと名簿とどっちが大事なんですか」

困った。とんでもない二択クィズだ。名簿を餌に誘ってきたはずが、どちらが大事かと問われても答えようがない。

けれども瑠那のなかには別の感情が生じ始めていた。真里沙のせつなさに満ちた表情は、西洋人顔も相俟《あいま》って、まるで亡国の王子のように見えてくる。薄幸の美少年をこのまま捨て置けるはずがない。いや、まて。真里沙は女だろう。とはいえ心まではどうなのかわからない。

維天急進派の影響が濃い杢子神宮で、真里沙が迫害の憂き目に遭ってきたのは想像に難くない。しかしＥＬ累次体とはどんな関わりがあったのだろう。彼女の苦悩は本物に思える。救いだすべきなのか。だがそもそもこれは罠《わな》ではないのか。

頭が沸騰しそうになったとき、大人の男性の声が耳に飛びこんできた。「なにをしてる？　実技自習中のはずだろう。教室に戻りなさい」

はっとして振りかえった。男性教師が巫女《みこ》数人を連れ、廊下をつかつかと歩いてくる。祥子が取り乱したため、巫女たちが教師を呼んできたようだ。瑠那と真里沙も廊下にいるところを注意されてしまった。

すぐ大広間に戻らねばならない。瑠那は真里沙とともに頭を下げた。顔をあげると、また真里沙と目が合った。胸が張り裂けそうと主張するようなまなざしが、無言のまま瑠那に向けられる。恋に破れ、自暴自棄になった少女あるいは美少年のごとく、真里沙は大広間へと駆けだした。追い抜かされた教師や巫女たちが、面食らった顔で真里沙の背を見送る。

　当惑とともに瑠那は頭を掻《か》いた。危なかった。いつの間にか真里沙の瞳《ひとみ》に吸いこまれそうになった。ＥＬ累次体の名簿を要求する自分に罪悪感すらおぼえる。いったいなにをやっているのだろう。なんのためにここに来たのか、これではまるで意味不明ではないか。

12

午前中最後の授業は、普通教室で神道史の授業だった。瑠那と琴奈の班は制服に着替え出席した。

授業が始まってからも、教室内の巫女たちがやけに落ち着かない素振りをしめす。理由はあきらかだった。真里沙が出席しているからだ。美少年然とした真里沙は、教室のほぼ真んなかの席に座っていた。前方の席の巫女は絶えず振りかえり、後方は伸びあがってまで真里沙をのぞきこもうとする。

瑠那は窓際の席にいた。思わず唸《うな》らざるをえない。誰も真里沙の存在を無視できない、それが巫女たちのあいだで常識となりつつある。

神道史の教師は望月《もちづき》という四十前後の男性だった。斎服姿の望月が教壇で説明した。

「弥生《やよい》時代には刀自《とじ》と呼ばれる女性が祭祀《さいし》を司《つかさど》ったが、そのなかで指導者的な立場が巫女だった。邪馬台国《やまたいこく》の卑弥呼《ひみこ》もそうだ。五世紀から六世紀にかけ、巫女埴輪《はにわ》が作られたことをみても、当時の巫女の地位は高かったと考えられる」

真里沙は真剣な顔で教科書に目を落としていた。わずかに首を傾げながら頬杖《ほおづえ》をつく。その仕草だけでも、巫女たちは魅了されたのか、まるで男性アイドルを目撃したようにざわめきだした。

望月教諭はむっとしながら顔をあげた。「静かに。大和《やまと》朝廷の時代には、男性が政治の実権を握ったうえ、仏教の影響もあり巫女のシャーマニズムが否定され始めた。鎌倉《かまくら》時代には憑依《ひょうい》巫女は土俗化。さらに大きな変化は明治維新によってもたらされた。どんな変化か、わかる人は？」

生徒たちは無反応だった。答えがわからないというより、みなうわのそらで、質問をきいていなかったというべきだろう。望月教諭もそんな空気を察したらしい。瑠那と目が合うや、わりとまともな学習ぶりを見てとったからか、ただちに指名してきた。「杠葉」

瑠那は答えた。「国家神道化です」

「そのとおり。では国家神道化により巫女の扱いはどうなったか。松崎」

真里沙も即答した。「科学的見地から巫女の超能力が否定され、託宣や卜占《ぼくせん》が禁止になりました」

「正解だ」

教室内の巫女たちはいっせいに笑顔になり、感銘に色香までが織り交ざった、なんともいえない声を発した。望月教諭が苛立《いらだ》たしげに咳払《せきばら》いをすると、巫女らは居住まいを正した。瑠那は真里沙の髪からイヤリングがのぞきはしないかと、そこだけをハラハラしながら見守った。

ふと気になることがあった。いま真里沙がいったように、明治期には巫女のシャーマニズムが政府により否定された。しかしこの学校舎では、太平洋戦争前の神道を再現するとして、憑依巫女の実習をおこなっている。藪美の話では、巫女学校の期間以外にも、一年を通じ研究されているらしい。後日、瑠那が図書室で調べたところ、たしかにそのような記録が見つかった。

神社本庁の維天急進派がめざすのは、明治憲法当時の制度の復興のはずだ。神道の権威性や家父長制、人工妊娠中絶禁止、トランスジェンダーの否定など、維天急進派の望むすべてがあるからだ。しかし明治時点では、もう憑依巫女は政治と無関係だった。それ以前の太古の文化まで遡《さかのぼ》り、実習をおこなうとは、いったいなにを学ばせたがっているのだろう。

望月教諭の声がきこえた。「杠葉」

「は」瑠那は我にかえった。「はい」

「ぼうっとするな。質問に答えろ」

「えっと……。申しわけありません。もういちど問題をうかがってもよろしいでしょうか」

大仰にため息をつき、望月教諭が教室を見渡した。「みんなどうかしてるぞ。疲れてるかもしれんが集中しろ。杠葉。東北には恐山《おそれざん》のイタコのほかに、神霊を宿すと称する憑依巫女がいる。それをなんという?」

「カミサマです」

「そうだ。カミサマだ。青森県の津軽《つがる》地方で信仰される憑依巫女で、カミオロシのシャーマンとされる」

「あの……」瑠那は声をかけた。「先生」

「なんだ?」

瑠那は疑問を口にした。「本校の授業で扱われる神道や巫女の文化は、総じて明治時代を基準としているようです。でも巫女のシャーマニズムだけは太古の習慣になります。どうして実習研究がおこなわれてるんでしょうか」

「いいところに気がついた。杠葉。赤倉《あかくら》霊場を知っているか」

「津軽のカミサマの聖地です」

「現在でも二十数件の堂社が建ち並んでいる。けっして過去のものではない」

いや……。瑠那は納得できなかった。カミサマの現状は、恐山のイタコと同じく土俗化した歴史の果てに、文化遺産としての価値をみいだされたにすぎない。この学校の研究対象のなかで、憑依巫女のみ時代が大きくずれている。憑依現象も心理学におけるトランス状態と解明されているはずだ。いまさら検証する必要がどこにある。

望月教諭が探るような目を向けてきた。「杠葉。まだなにか気になるのか」

「いいえ。なんでもありません」

瑠那は否定しておいた。教員は教科書どおりに授業を進めているにすぎない。巫女学校を運営する神道の一流派の意向が、教育内容に強く反映されているはずだ。その流派とは維天急進派。EL累次体とも密接なつながりがあると考えられる。そこに潜む意図となると、教師に質問してもわかるものではない。

そのとき瑠那の背が軽く叩《たた》かれた。振りかえると、後ろの席の琴奈が片手を差しだしてきた。折り畳まれた紙が瑠那に渡された。

授業中にこっそり紙をまわすとは、まさに学校あるあるだった。望月教諭の視線が逸《そ》れているのを確認し、瑠那は机の下で紙をひろげた。

また困惑が頭をもたげてくる。真里沙の丁寧な字が並んでいた。

杠葉瑠那さんへ
お昼休みに第二校舎裏、農作業用倉庫前でまっています
松崎真里沙

瑠那は真里沙に目を向けた。真里沙はちらと瑠那に視線をかえしてきた。懇願するようなまなざしが見つめてくる。しかしそれは一瞬に留《とど》まり、すぐに望月教諭が真里沙を呼んだ。

「松崎」望月教諭がまた指名した。

「はい」真里沙が応じた。

「同性愛は先天的でなく後天的な依存症であり、個人の強い意志で抜けだせる。杢子神宮や日廻神宮は、神社本庁のこういう見解に賛同しているが、きみの意見は？」

神社本庁といっても維天急進派にかぎった思想だ。教室内はしんと静まりかえった。教師がいきなり同性愛の話題を持ちだしてきた。真里沙のせいでほかの巫女《みこ》たちが、雑念にとらわれていると判断し、忌まわしいことと批判するつもりだろう。

差別的な扱いにより、真里沙を孤立させるやり方は、おそらく杢子神宮でも頻繁におこなわれたにちがいない。望月教諭の慣れた口ぶりから、そんな習慣を踏襲してい

ると思われた。瑠那から苦言を呈するべきだろうか。

ところが真里沙はあっさりといった。「神道には開祖がいません。信者は御利益を願いますが、そこに神様との契約はなく、守らねばならない教義も、救済の条件もありません。なにをどうこうしろと、神道の神様はおっしゃっていません」

巫女たちは黄いろい声を発した。またしても宝塚にたとえれば、出待ちのファンたちが、タカラジェンヌを迎えた瞬間のようだった。望月教諭がげんなりした表情で黙りこむと、教室内には歓声に似た笑いが沸き起こった。真里沙は澄まし顔のままだった。

瑠那は内心ほっとした。真里沙はうまくかえした。芯《しん》の強さものぞく。差別に押し潰《つぶ》されそうになるばかりの、意志薄弱な乙女というわけではなさそうだ。

とはいえ瑠那は、教室内の巫女全員が喜んでいるわけではない、そんな事実に気づいていた。ここに鑑継祥子はいないものの、浄のクラスの数人が、硬い顔で真里沙を見つめている。

意地悪集団がまたちょっかいをだしてくるにちがいない。真里沙はさまざまな方面から目をつけられている。瑠那はため息を漏らした。いつしかボディガードを務めざるをえなくなった。

13

外は晴れている。瑠那は制服姿でひとり第二校舎裏に向かった。昼休みの時間だけに、生徒らはみな食堂に集まっている。こんな時間に校内を散歩する物好きはほかにいない。

現に校舎裏にはひとけがなかった。殺風景な一角だった。夜間用の小型照明塔が三基、いずれも高さは三メートルほどある。近くにプレハブ平屋の物置が建っている。農作業用倉庫だった。外側に立水栓があり、散水ホースがつながれている。

じきに田遊びの祭祀《さいし》と称する、種蒔《たねま》きや草刈りの予祝神事が、実習授業でおこなわれる。一年間の農作業について、巫女がジェスチャーで真似る儀式のようだが、本当に田んぼに入っておこなうらしい。田植えは実際にやるともきいた。どこまでが巫女の仕事なのだろう。

真里沙が手紙で指定してきた待ち合わせ場所は、この農作業用倉庫前だった。とっくに来ていておかしくないが、まだ真里沙の姿は見当たらない。

それでも瑠那は辺りが無人でないと気づいていた。倉庫の裏に複数の人影が潜む、そんな気配がある。やれやれと思いながら瑠那はいった。「早くでてきてもらえますか」

集団の靴音が倉庫の外側をまわりこんでくる。まず現れたのは制服姿の巫女たちだった。鑑継祥子とその取り巻き十人ほどがいる。みな性悪そのものの微笑を浮かべているが、不敵さは勇気の証《あかし》ではなかった。なぜ彼女たちが堂々としていられるか、理由はすぐに判明した。迷彩柄のタンクトップにズボン、屈強そうな二十代から三十代の男たちが、ぞろぞろとつづいたからだ。

男たちの人数も十人前後になる。正確に数えあげなくても十一人だとわかる。御正宮で襲ってきた鬼の扮装《ふんそう》は十三人だったが、うちひとりは全身に福豆がめりこみ、もうひとりは包丁を胸に食らった。無事に復帰可能なのは十一人だろう。面を外していても、あのときのメンバーが勢揃いしているとわかる。瑠那が殴ったり蹴《け》ったりした場所に痣《あざ》があるからだ。

祥子が勝ち誇ったように腕組みをした。「松崎さんから手紙をもらって、のこのこ出向いてきた？　あなたも同性愛者なの？　キモ」

瑠那は醒《さ》めきった気分で祥子を見かえした。「きいていいですか？」

「なにを？」

「鑑継さん。畳の下にセンサー仕込めるんだから、親が大物でしょ。たしか杢子神宮の権禰宜《ごんねぎ》が鑑継って苗字《みょうじ》だった。この人たちが校内に潜伏してるのは、お父さんの差し金？」

「わたしに万が一のことがないよう、身辺警護をしてくれてるの」

「猟銃でわたしを狙わせたり、鬼の扮装で襲わせたりするのも、その一環ですか」

「あなた優莉匡太死刑囚の娘でしょ」

「へえ……。よくご存じですね」

「父には政財界に広く友達がいてね。世間に知られてない情報を得られるの。あなたが危険分子なのはわかってた。巫女になんかふさわしくない」

「政財界に友達？　ちがうでしょう。お父さんがＥＬ累次体のお仲間とつながってるだけ」

「なんの話をしてるの。戯言《ざれごと》をほざいていられる余裕がまだあるようね」

瑠那は祥子の態度をつぶさに観察していた。ＥＬ累次体の名を理解できていない。杢子神宮とつながりがある維天急進派や、その思想を継承するＥＬ累次体について、祥子は知らないとみるべきだった。しかし薄々は勘づいているのだろう。父親の背後に巨大な権力が潜むことや、神職が民衆の目を欺く役割演技にすぎないことを。

「鑑継さん」瑠那はつぶやいた。「わたしの姉が、学校のいじめっ子たちにいった言葉、あなたたちにも捧《ささ》げます。自分たちがカスキャラだって自覚ある？」

「なによそれ」祥子は憤りをあらわにした。「どっちがカスキャラ？　わたしは今期巫女学校の主人公。凶悪犯の血を継ぐ悪女を排除しようとしてるの！　正義はまちがいなくわたしたちの側にある」

ああ、そういう理屈かと瑠那は思った。たぶんEL累次体はこんな利己的な思想の持ち主ばかりなのだろう。もう子供の代にまで影響が及んでいるとみるべきだった。

瑠那は目の前に群がる男たちに、みずから歩み寄っていった。巨漢の正面にたたずむ。男のいかつい顔を瑠那は仰ぎ見た。「巫《かんなぎ》は神様に仕える人間です。天誅《てんちゅう》を食らってみますか」

御正宮での屈辱と痛みを想起させたらしい。男は激昂《げきこう》し、わめきながらつかみかかってきた。

だが瑠那はもう手加減をしなかった。ステロイド剤で幼少期から醸成された腕力にいっさい制限を加えず、テイクバックしたこぶしで、瞬時に男の顎《あご》を思いきり殴打する。下顎骨《かがくこつ》の粉砕を手応《てごた》えに感じた。男は血反吐《ちへど》とともに、無数の歯を吹きだし、後方へと吹き飛んだ。

祥子が愕然《がくぜん》としたのを視界の端にとらえる。男たちは狼狽《ろうばい》しつつも、大声で吠《ほ》えながら突進することで、みずからの臆病《おくびょう》さを駆逐しようとしている。

瑠那は冷静に待ちかまえた。敵勢の極端な攻撃衝動は動物と同じだ。人として生まれたメリットを放棄したにすぎない。

片脚で跳躍した瑠那は、それを軸脚としつつ身体をひねり、空中で高速に横回転した。鞭《むち》のようにしなる後ろ回し蹴りで、接近する男の顔面に踵《かかと》を命中させるや、下ろした脚を新たな軸脚とし、さらに猛然と回転し反対の脚で蹴りを繰りだす。スカートの裾《すそ》が標的への角度を推し量る目安となる。瑠那は動きをとめることなく、さらに回転の勢いを増しながらも、常に敵との間合いをとり、距離が詰まるや蹴り飛ばした。大腰筋と臀筋《でんきん》群が生む破壊力をいささかもセーブせず、ひたすら連続キックを浴びせつづける。鋼鉄をも蹴り砕く意志だった。すなわち対象を生き物とは考えていない。

最後の回転は、みずから風を切る音を耳にするほど迅速だった。靴の裏でしたたかに敵の顔面を蹴り、額と頬骨を砕いた。男は前後に激しく振動したのち、ばったりと地面に倒れた。這《は》いつくばった男たちが、みな無残に顔面を変形させている。鬼の面より酷《ひど》いありさまだった。ほぼ全員が血を吐いている。のたうちまわる集団は瀕死《ひんし》の四足動物に等しかった。

祥子と巫女《みこ》たちは真っ青になり、立ちすくんだまま震えている。うち数人がスマホをとりだし、カメラレンズを向けようと躍起になっているが、いまだ撮影がままならないようすだ。

血みどろの男がわめきながら両手を高々とあげ、最後の力を振り絞り襲いかかってきた。瑠那は反射的に深く沈みこむと、膝《ひざ》のバネで伸びあがり、敵の顎に渾身《こんしん》のアッパーを食らわせた。男の身体は垂直に飛びあがり、頭を照明塔の白色灯に打ちつけた。火花が散り、無数の破片が辺りに飛散した。

瑠那は着地するや、倉庫の外にあった散水ホースを手にした。亀裂《きれつ》の入った絶縁体カバーの中身にシャワーヘッドを向け、トリガーを引き水を噴射する。水滴が高圧電流に触れるや、稲妻に似た青白い火花が新たに走り、耳をつんざく破裂音が響き渡った。

巫女たちがびくっとして、照明塔の小爆発から顔をそむけた。瑠那は動きをとめた。怯《おび》えるばかりの巫女の集団を、瑠那は黙って眺めた。

恐怖に震えていた巫女たちが、我にかえったようにスマホをいじりだした。カメラレンズを瑠那に向ける。だがどの表情も曇りだした。画面になにも映っていないからだろう。

ついさっき照明塔の半径七、八メートル以内に電磁波《EMP》が走った。圏内の電子機器類はすべて破壊された。壊れたスマホは永遠に機能しない。瑠那はスマホを寮に置いてきた。いまは所持していないため無事だ。

巫女はみな死を覚悟したように、それぞれ隣と抱き合うと、涙を滴らせながら呻《うめ》きだした。やがてひとりが堪《たま》りかねたように、絶叫しつつ身を翻した。それを合図にしたかのように、ほかの巫女たちも悲鳴とともに逃走しだした。地面に横たわる男たちにつまずき、転倒する者が続出するなか、巫女の群れはあたふたと遠ざかっていった。

祥子もそのなかに紛れていた。しかし瑠那は散水ホースを投げ縄のように振り回し、シャワーヘッドを錘《おもり》代わりに、祥子の後ろ姿めがけ放《はな》った。一直線に飛んだホースにひねりを加える。シャワーヘッドが激しく横回転しつつ、祥子の首にホースを何重にも巻きつけた。ホースが張り切った次の瞬間、祥子はのけぞり地面に転がった。

瑠那はゆっくりと歩み寄った。祥子は大蛇に首を絞められたがごとく、恐怖に慄然《りつぜん》とした表情で瑠那を見あげた。泣き叫ぶ声がなにを喋《しゃべ》っているかさだかではない。罵《ば》声《せい》にも命乞《いのちご》いにもきこえる。

「鑑継さん」瑠那は祥子を見下ろした。「こういう場合、説教して解放するのが善人だと思うでしょ。でもわたし、人の死を見すぎてね」

浮かせた片足に、体重を乗せたヒールキックで、祥子の膝下《しっか》を強烈に踏みつけた。関節が外れるような音がした。祥子の悲鳴はあまりに甲高く、ほとんど超音波に近かったため、かえって辺りに反響しなかった。このうえなく苦痛に歪《ゆが》んだ面持ちで、祥子はホースに巻きつかれたまま、地面を右に左にと転げまわった。

近くでのたうちまわる巨漢を、瑠那はもうひと蹴《け》りした。「失《う》せてください」

砂埃《すなぼこり》が立ちこめだした。男たちが四つん這《ば》いのまま、死にものぐるいで逃亡を開始したからだ。まるで熊や鰐《わに》の集団のようだった。ほとんどは祥子を素通りしていったが、数人に権禰宜への忠誠心が残っているのか、祥子に群がり必死にホースをほどきだした。起きあがり二足歩行する者はひとりもいなかった。まともな言葉ひとつ発せられない。ひたすら呻き声と喚《わめ》き声が飛び交う。いっそう動物じみた挙動で、土まみれの一群が地面を這いながら遠ざかる。

最後まで見送ったのでは日が暮れる。あるていど距離がひろがると、瑠那は農作業用倉庫に向き直った。

小さな金いろのアクセサリーが落ちている。拾ってみるとイヤリングだった。針のように尖《とが》った留具は付いておらず、代わりに砂鉄が付着している。耳たぶに穴を開けず、磁石で挟みこむマグネットイヤリングだとわかる。デザインに見覚えがあった。

真里沙の物にちがいない。片方だけここに落としていった。すぐ目の前に倉庫の鉄扉がある。

なら居場所はひとつしか考えられない。瑠那は鉄扉を開け放ち、なかの暗がりに足を踏みいれた。

農薬のにおいが鼻をつく。さまざまな農具が内部に立てかけてあった。奥へと歩いていくと、弱々しい呻き声を耳にした。

瑠那は目を暗闇に慣らすすべに長《た》けていた。木製桶《おけ》の陰に真里沙が尻餅《しりもち》をついている。身体をロープでぐるぐる巻きに縛られ、口には猿ぐつわを嚙《か》まされていた。そんな真里沙が大粒の涙を零《こぼ》しながら瑠那を見上げてくる。

思わずため息をついた。やはりあいつらに先まわりされ、このありさまだったか。瑠那は片膝をつき、自分の髪からヘアピンをとった。真里沙のロープをほどきにかかり、瑠那は静かに呼びかけた。「まって。いま自由にしてあげますから」

どんなに堅く縛った結び目でも、ヘアピンを巧みに挿しこめば、するりとほどける。真里沙の身体はすぐに解き放たれた。猿ぐつわもほどく。真里沙の潤んだ瞳《ひとみ》が見開かれ、間近からまっすぐに瑠那をとらえた。髪から露出した片方の耳にだけ、マグネットイヤリングが揺れている。

次の瞬間、真里沙が嗚咽《おえつ》とともに抱きついてきた。しっかりと瑠那を抱き締め、さかんに頬ずりしたかと思うと、ふたたびじっと見つめてくる。真里沙の顔との距離が詰まった。唇を重ねようとしてくる。

瑠那はほんのわずかに顔をそむけ、頬へのキスに留《とど》めさせた。真里沙はそれでも瑠那を強く抱き締めつづけた。

焦点をぼんやりさせながら瑠那は思った。相手が異性だろうと同性だろうと、いま接吻《せっぷん》はない。戦場ではなにも口にしてはならないからだ。ただし真里沙に慕われていることは、そんなに悪い気はしない。身体がほのかに温かく柔らかかった。そう思えるのは、すでに真里沙を受容し始めているからだろうか。

14

巫女学校舎から直線距離で六・四キロ、日廻神宮の社務所ビルの一室に、四十一歳の国立大教授、簗添聊爾はいた。

部屋のなかに一緒にいるのは、三十七歳のシンクタンク勤務、菜嶋直之だった。あいかわらず黒シャツにデニム姿で、事務椅子にふんぞりかえっているが、ルービックキューブは手にしていない。世墓藪美に壊されたからだ。あのパーツを回す耳障りな雑音がないだけでも、築添教授にとっては居心地がよかった。

ふたりは壁掛け式の大きなテレビモニターを眺めていた。築添はモニターに歩み寄った。四分割の画面はいずれも農作業用倉庫内を、四方からしっかりとらえている。暗視カメラにありがちな解像度の低さはなく、暗がりのなかでも対象を鮮明に映しだしていた。

巫女《みこ》学校の制服ふたりが抱きあっている。真里沙がさかんに瑠那の頰にキスをする。なんともいかがわしい眺めだと築添は思った。築添の感性においては、同性愛とは虫《むし》唾《ず》の走る行為にほかならなかった。

菜嶋が自慢げな声を響かせた。「いったでしょう。杠葉瑠那は暴力行為をスマホカメラに撮らせまいと、照明塔のスパークによりEMPを発生させるって」

「周辺の電子機器類がすべて破壊されたと、杠葉瑠那は信じこんでいるんだな」

「そうですよ。倉庫内に隠しカメラがあったとしても、映されることはないと油断してる」

築添はつぶやいた。「これらの隠しカメラは、よくEMPの影響を受けなかったな」

「軍用小型カメラですからね。核爆発にともなう電磁波発生にも耐える特殊設計です。レンズ部の直径は一ミリ以下。いかに杠葉瑠那といえども、倉庫内で発見できるはずがありません」

「鑑継祥子が雇ったゴロツキどもの襲撃は？　予期できていたのか？」

「ええ。権禰宜《ごんねぎ》の鑑継さんも困ったものでしてね。娘のことになるとヤクザ者まで動員したがる。身辺警護だけならまだいいが、祥子のほうもわがまま放題で、気にいらない相手にヤクザ者をけしかけたりするんです」

「御正宮で暴れた鬼どもだな？　学校側も鑑継祥子の用心棒らを把握している。杠葉瑠那への猟銃狙撃《そげき》も用心棒のしわざだったと、いまではもう理解しているだろう」

「でも父親の権限が強くて、校長らは騒動を隠蔽《いんぺい》せざるをえない状況です。今度もそうなりますよ。もっとも、ヤクザ者どもはこてんぱんにやられましたし、さっき鑑継祥子も脚の骨を脱臼させられたようです。嫌がらせはこれっきりですね」

「そう願いたい。これ以上、計画の邪魔をされては困る」

野中こと世墓藪美を送りこんでおいてよかった、簗添は心底そう思った。弓道場の狙撃にしろ、御正宮での鬼の襲撃にしろ、ともすると瑠那が学校側から疑いをかけられ、危うく退学になるところだった。彼女にはもうしばらく巫女学校にいてもらう必要がある。

鑑継祥子もつまらない見栄《みえ》や意地をおぼえたものだ。大勢の用心棒を侍《はべ》らせていても、学校側は見て見ぬふりをするだろうし、蛮行もあるていどは許される、いつもおりそんな思いこみがあったらしい。それが災いし大怪我を負った。因果応報だと築添は思った。権禰宜の鑑継が、杢子神宮で大物風を吹かせようと、維天急進派においては重要な地位にない。現にEL累次体も鑑継を無視し、けっしてメンバーに迎えようとしない。あんな中途半端な権力者が跋扈《ばっこ》するとは忌々《いまいま》しい。いずれEL累次体が神道界全体を浄化せねばならない。

それにしてもモニターの映像は目にあまる。瑠那と真里沙は立ったままだが、抱き合った状態からいっこうに離れようとしない。そればかりか真里沙はいっそう濃厚に瑠那に迫り、頰をこすりつけては身体じゅうを撫《な》でまわす。

築添は吐き捨てた。「下劣だ！　観るに堪《た》えん」

EL累次体の信条のひとつに、維天急進派から継承するとおり、トランスジェンダー撲滅がある。同性愛など新優生保護法の規制対象だ。子を産みもしない異常な交わりを容認できるものか。国家衰退を食いとめるためにも、このおぞましく歪んだ性欲について、広く民衆に憎悪の念を植え付けねばならない。

菜嶋が立ちあがりモニターに近づいた。「こういう行為に興味を持つ連中も多いでしょうが、おかげでこの動画は公開後、爆発的に拡散されると予想されます。なんといっても凶悪犯の六女と、異端児の巫女の組み合わせです。同性愛はやはり頭のおかしい連中の依存症だと、正しい認識が世にひろまる」

「自由をはきちがえて、規制になんでも反対するような世論が、果たしてそううまくEL累次体の思想に染まるかな」

「問題ありません。流布するのはこの動画だけではないのですからね。世の大衆から知識人気どりまでみんな、うわべだけは平等を口にしようとも、内心は嫌悪感でいっぱいになりますよ」

そう願いたいと簗添は思った。EL累次体の思想を信念とし、国家の未来はほかにないと断じる簗添にとって、現代社会のカオスは耐えがたかった。この映像にも吐き気しかおぼえない。EL累次体にとって最凶の禁忌ばかりが集まっている。巫女を名乗る人殺しと、西洋の血を引く異端の巫女を結ぶ、忌まわしき同性愛。もっとも、こうなるように仕向けたのは、菜嶋の立案した周到な計画だった。

生理的嫌悪が募る一方、状況を観察する責任がある。簗添はやむをえずモニターを凝視した。「杠葉瑠那のほうは、まだ戸惑いが見受けられる。だが松崎真里沙はずいぶん積極的だ。目がとろんとしていないか。まさかと思うが、本気で杠葉瑠那に心を奪われたりはしないだろうな」

菜嶋は鼻で笑った。「まだ芝居の段階だと思います。この先はわかりませんがね。さっき鑑継祥子率いるヤクザ者に襲われたときにも、松崎真里沙は絶望のどん底に落ちたようには見えなかった。杠葉瑠那に救われると予想していたんでしょう」

「そんな予想を松崎真里沙が？」

「ありえますよ。ヤクザ者の標的が自分じゃなく、杠葉瑠那だと彼女は気づいてるんです。自分は囮《おとり》に使われただけだとね。そのため本気で危害を加えられる心配はないと確信してたようです」

「見た目よりこざかしいところがあるわけか」

「というより、杢子神宮で辛《つら》くあたられながら育ったため、運命に従順になってるんです。いまも杠葉瑠那を魅了しようと必死なのは、われわれにそう命令されたからですよ。自分の考えなど持たない、主体性のない小娘なんです」

「そう……なのか？　松崎真里沙はだいぶご執心に見えるが？　熱をあげすぎて秘密を白状しなきゃいいがな。杠葉瑠那を誘惑する命令を受けたなんて、思わず口走ろうものなら、目も当てられない事態になるぞ」

「心配ないですって。松崎真里沙は自分を見失っていません。一途《いちず》に迫ることで杠葉瑠那の心を溶かそうとしているんです。ほら、杠葉のほうも、まんざらではない顔になってきた」

「……あきらめの表情にも見えるが」

「抵抗をやめた以上は、求愛に応《こた》えだしていると解釈できます。これだけ好意を抱かれたら、たとえ杠葉瑠那が本来は同性愛者でなくとも、少しずつ異常性欲に傾いていくでしょう」

本当にそういえるのだろうか。築添の観たところ、松崎真里沙は自分を助けだした杠葉瑠那に対し、いままで以上にぞっこんになっている、それだけに思えてならない。つまり鑑継祥子の妨害があったせいで、本気の恋愛に拍車がかかってしまったように見える。そんな状況でないとどうして断言できる。

画面のなかのふたりがぼそぼそと言葉を交わした。築添はあわててテーブルからリモコンをとり、音量をあげた。

真里沙は瑠那に抱きついたままいった。「ああ、瑠那。好き。瑠那って呼んでいいでしょ？　もうあなたなしじゃいられない」

見た目は真里沙のほうが美少年に近いものの、立場は逆のように見える。瑠那は冷静な顔でたたずみながらきいた。「名簿は？」

築添は思わず歯ぎしりし、菜嶋にうったえた。「やっぱり惚《ほ》れてない」

「落ち着いてくださいよ教授。このそっけない態度が乙女心を魅了するんです」

「つまり魅了されてるのは松崎真里沙のほうだろう？　意味ないじゃないか」

「いいえ。恋愛ってのはキャッチボールです。どちらかが惹《ひ》かれ、その純粋な思いにもう一方も惹かれる。そうして互いに感情を深め合っていくんですよ。まあ観てごらんなさい」

真里沙がせつない声を響かせた。「お願いだからわたしと一緒に逃げて。あなたと一緒に行きたい」

「名簿が要ります。EL累次体の名簿がないと、ずっと追っ手を怖がって生きることになります。それじゃ嫌でしょう？」

説得は瑠那のほうがうわてのようだった。真里沙は目を潤ませながら瑠那を見つめた。「細砂殿《さいさ》のわきにある木立のなか、田桐《たぎり》のご神木。その根元近くに埋めてあるの」

「田桐のご神木？」瑠那がたずねた。「木立のどの辺り？」

築添は菜嶋と顔を見合わせた。菜嶋は苦い表情を浮かべていた。真里沙が切り札をだすのが早すぎる。

苛立《いらだ》ちばかりが募ってくる。簗添は頭を掻《か》きむしった。「もう名簿の在処《ありか》を白状してしまったぞ。杠葉瑠那を落としていないのに」

「教授、そう焦らないでください」菜嶋がじれったそうにいった。「松崎真里沙がいかに一途に迫ろうとも、杠葉瑠那が落ちにくいのは予想できていました。だからこそ名簿という餌を用意したんです」

「本気で惚れ合っていないことには、今後の計画に支障が……」

「どう支障があるというんです？　このように愛し合うふたりの姿を映像におさめました。杠葉瑠那が松崎真里沙から受けとったラブレターを、阿宗神社の自室に保管していることを確認済みです。のちに発見されるラブレターの文面には、恋愛感情の告白しか綴《つづ》られていません」

そのとおりだった。名簿に関するいっさいの情報は、手紙を届けた高齢の婦人が口頭で伝えたにすぎない。婦人が録音を頑《かたく》なに拒んだため、EL累次体や全メンバー名の提供については、なんの証拠も残らない。真里沙が瑠那にラブレターを送ったのち、ふたりが巫女《みこ》学校で知り合い、こうして一線を越え親密な仲になった。それが記録に残るすべてだった。

この先には、さらなる罠《わな》がふたりを待ちかまえている。そこまで実現できてこそ計画の目的は果たされる。

だが本気の恋でない以上、今後のふたりの行動には不安を禁じえない。築添は唸《うな》った。「杠葉瑠那があきらかに恋愛関係を否定するような言動を、人前でしなきゃいいんだがな」

菜嶋は首を横に振った。「たとえ好き合っていないと宣言しようとも、周囲は当事者の照れ隠しか、インモラルな関係を伏せようとしているか、いずれかだと思うだけです。いったんカップルだとみなされると、その印象はなかなか消せないものですよ。芸能人のスキャンダルがいい例でしょう」

画面のなかで瑠那がため息をついた。「あのご神木かぁ……。昼間はまったく近づけない場所ですよね。かなり夜が更けてからでないと」

真里沙がささやいた。「ふたりで逃げるならその夜のうちに……」

笛と太鼓の和楽がきこえてきた。瑠那と真里沙がびくっとして離れる。ふたりは当惑ぎみに見つめあったのち、揃って倉庫の扉へと歩きだした。どちらも画面の外に消えていく。

築添は面食らった。「なんだこの音は?」

「チャイムですよ」菜嶋が浮かない顔でいった。「巫女学校ではこの和楽が時報なんです。昼休み終了ってことです」

「もう少しで今夜の行動が予測できたかもしれないのに……」

「少なくとも杠葉瑠那がご神木を気にかけるようにはなりました。今後は細砂殿のわきの木立に、監視の目を絞りこめば……」菜嶋が真顔になった。「まった。誰か倉庫に入ってきたようです」

たしかに人影が長く伸びている。築添は固唾《かたず》を吞《の》んで見守った。シルエットからスーツだとわかる。

フレームインしてきたのは、髪を短く刈りあげた青年だった。サマースーツにきちんとネクタイをしている。精悍《せいかん》な顔つきには築添も見覚えがあった。油断なく物陰を見てまわる慎重なしぐさが、この男の性格を表わしている。

菜嶋が眉《まゆ》をひそめた。「教職員は斎服姿のはずです。誰でしょうか」

「鷹羽芳樹《たかのはよしき》」築添は画面を指さした。「公安に入ったばかりの若手だ」

「公安の刑事ですか。まだ新人っぽいですね」

「それでも警視庁の刑事部で業績をあげ、異例の出世をした男だ。捜査の勘のよさを買われて公安部に転属になった。厄介だよ。まだ妻や子供がいないし、血気盛んに燃えてる段階だから、買収に応じにくくてな」

「公安のEL累次体シンパは全体的に年配ですしね」

「ああ。派閥に取りこまれるのは当分先だろう。公安にもEL累次体の動向を探りたがる連中が残ってる。だがまさか巫女学校に入りこんでくるとはな」

「不法侵入ですよ」菜嶋が冷ややかにいった。「なにか手を打ちましょう」

「……いや」簗添は首を横に振った。「こいつはせっかく校内にいるんだ。世墓藪美に始末させられないか?」

「いい考えです。しかしなにもかも世墓藪美に頼るのも……」

「ひとりじゃない」簗添は人差し指の先で眉間《みけん》を掻いた。「私は実行係だからね。バックアップ要員も選んでおいた」

15

午前二時過ぎ、瑠那は寮の四人部屋を抜けだした。ルームメイトらはぐっすり眠っている。パジャマ代わりのジャージは、真夜中に動きまわるのに都合がよかった。制服や巫女装束にくらべ、衣擦《きぬず》れの音が最小限に留《とど》まる。

建物の外の暗がりに身を潜める。夏の蒸し暑い夜に特有といえる、潤いを帯びた空気が全身を包んだ。月が雲に隠れているものの、それなりに風もあった。いずれ雲は流され、月明かりが地上を照らす。あまり時間はかけられない。

瑠那は闇のなかを走った。学校舎の敷地内は監視カメラが少なめだった。巫女学校が女子校だからだろう。レンズの位置は昼間のうちに確認しておいた。死角を選びながら校舎のほうへ向かう。第三校舎に行き着くと、ひとまず外壁に身を這《は》わせた。

ここを神宮に喩《たと》えると、行く手には社殿につづく参道が横たわる。その付近には砂利が敷いてあった。手水舎《ちょうずや》の屋根から、拡声器に似た物が地面に向けられているが、あれはスピーカーではなくマイクにちがいない。モーションセンサーにより、砂利の音が警備室に拾われる。近づくのは好ましくない。

参道から遠ざかり、大きく迂回《うかい》したうえで、社殿の裏を抜けることにした。御正宮の周辺を警備員が行ったり来たりしている。あまり接近したくないがやむをえない。日中とはちがい、夜間は警備員の制服が動員されていた。LED懐中電灯を片手に、建物の周りを丹念に見まわっている。自転車で移動する警備員も少なくない。厳重なほうではあるが、異常と呼べるほどの警戒ぶりではない。十代女子が大勢寝泊まりしていれば、これぐらいは当然だろう。

警備員の装備を遠目にたしかめる。腰から警戒棒を下げるだけだった。夏期限定、二十五日間しかない学校だけに、警備は外注にちがいない。そこかしこを動きまわる警備員らの歩調やしぐさからは、特に玄人っぽさは感じられなかった。一般の警備会社と思われる。

とはいえ気は抜けない。人影がいなくなるのを見計らい、瑠那は御正宮へと走った。檜《ひのき》の素木《しらき》でできた外壁沿いに歩を進めていく。月はより厚い雲に隠れ、地上はさらに暗くなった。夜目のきく瑠那には幸いだった。移動が自然に速まる。

しかし聴覚が異音をとらえた。瑠那は姿勢を低くし、とっさに高床の下に潜りこんだ。

唸り声が接近してくる。大型犬だとわかった。瑠那は息を潜め静止した。柱の向こうにドーベルマンのシルエットが見え隠れしている。

犬と一緒に懐中電灯の光も近づいてきた。男の声が弾みながら問いかける。「どうした、タロウ。なにかあったか」

タロウは犬の名前だろう。まずいと瑠那は思った。犬が嗅《か》ぎつけるかすかなにおいは、瑠那にはどうにもできなかった。風呂《ふろ》では念入りに身体を洗うほうだが、そのぶんシャンプーや石鹸《せっけん》のにおいも漂うはずだ。

唸り声が大きくきこえだした。思いのほか足ばやに駆けてきたようだ。懐中電灯の光源もごく近い。悪いことに警備員が建物の床下を照らしだした。サーチライトのように水平に走る光が、しだいにこちらに近づいてくる。

少し離れた場所にもうひとり警備員がいるらしい。そちらから声が飛んだ。「おい。そこになにかあるのか」

「わからん」近くの警備員が返事をした。「タロウがここから動こうとしないんだよ」

警備員は手を休めようとせず、床下をしきりに照らしてくる。唸りながら居座る犬の姿が、おぼろげながら真正面に見えていた。こちらに目を向けている。光の照射範囲に入ったら最後、発見は免れない。

やむをえない。瑠那は親指と人差し指で輪を作り、唇にあてた。サウジアラビアの戦地で教わった方法だが、幼少期から何度やっても身につかなかった。いまも自信はないが、ほかに方法はない。

口内で舌を上前方に向ける。歯の裏側につけてからわずかに浮かす。息を吸いこみ、上下の唇をすぼめ、指で作った輪めがけ、一気に口笛を吹き鳴らした。

なんの音もしない。正確には人の耳にはきこえない。四万ヘルツ前後、犬の可聴域には含まれる。しかも舌に力をいれておけば、犬にとって不快な音の響きになると習った。

ふいに大型犬は情けない声を発し、いきなり顔をそむけたかと思うと、小走りに遠ざかっていく。リードを引っぱられた警備員が、あわてながら追いかけた。「おいおい、タロウ！　今度はまたどこへ行くんだ」

遠くの警備員が笑い声を発した。「これじゃ犬の散歩の世話係だぜ」

「いつもはこんなことないんだがなぁ。タロウ、落ち着け。お座り。ご飯なら帰ってからだよ」

瑠那は床下から顔をのぞかせた。少し離れた場所で警備員がしゃがみ、うろつくタロウを座らせようと躍起になっている。タロウはなおも動揺していた。異音も二度三度と耳にすれば慣れてしまう。通じるのはいちどきりと考えたほうがいい。瑠那はすばやく床下から転がりでた。警備員が背を向ける後方を一気に駆け抜ける。

御正宮の反対側まできて、ようやくほっとひと息ついた。辺りにはなんの気配も感じられない。闇に紛れつつゆっくり歩く。細砂殿なる離れはすぐそこに見えている。

その向こうには木立がひろがっていた。

瑠那は呼吸を整えると、また暗がりのなかを疾走しだした。細砂殿の裏側を迂回する。途中、遠方に懐中電灯の光が躍るたび、瑠那は身をかがめ静止した。警備目的の照射は動きを予測しづらい。ごく主観的に気になった場所に、唐突に光を向けたりするからだ。ある意味では闇のなかの懐中電灯は、銃以上に警戒が必要なしろものといえる。

光が行く手を横切り、徐々に遠ざかっていった。真っ暗に戻るのをまち、瑠那はまた動きだした。細砂殿をあとにし、木立の奥深くに飛びこんでいく。

冬場なら枯れ葉を踏みしめる音が響いただろう。その心配がない季節なのはありがたい。わずかに湿った土もクッションになり靴音を吸収してくれる。瑠那は木々の合間を縫うように駆けていった。〝田桐のご神木〟まで数十メートル。白いしめ縄が巻いてあるため、遠目にもわかるはずだ。

ほどなくうっすらとしめ縄が視認できるようになった。まだそれなりに距離がある。瑠那は辺りを見まわした。警備員や犬の接近はない。いまがチャンスにちがいない。

駆けだそうとしたものの、瑠那はとっさに踏みとどまった。〝田桐のご神木〟付近に、なんらかの気配がある。自分以外の靴音もはっきりきこえた。

瑠那は身近な木陰に身を潜めた。暗がりに目を凝らす。人影が〝田桐のご神木〟に近づいていく。スーツ姿のようだ。動作からするとまだ若い。髪を短く刈っていた。

刑事のような風貌《ふうぼう》に思えた。

スーツは〝田桐のご神木〟の根元にしゃがんだ。スマホのライトで地面を照らしたのち、ポケットからなにかをとりだした。土を掘る音がかすかに響く。

小型のシャベルを持参したらしい。瑠那は焦燥に駆られた。誰かが先まわりしている。真里沙から名簿の在処《ありか》を伝えきいたばかりなのに、ほかに情報を得る手段があったのだろうか。いったい何者だろう。

どうやらスーツは土を掘るのに夢中のようだった。ずっとこちらに背を向けている。瑠那は木陰から抜けだし、少しずつ歩み寄っていった。不意を突き、いきなり飛びかかれば、掘りだした物を奪うことも難しくない。

ところがそのとき、また別の足音を耳にした。瑠那はその場に伏せた。ご神木まではまだ距離がある。スーツ以外に人影は見当たらない。シャベルの音のせいか、スーツ自身はなんの気配も察していないらしい。なおもひたすら土を掘りつづけている。

次の瞬間、〝田桐のご神木〟の陰から、不審な人影が躍りでた。

女のようだ。瑠那と同じぐらいの年齢、ストレートロングの髪から巫女《みこ》とわかる。身につけているのはジャージかもしれない。容姿はそれ以上判然としない。あまりに動作がすばやいせいだった。

スーツの男が苦しげな呻《うめ》き声を漏らした。いつしか地面に突っ伏したスーツに、巫女が馬乗りになっている。背後から首に腕をまわし、強く絞めあげていた。スーツはさかんに暴れたが、よほどしっかり技が入っているのか、いっこうに逃れられない。

瑠那は一気に駆けだした。接近に気づかれるのも恐れず全力疾走した。巫女の腕力が緩めばそれで充分だ。なんらかの迎撃手段をとろうが、瑠那の到達のほうが早い。

ところが距離が詰まる前に、スーツはばったりと倒れた。巫女は木の幹の向こうに消えた。軽やかな身のこなしだった。もうスーツはぴくりとも動かない。

数秒のうちに瑠那は〝田桐のご神木〟に駆け寄った。スマホは持っているが、いま光を放つわけにいかない。暗がりのなか、倒れたスーツの青年は目を剝《む》いていた。瑠那は片膝《かたひざ》をつくと、青年の頸動脈《けいどうみゃく》にそっと指を這《は》わせた。

憂いの感情がひろがる。青年は息絶えていた。髪形やスーツの着こなしぐあいは刑事っぽい。公安かもしれない。だがポケットを探るのは悪手だった。死体に指紋やDNAを残すべきではない。いまはそれより警戒すべき対象が間近にいる。

瑠那はそっと身体を起こした。木の幹をまわりこむ。巫女の人影が遠ざかった気配はない。木陰に隠れている可能性が高い。

最後の数歩は迅速に踏みこんだ。〝田桐のご神木〟の真後ろに達した。

誰もいない。何者かが潜んでいた形跡すらない。瑠那は辺りに視線を向けた。この闇のなかを、瑠那に悟られないうちに逃げたのか。事実だとすれば猫のようにすばしこい。

それだけではない。青年を絞め殺すまで、思いのほか時間がかからなかった。とんでもない腕力の持ち主と考えられるが、十代女子なら限度があるはずだ。実戦的な寝技に相当な心得がある。技が深く入ったからこそ、秒速で青年の息の根をとめられた。緊張とともに暗がりに潜んだが、やがて瑠那はため息を漏らした。もう敵の気配はない。青年が名簿を掘り起こそうとしたが、そこに思わぬ横槍《よこやり》が入った。それが誰であれ、名簿は持ち去ってしまったにちがいない。

そう思いながら青年の死体へと引きかえした。とたんに瑠那は面食らった。地面に横たわるシャベルのわきに、洋風の横長封筒が投げだしてある。土まみれのポリ袋から取りだされたばかりのようだ。真里沙からきいたとおりの封筒だった。ごく浅く埋めたと彼女はいっていた。

瑠那は封筒を拾った。傾けてみるとＵＳＢメモリーが一本転がりでた。

もやっとした気分がひろがる。名簿はＵＳＢメモリーに記録してある、真里沙はそう告げた。これがそうだとすれば、さっきの巫女はなぜ残していったのだろう。横取りする気ではなかったのか。瑠那が到達する寸前、これを拾いあげる意思があれば、一秒とかからなかったはずなのに。

封筒には文章が書かれていた。〝杠葉瑠那さんへ〟とある。丁寧な楷書《かいしょ》体。真里沙の筆跡にまちがいない。〝ごめんなさい。これは名簿のほんの一部です。残りは一緒に逃げるときに持って行きます〟。

やれやれと瑠那は思った。やけに用意周到だ。真里沙ひとりの考えとも思えない。誰か別の人間が書いた筋書きの存在を感じさせる。ただしそれについても確たることはいえない。

USBメモリーを耳もとで振る。盗聴器や発信器を内蔵するギミックなら、かすかな音のちがいでわかる。けれども違和感はなかった。これは本物のUSBメモリーだ。さっきの巫女は青年を殺しておきながら、なぜこれを持ち去らなかったのだろう。

まだ驚きが冷めやらず、瑠那はその場にたたずんだ。ふいに硬い物を打ちつける音が鳴り響いた。瑠那ははっとして背中を木の幹に密着させた。

金属音。それも一定のリズムで反復しつづける。この木立のなかだとわかる。瑠那は音の発生源へと走りだした。

行く手に新たな気配を察し、瑠那は足をとめた。ご神木とは別の木の前で、人影が金槌《かなづち》を振りあげている。幹に釘《くぎ》を打ちこんでいた。音を自制する気はないらしい。金属音はけたたましく辺り一帯に響き渡る。

だが人影はこちらに気づいたようだ。長い髪を振り乱したのがわかる。またしても巫女らしき人影だった。見えたのは一瞬にすぎない。たちまち木々のなかに消え失《う》せた。

瑠那は駆け寄った。何者かの気配はすでにない。木の幹に向き直る。絶句せざるをえない物をまのあたりにした。

藁《わら》人形が五寸釘で打ちつけてある。どういうつもりだろう。いまのは丑《うし》の刻参りだったのか。本気だったかどうかは疑わしい。頭に三本の火のついた蠟燭《ろうそく》を立ててはいなかった。

犬の吠《ほ》える声がきこえる。複数の警備員が木立に駆けつけてくる。それぞれ怒鳴り声を発している。さっきの音はなんだ。なにか打ちつけてたぞ。みんな急行しろ。

瑠那は全力疾走で離脱した。ひとけのない方角へ逃れると、鼓楼のわきに身を隠した。警備員らが木立のなかに駆けこんでいくのを見守る。

乱れがちな息を整えようと躍起になった。USBメモリーを握る手に汗が滲《にじ》んでいる。瑠那はスマホをとりだした。USBメモリー内のファイルは図書室のパソコンで開けるが、残念ながらインターネットには接続されていない。データの移管がうまくいかなければ、パソコンの画面をスマホカメラで撮って送るしかない。送り先はむろん姉だった。

16

翌朝は晴れていた。夏場だけに午前七時過ぎでも、もう太陽がわりと高いところにある。

朝っぱらから寮の館内放送を受け、巫女たちはみな制服姿で外にでた。社殿前で臨時の集会が開かれた。瑠那もそのなかに加わった。整列する巫女らの前に、斎服姿の教職員らが居並ぶ。

壇上の村富校長がマイクを通じ、憤りに声を震わせた。「これを見なさい。嘆かわしいことに、こんな物がネット通販でも売っている。アマゾンに販売ページがあるのをけさ確認しました」

村富校長の手には藁人形があった。瑠那の隣にいる琴奈がささやいてきた。「あれって、釘崎野薔薇《くぎさきのばら》のコスプレ用に売ってるやつじゃ……」

瑠那は小声で応じた。「日廻神宮の宮司としては、由々しき商品なんでしょ」

「いいかね」村富校長は声を張った。「丑の刻参りなどという儀式は、神道が正式に認めたものではありません。そもそも神社の木に傷を付けることは法的にも許されず、見つかって逮捕された例は過去にも散見されます。巫女《みこ》である諸君なら知っていて当然のはずなのに、問題はこれが校内でおこなわれたことです」

校長の説教より前に、別の教師から概要をきかされた。夜中に金属音が繰りかえし鳴り響き、警備員や教職員が駆けつけたところ、木の幹に打ちつけられた藁人形を発見した。関係者以外立ち入り禁止の巫女学校内にあって、在学生の悪ふざけがまず疑われる。誰かが寮を抜けだしたのなら、校則違反として罰せられるべきだが、法においても器物損壊罪に問われる行為だという。

現場にいた瑠那にしてみれば、ずいぶん可愛い罪状だとしか思えなかった。問題が軽んじられている。刑事とおぼしき青年が死んだ。青年を絞殺したのはおそらく巫女だった。藁人形を打ちつけた巫女と同一人物かどうかはわからない。だが丑の刻参りのほうは本気だったとは思えない。

白装束は着ていなかった。たぶんジャージにスニーカー姿だった。本来なら五徳を逆さにして頭にかぶり、その三脚にそれぞれ火のついた蠟燭を立て、胸には鏡を吊《つ》るすはずだが、そんないでたちでもない。一本歯の下駄を履いていたようすもない。五寸釘を打ちこんだのもご神木以外の木だった。伝奇と照らし合わせ、唯一それっぽかったのは、長い髪を振り乱すさまだけか。

弓道場の森に侵入した男による狙撃《そげき》騒ぎで、村富校長らは頭を抱えていた。校長室では面目を保つべく、警察への通報を控えようと密談に躍起になった。殺人事件があったのなら、校長らはもっと取り乱すはずだ。藁人形の件についてはあいかわらず、警察に通報しない態度をのぞかせているが、誰かが死んでいればさすがに無視はできない。

考えられる可能性はただひとつ。村富校長以下教職員らは、青年の死を知らない。何者かが金槌と五寸釘で盛大に音を立てることで、警備員や教職員の目をそちらに向けさせ、そのあいだに仲間が死体を処分したのだろう。

誰もが寝静まっている夜中ゆえ、あえて藁人形の騒動を起こす必要もなかったのでは、そんな疑問は熟考するまでもなく払拭《ふっしょく》される。木立から死体を運びだすにあたり、例の大型犬をやり過ごすのは至難のわざだ。犬は嗅覚《きゅうかく》のみならず聴覚も鋭い。まず金属音をけたたましく反響させ、こっそり死体を移動させる際の雑音をカモフラージュする。次に大勢の教職員を繰りださせ、多種多様な体臭を木立に集合させることで、犬の嗅覚を惑わせる。

瑠那は周りに視線を向けた。整列する巫女たちを眺めまわす。正のクラスの野中藪美と目が合った。藪美はおどけたような微笑を浮かべ、西洋人のごとく肩をすぼめた。なんのことやらといいたげな、いかにも冗談めかした態度は、いかにも藪美らしい。

刑事らしき青年を倒し、背面からマウントをとり、寝技で絞めあげた。藪美なら可能だろうか。御正宮で鬼を相手に立ちまわったときには、もっと素人然としたレスリング技だった。だがそれも演技にすぎなかったとしたら。

確証はまだ持てない。瑠那は権正のクラスの列に目を移した。真里沙がじっと見つめてくる。問いかけるようなまなざしだった。瑠那が〝田桐のご神木〟に行き、名簿を掘りだしたかどうか、真里沙は無言のうちにたずねている。

けさはまだ真里沙と口をきいていない。食堂で顔を合わせる前に、全員がこの集会に呼びだされた。きかれてもまだ詳細は答えないつもりだった。人目に触れるところで、真里沙と長く接触したのでは、彼女に危害が及ぶかもしれない。

「おい、そこ」権正のクラス担任、桝崎教諭が呼びかけてきた。「杠葉。キョロキョロするな」

「申しわけありません」瑠那は淡々とつぶやき前に向き直った。

村冨校長は桝崎の声に言葉を切ったが、すぐにじれったそうに説教を再開した。

「諸君。問題はこの藁人形だけではありません。第一校舎のヘアドネーション保管室から、数名の生徒が寄付した髪が盗まれました」

巫女らのあいだにざわめきがひろがった。うちひとりが声をあげた。「校長先生、質問があります。藁人形に髪の毛が入っていたんでしょうか」

質問したのは浄のクラスの筆頭、鑑継祥子だった。祥子は松葉杖《まつばづえ》をつき、片脚をギプスで固めていた。彼女の取り巻きだったクラスメイトらが、怖々とした面持ちで瑠那のようすをうかがう。

村冨校長が難しい顔になった。「なぜそんなことをきく?」

「いえ、あの……」祥子が口ごもった。「誰が恨みを買ったのかわかれば、藁人形を打ちつけた人も、おのずとあきらかになるんじゃないかと……」

「犯人捜しは不要です」村冨校長はぴしゃりといった。「それより全員が襟を正すべきです。不祥事を起こしてはなりません。今後、校則違反が認められた生徒は、即刻退学処分にします。巫女にふさわしい生きざまを体現できるよう、努力を積んでください。この学校で諸君が志向することはほかにありません」

笛と太鼓の和楽が鳴り響く。一時限目の開始時刻だった。村冨校長はまだ喋《しゃべ》りたい意思をしめしていたが、渋々といったようすで頭をさげた。巫女たちがいっせいにおじぎをした。

別の教員の声が飛んだ。「解散。それぞれの教室へすみやかに移動しなさい」

もういちど深々と礼をしたのち、巫女たちがざわつきながら三々五々にばらけだした。祥子のもとにはさっそく取り巻きが集まりだした。みな瑠那のほうに警戒の視線を向けてくる。瑠那は目を合わせなかった。あの連中がなにをしようがたいした問題ではない。いまは真里沙との関係こそが重要だった。しかし巫女たちが右往左往するなか、真里沙の姿は見えなくなっていた。

琴奈が不安そうに問いかけてきた。「いったいなにが起きてるの？　怖い」

瑠那は微笑してみせた。「心配ないでしょう。先生が怒ったら、いたずらをしてる生徒もおとなしくなるもんだし」

担任の桝崎教諭が近づいてきて、琴奈に話しかけた。「恵南」

「はい？」琴奈が桝崎を見かえした。「なんでしょうか」

「じつはな」桝崎教諭が深刻な面持ちで声をひそめた。「ヘアドネーション保管室から盗まれた髪の毛、数名のうち一名は恵南琴奈、きみだ。きみの寄付した髪が被害に遭った」

「えっ」琴奈が目を瞠《みは》った。「じ、じゃあさっきの藁《わら》人形に……」

「いや。藁人形には髪の毛は入っていなかった。ヘアドネーションの窃盗被害は、藁人形と関連はないんじゃないかと思う。ほかに髪を盗まれたのは、明の組の寿賀《すが》清花《さやか》と、直の組の余川《よかわ》春那《はるな》だ。まだいるかもしれんが、ふたりは友達か？」

琴奈は戸惑いがちに首を横に振った。「どちらも存じあげません……」

「そうか。たぶん保管室に入った何者かが、手当たり次第に盗んだだけだろう。きみがもしよければ、髪を寄付し直すこともできるが」

「……状況がわかるまでは遠慮したいです」

「だろうな」桝崎教諭がため息をついた。「気持ちはわかるよ」

瑠那は桝崎にたずねた。「わたしの髪は盗まれなかったんでしょうか」

「杠葉の髪？　さあ、なにもきいてないな。たぶん手つかずで無事だろう。ただ……」

「なんですか」

「きみには別の話がある。ついてきてくれ。恵南はもういいぞ。一時限目の授業に行け」

琴奈が困惑を深めた顔を向けてくる。「杠葉さん。先に茶道室に行ってるから」

「またあとで」瑠那はうなずいた。周りの巫女《みこ》たちも続々と校舎に向かっていく。琴奈は人の流れに加わり立ち去った。

桝崎教諭が瑠那をいざなった。瑠那は桝崎に導かれ社殿前へと向かった。

集会用の演壇のわきに教職員らが寄り集まっている。なかでも学年主任の倉橋と村冨校長が、眉間《みけん》に皺《しわ》を寄せながら話しこんでいた。

「校長」桝崎がいった。

村冨校長は桝崎に向き直ると、瑠那に目を移した。憂いのいろとともに村冨がささやいた。「こんなことをたずねるのはナンセンスだが、杠葉君。身体のどこも悪くないかね？」

「……はい」瑠那は応じた。

教職員たちはみな当惑顔だった。演壇に登り降りする短い階段を、全員が揃って眺める。その階段には、さっき校長の手にしていた藁人形が置いてあった。

藁人形の腹部は縦に裂かれていた。厚紙らしきものが挟まっている。倉橋教諭が藁人形を手にとり中身をとりだした。小さく折り畳まれた写真だった。フルカラーでプリントアウトされている。

瑠那は言葉を失った。巫女装束の瑠那が写っていた。この学校で撮られた写真ではない。阿宗神社の催しで神楽《かぐら》を舞ったときのようすだった。同じ画像がネット上にでまわっている。当初は誰か個人のブログにアップされ、そこから少しずつ拡散されたらしい。ネットでは被写体が杠葉瑠那と認識されてはいなかった。単なる小さな神社の巫女、そんな扱いだったはずだ。

桝崎教諭が神妙にいった。「杠葉。どうか気に病まないでほしい。こんな物は誰かのいたずらにすぎないんだからな。ただし質問しておかなきゃならない。これをやった者に心当たりはあるか?」

瑠那は考えをめぐらせた。教職員らは農作業用倉庫前の喧嘩《けんか》について、どのていど認識しているだろう。杠葉瑠那が何者なのか、いまだ知らないとは考えにくい。鑑継祥子は瑠那が優莉匡太の娘だと承知していた。杢子神宮が得ている情報は、巫女学校にも筒抜けとみるべきだ。

とはいえ巫女学校側は、祥子が連れてきた迷彩柄の男たちを黙認した。男たちは敷地内に潜伏し、度を超して暴れた。その結果として、全員が瑠那の返り討ちに遭い、重傷を負った。ただし農作業用倉庫前に防犯カメラはなく、瑠那が連中を叩《たた》きのめした決定的な物証はない。祥子も証言していないと思われた。喧嘩があったことを認めれば、自分たちの立場も危うくなるからだ。

巫女学校としては、優莉匡太の娘を疎ましく思い、疑わしい行為を認識しながらも、告発はできない。現状を維持するしかないのだろう。教員らの瑠那への態度は日暮里高校や、広く一般社会となんら変わりがなかった。どこへ行ってもこんな扱いだった。

倉橋教諭はいいにくそうに告げてきた。「そのう、きみにもいろんな事情があるとは思うが……。たったひと月弱の短期学校だ。問題を起こさず終えてほしい」

「杠葉」桝崎教諭が見つめてきた。「誰のしわざか見当もつかないのか？　浄の組の鑑継祥子たちと、うまくいっていないともきいたが」

トラブルを認めたら双方退学になるだけだ。瑠那はしらばっくれてみせた。「見当もつきません。わたしの髪の毛は盗まれてないんですよね？　藁人形に髪らしきものもなかったと」

「ああ。藁人形を打ちつけた者は、きみの髪を入手するすべがなかったからこそ、こんな写真を使ったんだろうな。ヘアドネーション保管室には誰でも足を踏みいれられるのに、奇妙な話ではある」

「それだけでしょうか」

「……まあそれだけのことだ」桝崎教諭が硬い顔になった。「杠葉。きみは変わってるな」

「ふつう自分の写真が入った藁人形が、五寸釘《くぎ》で打ちつけられたと知ったら、もっとショックを受けるだろう」

「そうですか」

瑠那はしらけた気分で沈黙した。そんなことかと虚無に浸りたくなる。巫女学校でなくとも、瑠那の送る日常生活において、充分にありうる話だ。戦場育ちの瑠那は人をたくさん殺してきた。始末したのはクズばかりだが、多くの恨みを買っている。この世に呪いが通用するのなら、まず真っ先に瑠那を標的にしたいと願う者など、めずらしくもない。そうでなくとも、学校に通えば、なんの理由もなくいじめられる。存在するだけで恨みを買うこともあるらしい。もう慣れた。

教職員らは一様に怪訝《けげん》なまなざしを向けてくる。瑠那はおじぎをしたのち踵《きびす》をかえした。厄介者もしくは要注意人物として教師全員にマークされる。ようやくいつもの学校生活と同じになった。ただそれだけだ。寂しくなんかない。

17

優莉凜香は日暮里高校の制服ではなく、私服で外出していた。ふだんなら着ない地味なTシャツにカットソー。メイクもベースを薄めにしておいた。少々ダサめではあるが、駅で見かける女子大生は、だいたいこんなルックスだろう。

水道橋《すいどうばし》駅の近く、東京ドームの丸屋根が見える都会の一角に、論教《ろんきょう》大学千代田《ちよだ》キャンパスがある。高校は夏休み期間中だが、この大学は前期試験が終了する八月上旬まで、まだ通常の日程がつづいている。広々とした敷地に、都心ならではの高層ビルが建つ。ゲートは警備員に守られていた。凜香は大学生らの混雑に巧みに紛れ、易々とすり抜けた。

高層ビル内に大小の教室や図書館があるものの、凜香には大学の公式サイトで得たぐらいの知識しかなかった。どうせ講義に出席する気などない。凜香は警備室の開放されたドアの前を通り、瞬時にやるべきことを済ませたのち、一階の学生食堂に向かった。

明るいフロアだった。ガラス張りの壁面から陽光が射しこんでいる。流行《はや》りのカフェレストラン風だが、床面積がやたら広かった。食事はセルフサービスらしい。席は半分以上埋まっている。大学生はみなやたら楽しげだったが、本当にそんなに面白いことがあるのだろうか。渋谷で遊ぶ奴らと同じ空元気ではないのか。

どんなに広々とした学食でも、姉の性格を考慮すれば、どの辺りの席を選ぶのか推測できる。狙撃《そげき》を嫌って窓辺は遠慮する。出入口の近くも鉄砲玉に殺《や》られやすい。いまでは暗殺者に狙われる可能性も低いだろうが、長年の癖は抜けはしない。

賑《にぎ》やかなグループばかりが群がる長テーブルから、かなり距離を置き、空席のめだつあたりを捜す。ぽつんとひとりで食事をとる女子大生がいる。ロング丈のニットワンピース姿はあいからわず違和感がある。凜香の知る姉はそんなおしとやかな性格ではなかった。

ササミチーズカツと唐揚げのセットは、おそらく日替わり定食のメニューだろう。箸《はし》を進める優莉結衣の向かいに、凜香は滑りこむように座った。

結衣が顔をあげた。めずらしく面食らった表情を浮かべる。「ちょっと。なに?」

「なにってなんだよ」凜香はたずねかえした。

「なんでこんなとこに来たの?」結衣は厄介そうな顔で辺りに視線を走らせた。「まずいでしょ」

「平気。カインズで買ったボタン型の超強力磁石を、警備室のHDDに投げつけといた。ちゃんと貼りついたし、気づかれるまではエラー状態がつづいて、防犯カメラ映像は録画されない」

「まだ警備員が気づかないってどうしてわかるの」

「飯どきだよ？　おっさんがひとりで留守番しながら生姜《しょうが》焼き弁当を食ってた」凜香は笑ってみせた。「結衣姉。思ったとおりのボッチ飯かよ。わたしがつきあってあげようか」

結衣は喧嘩腰《けんかごし》にならず、半ば呆《あき》れたような反応をしめした。ため息とともに結衣が箸を置いた。「なんの用？」

「これを見せたくてさ」凜香はスマホをとりだした。画面をタップしたうえで結衣に手渡す。

スマホを受けとった結衣が、左手の指だけで、巧みに画面表示をスワイプさせる。

「名簿？　たったこれだけ？」

「そうなんだよ。瑠那によると、真里沙がくれたUSBメモリーには、それだけしか入ってなかったって。総勢たった二十八人」

「EL累次体の全メンバー名があきらかになるはずじゃなかった？」

「ほんの一部、サンプルだってさ。残りは一緒に逃げるときだって」

「いかにも餌くさい……」

「そうなんだよ。そこに並んでる名前も、国会議員に大企業の経営者とか、理化学研《りかがく》究所の所長とか、メガバンクの頭取……。なんだかでたらめっぽくて」

「……いえ。でたらめじゃない」

凜香は驚いた。「マジ？」

「マジ」結衣はスマホをかえしてきた。「わたしが認識してるEL累次体メンバーの氏名が、このなかに数人交じってる。想像じゃ絶対に挙がらない名前だし、偶然の一致とも思えない」

「じゃ真里沙は本物の名簿を持ってるのかよ？」

結衣は椅子の背もたれに身をあずけ、食べかけの昼食に目を落とした。「一部だけサンプルとして開示。それによってブツが本物だと確認。こっちとしては取り引きに応じざるをえない。ほんとよくできた罠《わな》って感じ」

「だよな……。どうしようか？　瑠那の身が危険？」

「そう伝えたところで、どうせ身を引く瑠那じゃないでしょ。最初から罠を承知で飛びこんでるし」

「まあね。名簿を手にいれるまであきらめねえだろな」凜香はスマホをいじりながら結衣にいった。「ブツが本物だとメッセージを送っとく。あとのことは現地の瑠那にまかせるしかねえ」

結衣はまた箸を手にとったが、食事を進めず、ただ愚痴をこぼした。「唐揚げが少ない」

学生が列をなすカウンターを、凜香は振りかえった。「パートのおばちゃんにいえば多めにくれたんじゃねえの？」

「大柄の男子学生には肉類を多めにサービス、痩《や》せてる女には少なめ。学食にはありがち」

「あー、おばちゃんたちって気を利かせすぎるとこあるからな」凜香のなかにはまだ疑念が渦巻いていた。「結衣姉。たとえ餌だとしても、本当のメンバー名を一部でも流出させたんなら、その当事者らにとっちゃ迷惑だろ。そいつらがよく了承したな？」

「了承なんか得てないんでしょ。大きな組織はいくつもの派閥に分かれてるし、この計画の立案者や実行者にとって、内部で対立する奴らの名前なら、遠慮なしに明かすと思う」

「足の引っぱり合いか。ありそう」

「ただし別の可能性も……。名簿のだし渋りは誰かの指示じゃなく、単に真里沙ひとりの考えかもしれない。もしそうなら真里沙は、瑠那に捨てられるんじゃないかと恐れてる」

「愛憎劇かよ。しかも高一女子どうしの。噂としてきくぶんには嫌いじゃねえけど。でもさ、結衣姉」

「なに？」

「真里沙にはどのていどの自覚があるんだろ。瑠那を罠にかけてるってことを、どれぐらい真里沙は認識してると思う？」

結衣は結局なにも口に運ばずに箸を置き、皿を遠くに押しやった。「ここで考えても始まらない。恋の駆け引きは瑠那しだい」

18

巫女《みこ》学校の入学からそれなりに日数も経ち、女生徒たちのスクールライフも、ごくふつうの日常になりつつある。瑠那はそのなかのひとりとして、やはり環境に慣れてきたと実感していた。寮と校舎を行き来するスケジュールにも馴染《なじ》んでいる。

最初のうちは巫女たちも規律正しく、次の授業が始まるまでに教室移動を完了していたが、いまではみな多少の余裕が生じたようだ。午後の休み時間、学校舎の敷地内のあちこちで、談笑したりふざけあったりする巫女らの姿がある。斎服姿の教師が通りかかっても、特に苦言を呈することもない。いまではそれなりの自由が容認されている。

瑠那も社殿の離れのひとつ、瀧見《たきみ》殿という小さな平屋の前で、石段に腰かけていた。周囲には竹藪《たけやぶ》があり、陽射しを遮ってくれるため、この季節のわりには涼しい。瀧見殿の扉は閉ざされ、内部にも周囲にもひとけはない。

手にしたスマホの画面を眺める。あるていどの秒数が経ち、バックライトが光量を減らすたび、親指でタップしてまた明るくする。もうメールの文面は頭に刻みこまれているが、瑠那は何度となく読みかえしていた。

ブツは本物、凜香の返信にはそうあった。憂鬱《ゆううつ》さが頭をもたげてくる。自分の本音にも気づかされた。いっそのこと偽物であってほしかった。これが見え透いた罠で、名簿も餌にすぎないとわかっている以上、できればもう追い求めたくない。しかし本物となれば放棄するわけにもいかなくなった。

餌に食いつきたい気分ではない。そんなふうに思いが変化した理由ははっきりしている。真里沙の心をもてあそびたくないからだ。

足音がした。瑠那は顔をあげた。竹藪のなかを遠慮がちな歩調で、美少年とみまごう痩身《そうしん》が近づいてくるが、制服姿で性別があきらかになる。真里沙が神妙に歩み寄ってきた。

瑠那は静かにいった。「真里沙さん。横に座って」

真里沙の表情が和らいだ。いわれたとおり石段の隣に腰かける。恋い焦がれるような真里沙のまなざしが間近から瑠那を見つめた。「松崎さんじゃなくて真里沙さんって呼んでくれたの、嬉《うれ》しい。できれば真里沙って……」

「きいて、真里沙」瑠那は遮った。「わたしを瑠那と呼んでもいいけど、それより自分のことを考えて」

「……どういう意味？」

「杢子神宮の迫害から逃げだして自由になりたいのなら、名簿なんか関係なく連れだしてあげる。だからその機会をまって」

真里沙が戸惑いのいろを浮かべた。「だけど……。瑠那にとっては名簿が大事なはずでしょ。わたしに会ってくれた理由も……」

「もういいの。たしかに名簿を手にして、EL累次体の全容がわかったら、そいつらを退けられるかもしれない。でもそれができなきゃ、名簿を奪った危険人物として、わたしもあなたも狙われる」

「それでもかまわない。瑠那がわたしを連れていってくれるなら……」

「わたしが住んでる神社はEL累次体も知ってる。真里沙がそこで暮らしても安泰の日々は訪れない。警察に駆けこんでも、署員にEL累次体の息がかかってないとはいえない。それよりあなたにとって重要なのは自由になること」

「……瑠那がわたしを連れだしても、その後は一緒にいてくれないの？」

「危険だってば。わたしはEL累次体の恨みを買ってる」瑠那はそっと真里沙の手をとった。「真里沙。巫女は辞めて、新しい人生を送ればいい」

真里沙の目が潤みだした。「でも……」

「未成年なんだから支援団体を頼れる。行政とつながっていない児童養護施設に隠れて、十八歳になるのをまつ手もある」

ふいに真里沙は泣きそうな顔で抱きついてきた。「瑠那。離れたくない」

瑠那のなかで複雑な感情が渦巻いた。だが真里沙の手を振りほどいたりはしなかった。思いのままに瑠那はささやいた。「たぶんあなたはEL累次体がなんなのか、よく知らないんだと思う。杢子神宮とつながりのある団体、それぐらいの認識でしょ。でも大人たちに利用されてばかりじゃ不安は消えない。自分が主体の生き方を送らなきゃ」

「……瑠那」真里沙が涙に濡《ぬ》れた顔をあげた。せつないまなざしがじっと見つめる。

泣きながらも真里沙は無理に笑顔を取り繕った。「瑠那が丁寧語で喋《しゃべ》らないなんて、きっと本心を伝えようとしてるんだと思う。だけどわたし……」

「いいから。もうなにもいわなくていい」

「お願い。最初は大人から指示されたけど、いまではもう、わたしはあなたのことが……」

事情を打ち明け始めている。秘密を知る絶好の機会が到来した、そう解釈もできる。けれども瑠那はききたくなかった。この会話はどうせ誰かに盗聴されている。真里沙が裏切り者に認定されたら命が危ない。

瑠那は語気を強めた。「もうなにも話さないで。無事に逃げられる手筈《てはず》は整える。準備ができたら声をかける。脱出する意思があるなら、そのときわたしのところに来て。自由がまってる」

「……瑠那と別れたくない」

悲嘆に暮れる真里沙の顔は魅惑的だった。思わず心がぐらつきそうになるほどだ。しかし瑠那も意思を固めていた。真里沙にそっと頰を寄せてから、すぐに離れた。石段から立ちあがると、真里沙のすがるような目が見つめてくる。

伝えるべきことは伝えた。瑠那は真里沙に背を向けた。瀧見殿から足ばやに遠ざかる。追ってくる足音はなかった。これでいいと瑠那は思った。同性だろうと異性だろうと、真里沙が誰を好きになろうが自由だ。でも彼女はずっと自由を制限されてきた。井のなかの蛙《かわず》だろう。もっと広い世界を知り、多くの人と接してから、本当の恋を見つければいい。大人に仕向けられた出会いに翻弄《ほんろう》されてはいけない。

19

築添が国立大学の教授として働く日々は、いま振りかえってみても苦労の連続だった。EL累次体の一員としてはさらに難儀する。予測不能の事態に直面してばかりで、なかなか計画が意図したとおりに進まない。

今回もまたそんなじれったさを味わう羽目になった。日廻神宮の社務所ビルの一室で、築添は菜嶋とともに、瑠那と真里沙の会話を盗聴した。瀧見殿に仕掛けたマイクが拾った音声だった。なんとも陳腐な青春ドラマだと築添は思った。真里沙が瑠那を魅了し、惚《ほ》れさせ骨抜きにするはずが、まるであさっての方向に進行していく。

意外だったのは、瑠那が名簿に関心をしめさなくなったことだ。真里沙には同情しているらしく、逃がして自由をあたえると保証する一方、名簿は要らないといいだした。真里沙と結ばれることも望んでいない。これでは餌も罠も機能していないではないか。

菜嶋はひきつった顔で、まだ想定の範囲内だと主張した。だが築添には計画が破綻《はたん》しかかっているように思えてならなかった。非常事態だ。計画が完了するまで、巫女《みこ》学校には近づかないつもりだったが、そうもいっていられない。築添と菜嶋はクルマで鳶坂の山奥深く、巫女学校舎へと向かった。

とはいえ堂々とゲートをくぐるわけにはいかない。瑠那の目にとまってしまう。少し離れた場所にクルマを停めたうえで、徒歩で学校舎のフェンス外を迂回《うかい》し、裏手から入るしかなかった。

問題は学校運営側とも堂々と接触できないことだ。村富校長に直接会うわけにはいかない。EL累次体の計画にとって、この巫女学校はただ利用する舞台にすぎず、詳細はなにひとつ明かせない。

それでも日廻神宮は神社本庁の維天急進派を通じ、実質的にEL累次体の傘下にある。維天急進派の関係者という触れこみで、学校の事務局に話を通すことはいつでも可能だった。

いまも築添はその手を用いた。御正宮のさらに奥にある運営ビルに、裏口から迎えられると、権正のクラスの松崎真里沙を呼びださせた。女生徒らはそれぞれ巫女として働いているため、各方面から職務上の通達があってもおかしくない。校長には知らせなくていい、そのように職員に念押ししたうえで、ビル内の一室を貸してくれるよう要請した。

案内されたのは最上階の会議室だった。大きな円卓には菜嶋ひとりが座っている。築添は落ち着かず、全面ガラス張りの窓を前に立った。

学校舎の全景が見渡せる。御正宮、社殿やいくつかの離れ、三つの校舎、巫女たちの寮。あちこちに木立や竹藪《たけやぶ》がひろがる。日本画のように耽美《たんび》だった。

しかしここにあるすべては作り物にすぎない。宗教自体を虚飾とEL累次体は割りきっている。信心は大衆の扇動に不可欠な一要素にほかならない。他国は宗教と政治が密接な関係にあるため、支配者側による統制がもっと容易だ。日本の場合は、とりわけ戦後において、宗教概念が薄らいだせいで、そうした操作が困難になった。明治時代の体制に戻す必要はそこにもある。国民に確固たるヒエラルキーを受け容《い》れさせるのは、国家安定のための第一歩だ。

ドアをノックする音がした。菜嶋が革張り椅子に身をあずけたまま、気怠《けだる》そうに応じた。「どうぞ」

開いたドアから職員が現れた。同行したのは制服姿の松崎真里沙だった。不安げな面持ちで立ち尽くしている。

職員は一礼し退室していった。ドアが閉じると、会議室のなかは築添と菜嶋、真里沙の三人だけになった。

「松崎」築添はつかつかと歩み寄った。「状況がどうなっているのか見に来た。なにかいうべきことはあるか」

真里沙の顔はまたも陰のある美少年のそれだった。瑠那の前でさらけだした乙女心は鳴りを潜めている。うつむきながら真里沙がぼそりといった。「いえ。特に……」

菜嶋が苛立《いらだ》たしげに立ちあがった。「嘘をつけ！　松崎。杠葉瑠那を誘惑するはずが翻弄されてないか。まるでミイラ取りがミイラだ」

しばし沈黙があった。真里沙は頰筋をひきつらせたものの、ほどなくあきらめの感情をのぞかせた。「瑠那は強い人です。わたしではかないません」

「かなわない？」菜嶋が顔をしかめた。「どうかなわないというんだ」

きくまでもないと築添は思った。ミイラ取りがミイラ、その表現がすべてだ。真里沙は瑠那を落とせなかった。しかも逆に魅了されてしまった。いまや真里沙はすっかり瑠那の虜《とりこ》になっている。菜嶋の計画は根本的に覆った。

計画立案の当事者は現状を認めたがっていなかった。菜嶋は頭を掻《か》きながら吐き捨てた。「杠葉に会え。何度でもだ。EL累次体の名簿が本当にいらないのなら破棄すると脅せ。杠葉瑠那はきっと慌てるはずだ」

「あのう」真里沙が顔をあげた。「お尋ねしていいですか」

「なんだ」

「EL累次体ってなんですか」

室内はしんと静まりかえった。菜嶋は鬱陶《うっとう》しげに真里沙の前を離れた。

簗添は代わりに真里沙にきいた。「きみ自身はどう思う」

「最初は神社本庁の維天急進派のことかと思いました。杢子神宮でも宮司が頭を下げるような方々なので……。維天急進派に関係のある、政府筋かなにかの偉い人々という認識です」

「おおむね正しい。そんなところだ」簗添は慎重に言葉を選んだ。「なあ松崎。私が思うに、杠葉瑠那はきみに関心があるうえ、EL累次体の名簿も入手したがっている。どちらにもそっけない素振りをしているがね。向こうが本心をさらけだすまで努力してもらえないか」

真里沙は虚空を眺めながらつぶやいた。「あの子はそんなに単純じゃありませんでした。それどころかわたしの思いまでも……」

菜嶋が嚙《か》みついた。「思いまでも？　その先はなんだ。きみの思いを理解してくれているとでもいうのか。松崎。のぼせあがってる場合か。杠葉瑠那を落とせ。これは絶対の命令だ」

「……従わないとどうなるんでしょうか」

「生きて杢子神宮に戻れないと覚悟しろ」

真里沙の顔に怯《おび》えのいろが浮かんだ。よくない兆候だと簗添は感じた。杢子神宮に洗脳されて育った真里沙は、たしかにこれまでは従順だった。けれども瑠那に出会ってから変化が生じたようだ。そうでなくとも思春期の少女は難しい。繊細な心に配慮しながら、うまく操っていくにかぎる。

簗添はまず菜嶋を制した。「落ち着け。脅迫する相手をまちがってるよ。松崎真里沙はわれわれの大事な切り札だ」

「切り札ですか」菜嶋が憤然と部屋をうろつきだした。「ジョーカーをつかまされたような気がしますがね。致命的な人選ミスだったかもな」

室内の雰囲気は最悪に近かった。こんな状況では人は動かせない。菜嶋はしょせん机上で計画を構築する立場だ。現場には不向きだった。計画を円滑に進めるのは自分の役割だ、築添はその思いを強くした。

「松崎」築添は穏やかにいった。「こう考えろ。きみに名簿を持たせたのは、杠葉瑠那と親密になるためのきっかけにするためだ。向こうが関心を持ち距離を詰めてくる、そのためのプレゼントだったんだよ。それをうまく使え。もう仲は深まってる。あとひと押しだ」

真里沙は力なくささやいた。「あの人は、一緒に手に手をとりあって逃げることに同意してくれました。それで充分じゃないですか」

築添は困惑とともに押し黙り、菜嶋に視線を向けた。菜嶋も厄介そうな顔で見かえした。

どうやら真里沙は瑠那との相思相愛を期待しているようだ。けれども第三者の目にはわかる。真里沙は瑠那に惚《ほ》れているが、瑠那は真里沙に恋愛感情がない。脱出させるとの約束も、ただ真里沙に同情しているだけだ。真里沙を自由にしたのち、瑠那はさっさと姿を消すだろう。一緒に逃げるかどうかも疑わしい。

農作業用倉庫内でふたりが抱き合った映像があるため、瑠那を陥れる準備は整った。死刑囚の娘と、異端児の巫女が、同性愛で結ばれた。そこまでは立証できる。しかしそれは、瑠那がこのあとの行動に違和感を生じず、真里沙とともに巫女学校から姿を消したうえでのことだ。

瑠那がクラスメイトか誰かに、本心を打ち明けたらどうする。真里沙に興味はないが、迫られたためどうしようもなかった、一時的に身をまかせただけ。そうどこかに書き残すかもしれない。ふたりは異常な行動の果てに息絶えねばならない。そこには疑いようのない必然性が求められる。

ただ単に瑠那を暗殺するのは、そもそも難しく、しかもそれだけでは成果が足りない。ほかの付加価値を生じさせる計画だからこそ、EL累次体の承認が下り、予算も分け与えられた。なんとしても計画は最後まで完遂する必要がある。

菜嶋が猜疑心《さいぎしん》をのぞかせた。「松崎。名簿はいまどこにある。どこに隠すにせよ、在処《ありか》を報告しろといってあっただろう」

真里沙の目になんらかのいろが浮かんだ。「……〝田桐のご神木〟の根元に埋めました」

「そこにあったのは名簿の一部、部分的サンプルにすぎんだろう。名簿全体のほうはどこだ？」

今回の計画にあたり、真里沙に二本のUSBメモリーを預けた。一本は部分的サンプル、もう一本が全名簿だった。二本をどう使うかは真里沙の判断に委《ゆだ》ねてあった。

瑠那との交渉しだいで、部分的サンプルを先につかませ、中身を確認させるのも有効と思われた。巫女《みこ》学校ではスマホの携帯が許されているため、瑠那が凜香にデータを送信するのは自明の理だった。部分的サンプルから、名簿が本物と断定されれば、瑠那の食いつきもよくなるだろう。そう思っての二段構えだった。

瑠那が部分的サンプルに興味を持ったとして、次は全名簿があるかどうかを気にするだろう。瑠那が真里沙と仲を深め、一緒に逃げだす決意に至らしめるためにも、全名簿を真里沙に持たせねばならなかった。餌が部分的サンプルだけでは、計画が途中で頓挫《とんざ》する恐れがあった。だから危険でも全名簿を託した。

しかし計画がギクシャクし始めたいま、真里沙に預けた全名簿が気になってくる。築添も真里沙に問いかけた。「全名簿はどこにある?」

不穏な沈黙が下りてきた。真里沙は口ごもった。

菜嶋がむきになった。「どこに隠した!?」

悪い予感は的中した。真里沙は首を横に振った。「いえません」

築添は焦燥に駆られた。菜嶋も同じ心境にちがいない。目を剝《む》きつつ菜嶋が真里沙に詰め寄った。

「おい」菜嶋が憤りをあらわにした。「自分の置かれた立場がわかってるのか。全名簿の入ったUSBメモリーを返せ。いますぐにだ」

「……できません」

「なぜそんなことをいう」

「あれは……」真里沙が恐怖のいろとともにつぶやいた。「わたしの命綱です」

室内が静まりかえった。今度の沈黙はさっきより長かった。築添はこのうえないもどかしさにとらわれた。

真里沙が反抗し始めた。全名簿が命綱という真里沙の読みは、いみじくも正しかった。USBメモリーを真里沙がどこかに隠した以上、こちらから手はだせなくなる。

「このアマ」菜嶋は激昂《げきこう》し、真里沙の胸倉をつかんだ。「ふざけんな！」

しかし真里沙は仏頂面で視線を逸《そ》らした。その態度が菜嶋の怒りを増幅させた。菜嶋は真里沙に平手打ちを浴びせた。真里沙は歯を食いしばり耐える素振りを見せた。

さらに何発も往復ビンタを食らわせる。菜嶋の腕力はたいしたことはないが、痛いのには変わりはないだろう。そのうち真里沙の目に涙が滲《にじ》みだした。それでも詫《わ》びひとつ口にしない。

築添は菜嶋の腕に手をかけた。「もうよせ。顔が腫《は》れあがったりしたら、杠葉瑠那に背後関係のヒントをあたえるようなもんだ。美少女でなくなるのも問題だろう。誰も魅了されなくなるぞ」

菜嶋が手を宙にとめた。苛立《いらだ》たしげに真里沙を突き飛ばす。真里沙は後ずさったものの、体勢を崩すことはなかった。

「畜生！」菜嶋は両手で頭を搔《か》きむしり、椅子に座ると円卓に両肘《りょうひじ》をついた。

計画立案だけが専門の頭でっかちは、イレギュラーな事態に弱いらしい。取り乱すばかりでまるで役に立たない。簗添がしっかりせねばならない。計画実行の担当者がすべてを軌道に戻す。ＥＬ累次体からの評価も高まるだろう。なにもかも自分の双肩にかかっている、簗添はそう自覚した。

「なあ松崎」簗添は真里沙を見つめた。「全名簿を返却したら、きみ自身が危険にさらされる。そう思ってるんだな？　そんなふうに杠葉から入れ知恵されたか？」

「瑠那はそんなことといってません」真里沙は痛む頰を手で押さえながらも、毅然《きぜん》たる態度で応じた。「瑠那が一緒に逃げてくれるまで、名簿を担保に引きつけておくんですよね。わたしはそうするつもりです。途中でやめる気はありません」

「われわれが方針の変更を命じたとしても、耳を貸さないつもりか」

真里沙が涙ぐみだした。「瑠那は自由を約束してくれました。ふたりで一緒に逃げるんです」

「逃げたあとはどうなる。あいつは言葉を濁していただろう。きみが瑠那を好きでも、向こうにその気はないようだ。結ばれると期待するだけ無駄だぞ」

すると真里沙の見開いた目に、大粒の涙が膨れあがった。落涙を恥じるかのように真里沙が両手で顔を覆った。

困った。どんどんおかしな方向に傾いていく。築添は業を煮やしながらも、徐々に瑠那の思惑がわかってくる気がした。

瑠那はこちらの計画に気づいている。すべてではないが、おおよその狙いは察知済みなのだろう。だから計画を狂わせにかかった。名簿という餌を拒絶する一方、真里沙には救出を約束した。身を案じてくれる瑠那に対し、真里沙はいっそうの信頼と情愛を抱きだした。反面、築添と菜嶋には、不信感を募らせるようになった。

真里沙は十六歳にして、まさに遅れてきた反抗期に入ってしまった。瑠那の計算高さだけが番狂わせの理由ではない。真里沙が瑠那に惚れた、それがすべての理由だった。恋愛感情に踊らされた真里沙は、もう周りが見えなくなっている。瑠那の気を惹《ひ》ける唯一の材料が名簿である以上、けっしてそれを手放さないと決心したがゆえ、築添と菜嶋への返却も拒んだ。いまや真里沙は大人の意思を介入させまいと躍起になっていた。築添にとっても、つけいる隙がどんどん失われていく。

「わかった」築添はため息とともにいった。「もともときみにすべてを委ねた。きみにまかせるしかない。だが杠葉瑠那を惚れさせなくてはいかん。でないと名簿だけを奪われ、きみは捨てられてしまうかもしれん。そのあたりわかってるな?」

真里沙は悲哀の感情を漂わせた。「はい」

「よし。では当初の計画どおりに実行しろ。名簿という餌をうまく使いながら、杠葉瑠那を魅了しろ。彼女の思いをきみに向けさせるまで、名簿を渡してはならない。いいな?」

「わかりました」真里沙の視線がまた落ちた。「もうよろしいでしょうか」

「ああ、いいとも。下の階でアイスノンでももらえ。頰の腫れが完全に引いてから校内に戻れ」

うつむいた真里沙の顔はあがらなかった。そのままおじぎをすると、築添に背を向け、ゆっくりと部屋をでていった。

ドアが閉じきると、菜嶋がこぶしで円卓を叩《たた》いた。「どうなってるんです。あいつは杠葉瑠那にすっかり熱をあげてる。まるでパソコンの熱暴走じゃないですか。計算どおりにいかない。こんなことは初めてです」

「理性を失わせるのが恋愛だろう。もう理屈じゃないんだ。いわば同性へのハニートラップで、杠葉に我を忘れさせるはずが、松崎が我を忘れる羽目になった。しかし評価すべき面もある」

「評価すべき面？」菜嶋が苛立ちをあらわにきいた。「なんですか」

「松崎が芝居じゃなく本気で杠葉を好きになったことだよ。私にはわかってきた。一途《いちず》な心がもうひとりの心を溶かす。本物の恋愛感情が杠葉瑠那を陥落させる。もはやそこに賭《か》けるべきだね」

菜嶋は冷静さを取り戻してきたのか真顔になった。「おっしゃるとおりです。本気のアタックは効果的です。しかし恋愛を促進させるなら、吊《つ》り橋効果がものをいうでしょう」

築添は菜嶋を見つめた。「計画に若干の修正が必要だな」

「まかせておいてください」菜嶋が両手を円卓に叩きつけ、悠然と腰を浮かせながら語気を強めた。「揺さぶりをかけてやります。ここから劇的に発展しますよ、杠葉瑠那と松崎真里沙の悲愴《ひそう》に満ちたラブストーリーが」

瑠那は第二校舎一階の特別教室〝舞の間〟にいた。ここだけは天井が吹き抜けになっていて、巫女舞《みこまい》のための舞台が設けてある。女生徒らは舞台に向き合うように整列し、板の間に正座した。全員が紅白の巫女装束に、千早《ちはや》という上衣を羽織っている。

午後最初の授業だった。きょうは強い雨が降っているが、〝舞の間〟には窓がないため、ただ外の雨音をきくだけでしかない。舞台を囲むかがり火だけが照明だった。

巫女舞の自主練は生徒それぞれに課せられていた。この授業では初めて人前での披露になる。教師が指名した順にひとりずつ舞台に登る。いまは松崎真里沙が準備に入っている。

隣に座る琴奈が瑠那にささやいた。「神楽《かぐら》も舞楽も自信がないよ……。巫女ならみんな巫女舞を踊れるはずっていう、世間の風潮が納得いかない」

瑠那は苦笑した。「ふだんから忙しいのにね。舞の練習にはそんなに時間を割けないし」

「でも瑠那はじょうずじゃん……。神社でしょっちゅう舞ってた？」

「安産祈願の催しが月に一回あるから……」

「あー、出番があるならやる気にもなるよね。うちの神社じゃ必要もないのに、小さいころから学ばされたからさー。練習嫌いになっちゃって」

琴奈とはすっかり打ち解けていた。人見知りの瑠那も、もう丁寧語を使わなくなったうえ、互いに下の名で呼び合う仲になっている。同じ班に心を許せる友達がいると助かる。班ごとに授業に出席するため、クラスメイトの大半とは、いまだに親密になれてはいない。

舞台に真里沙が登壇した。模様の入った金襴《きんらん》の千早を、舞衣の上からゆったりと重ね着し、飾り帯で締めている。花簪《はなかんざし》が黒髪に映えていた。

巫女たちはいっせいに黄いろい声を発した。もう誰もが熱烈なファンのように目を輝かせている。すらりとした真里沙の容姿は、巫女にはまったく見えないものの、パリコレのモデルが和装したような趣がある。整った目鼻立ちと澄ました表情も、まるで動くマネキンのようだった。

教師は虹野夕子《にじのゆうこ》という四十代の女性だった。虹野教諭はちっとも静まらない教室に苛立《いらだ》ちをしめし、巫女たちに怒鳴った。「礼儀作法!」

そのひとことで一同が沈黙した。それでも大半の巫女の、うっとりと真里沙を眺めるまなざしは変わらない。虹野教諭は呆《あき》れ顔で舞台わきの定位置に戻った。

太鼓や笛、銅拍子《どびょうし》の囃子《はやし》が流れる。真里沙は片手に鈴、もう一方の手に榊《さかき》を持ち、ゆっくりと踊りだした。優雅な動作だった。日本舞踊の基礎をしっかり押さえているとわかる。しかし……。

琴奈が小声を発した。「懐になにかいれっぱなし……」

瑠那もそれが気になっていた。真里沙は準備中、極度に緊張しながらメイクを落とし、巫女舞のための化粧を施した。洗面台の前は混みあうため、化粧用品を懐にしまい、ハンカチは袖《そで》にいれるのがふつうだった。たぶん真里沙の懐には、小さめの化粧用品がひとつ残っている。衣装の胸もとの、わずかな膨らみから察するに、コールドクリームのチューブあたりかもしれない。真里沙もそのことを自覚したらしく、動きがぎこちなくなってきた。

虹野教諭が渋い顔になり、手もとのクリップボードにチェックをいれた。減点になったかもしれない。瑠那はじれったい思いで見守った。後ろを向いたときにうまく処理できないだろうか。

真里沙の舞がつづく。鈴を一定の間隔で振り鳴らすが、その音いろが乱れだしていた。真里沙の動揺が伝わってくるようだ。やや耳障りな鈴の音に、虹野教諭がさらに険しい目つきになった。またもクリップボードにペンを走らせる。瑠那も歯がゆい気分で、音いろの安定を祈りながら耳を傾けていた。

ふと聴覚に違和感をおぼえる。真里沙はゆっくりとステップを踏むたび、鈴を振り鳴らすが、その音になんらかのノイズが混在している。多少うろたえていても、真里沙の歩調は常に静淑だった。にもかかわらず、荒々しく床板を踏むような雑音が尾を引く。

空気が張り詰めていくのを感じる。鈴とステップの音にタイミングを合わせ、一歩ずつ進んでくる足音がある。それも複数が土足で進んでくる。足袋《たび》や靴下ではなく靴底が床を踏んでいた。廊下からきこえてくる。うまく紛らせているが、瑠那の耳はだまされなかった。鈴の音に合わせ一歩、また一歩と、徐々に近づいてくる。

舞台の真横には木製の引き戸がある。小窓ひとつないため廊下のようすはわからない。しかし集団の足音はごく近い。あと数歩で引き戸の外まで達する。

琴奈が妙な顔になった。「瑠那、どうかしたの?」

瑠那は引き戸から目を離さなかった。そっと自分の頭に手をやる。花簪を一本だけ抜きとった。足音から推定される引き戸までの距離は、残り三歩、二歩、一歩。

いきなり引き戸が横滑りに勢いよく開け放たれた。能面で顔を隠した黒ずくめの男たちが、教室内になだれこもうとするものの、狭い戸口を抜けるためまず先頭が姿を現した。瑠那はすかさず花簪をナイフ投げのごとく力いっぱい投げつけた。手首のスナップにより、まっすぐ水平に飛ばした花簪が、先頭の男の胸に突き刺さった。無表情な能面がのけぞり、後続の男たちが狼狽《ろうばい》したのがわかる。

　真っ先に甲高い悲鳴を発したのは虹野教諭だった。目を丸く見開き、全身を凍りつかせている。悲鳴はたちまち巫女たちにひろがった。腰が抜けたのか、ほとんどの巫女が四つん這《ば》いのまま、必死の形相で逃げだす。壇上で真里沙が愕然《がくぜん》と立ち尽くしていた。そこに能面の男たちが襲いかかろうとしている。

　瑠那はすでに飛びだしていた。舞台に駆け上がったとき、能面の敵勢が全身黒タイツのあちこちを、同色のプロテクターで固めているのを見てとった。身軽さを重視しながら急所は確実に守っている。まずいのは腰のホルスターだった。全員がオートマチック拳銃《けんじゅう》を吊っていた。いまは至近距離から真里沙を襲撃する目的ゆえか、先陣を切る第一波はみな闘棒《とうぼう》を振りかざす。だが拳銃が抜かれるのは時間の問題だろう。

　敵の狙いが真里沙ひとりなのは明白だった。真里沙に群がろうとする敵勢に割って入る。瑠那は敵のひとりが振り下ろしてきた棒に対抗し、右手で敵の手首をつかむと同時に、左手で掌打を能面に浴びせた。能面の男がのけぞり、闘棒が宙に舞う。瑠那は棒を奪いとり、ングニ棒術の遠心力で縦横にスイングし、襲いかかる能面を次々に強打した。プロテクターの覆う急所をあえて避け、布一枚のみが覆う箇所をしたたかに打ち、神経を確実に麻痺《まひ》させる。敵が体勢を崩すや、能面の眉間《みけん》に突きを浴びせ、仰向《あおむ》けに倒す。

真里沙が背にすがってきた。「瑠那」

瑠那は真里沙を庇《かば》いながら、眼前で撃ち倒した敵が転倒する寸前に、腰のホルスターから拳銃を奪いとった。グリップの握りぐあいでH&KのP30だとわかる。敵勢がいっせいに拳銃を抜いた。だが銃口が向けられるより早く、瑠那は発射体勢が整いかけた敵から順に、つづけざまに弾丸を見舞った。

けたたましい銃声が反響し、教室内のパニックは頂点に達した。立ちこめる煙のなか、能面の男たちがつんのめっていく。巫女《みこ》たちは逃げ惑うものの、唯一の出入口である引き戸からは、まだ続々と敵が侵入してくる。

瑠那はひざまずきながら真里沙にいった。「伏せて」

振り向きざま奥の壁を銃撃する。発砲のたび銃口が跳ねあがるものの、敵を狙撃《そげき》するときほど手首に力をこめない。こうして詳細に狙いを定めず乱射する場合、銃を踊らせまいと強く握っていると、前腕の疲労が速まる。いまは壁を蜂の巣にすることだけが目的だった。壁に開いた弾痕《だんこん》から光が射しこんでくる。そちらが屋外だからだ。木造の壁はもう破損しかかっている。本気で体当たりを食らわせれば、ぶち破るのは容易だった。だがいまはその余裕がない。

真里沙が叫んだ。「瑠那、後ろ！」

瑠那は迫り来る敵勢の気配を感じていた。振りかえるや間近に迫った能面の額を撃ち抜いた。十五発の装弾を間もなく撃ち尽くす。瑠那はもう一方の手で闘棒を低く構え、敵のひとりに足払いをかけた。もんどりうって倒れた敵のホルスターから、新たに拳銃を引き抜く。左右に一丁ずつの拳銃を握ったが、瑠那は横向きに立ち、正面の敵陣と背後の壁、両方に銃弾を浴びせた。一丁を撃ち尽くすや、もう一丁のみで能面の男たちに反撃した。壁には大きな亀裂《きれつ》が入っている。しかし真里沙に飛びこませるわけにはいかない。身体ごとぶつかって壁を突き破るにはコツがいる。彼女の華奢《きゃしゃ》な身体で一発勝負は無理だろう。

そのとき壁面に騒々しい音をきいた。敵陣を撃ちながら、瑠那は一瞬だけ背後に目を向けた。

巫女装束のひとりが、拾った棒を激しく壁に打ちつけ、壊しにかかっている。亀裂は穴となり、みるみるうちに拡大していった。雨音が耳に届き、外気が吹きこんでくるのを感じる。

壁を壊しているのは藪美だった。巫女たちが逃げようと穴に殺到する。藪美は手を貸しながら瑠那に怒鳴った。「急いで！　ここからでられる！」

脱出経路が開いたのを知ったせいか、能面の男たちはあわただしく動きだした。逃げ遅れた巫女を人質にとろうとする男もいる。だが瑠那はすかさずその男の脳天を撃ち抜いた。敵がそれぞれに銃を水平に構えては、狙いを瑠那にさだめ、トリガーを引くまで二秒。その初期段階のモーションがみられた敵から順に即刻射殺する。

遮蔽物《しゃへい》に身を潜めず、集団の敵と撃ち合えるとは、常識では考えられない。敵が能面を装着しているせいで、視野が狭まっているのも理由のひとつだろう。よほどの馬鹿なのか。それとも照準のさだまらない発砲には、ほかになにか目的があるのか。

藪美が大声で呼びかけた。「みんなもう外にでた！　残ってるのはあんたたちふたりだけ」

瑠那は背後の真里沙に怒鳴った。「先に行って！　わたしが撃ってるうちに走ってください。早く！」

真里沙はびくっとしたが、両手で耳を覆い、半泣き顔で身を翻した。壁の穴のわきに藪美が待機している。そこへ真里沙が駆けていく。業を煮やした能面が、真里沙を追うべく突進してきた。瑠那はやけっぱちな敵の無防備な身体に、容赦なく銃弾をぶちこんだ。

また藪美が叫んだ。「瑠那！」

瑠那は敵勢に背を向けた。ここぞとばかりに能面の男たちが波状に押し寄せてくる。無数の拳銃が狙い澄ます。だが瑠那もただ逃走を図ったわけではない。

奇妙ではある。舞台の下に殺虫剤のスプレー缶があるのを、瑠那は数秒前から目にとめていた。厳格な巫女舞指導の虹野先生が、こんな物を放置するだろうか。授業が始まる前にはなかった気もする。

しかしいまはこれを利用しない手はない。瑠那は殺虫剤の缶をつかみとるや、敵勢を振りかえり、かがり火に投げこんだ。

瞬時に熱を帯びた缶が手榴弾《しゅりゅうだん》のように爆発した。火球が一気に膨れあがり、舞台上を炎が舐《な》めていく。能面の群れが慌てたように退いたものの、先頭グループは全身に火が燃え移った。火だるまになった数人が絶叫とともにのたうちまわる。

瑠那は敵勢の混乱を尻目《しりめ》に、藪美のまつ壁の穴に駆け寄った。先に藪美を外にだし、最後に穴を抜ける。とたんに豪雨に晒《さら》された。

上空を厚い雲が覆っている。辺りは黄昏《たそがれ》どきのように暗い。土砂降りの雨のなか、校舎周辺の木立を、幾十もの巫女装束が散りぢりに逃げていく。どの後ろ姿も霞《かすみ》のなかに消えつつある。

真里沙はまだ校舎の近くで、両手で頭を抱えしゃがんでいた。瑠那はそこに駆け寄り、ずぶ濡《ぬ》れの真里沙の手を引いた。立ちあがった真里沙とともに走りだす。藪美も並んで走った。

足袋《たび》が泥のなかにめりこんでは水飛沫《みずしぶき》があがる。校舎や寮からは遠ざからねばならない。社殿へも向かえない。フェンスをめざすしかなかった。巫女学校の敷地内に留《とど》まるのは危険すぎる。

木々の隙間を縫うように駆けていった。背後から怒声が響くものの、いまのところ銃撃音はきこえない。逃げ惑う巫女装束を片っ端から撃つ気はないようだ。真里沙の金襴《きんらん》の千早は、遅かれ早かれ脱ぎ捨てさせねばならない。あまりにめだちすぎる。そうでなくとも紅白の巫女装束は視認性が高い。せめて制服なら、このほの暗さに紛れやすかっただろうが。

そう思ったとき、藪美がふいに足をとめた。「まった」

藪美はわずかに進路を外れた。木の根元に置いてあった、大きめのランドリーバッグを拾いあげ、肩にかけるや引きかえしてきた。藪美が息を弾ませながらいった。

「寮の更衣室から持ってきた。誰のかわからないけど制服が詰まってる」

拝借するしかない。瑠那は応じた。「わたしが持ちます。藪美、真里沙にフェンスを乗り越えさせてから、自分も登って。わたしはひとりで行けますから」

後方から銃声が何度か鳴り響いた。こちらに気づいたのかもしれない。すくみあがる真里沙の腕をつかみ、藪美が駆けだした。ふたりがフェンスに向かうのを確認したのち、瑠那はランドリーバッグを肩にかけ、油断なく振りかえった。

辺り一帯は霧に覆われている。数メートル先はもう見えづらい。両手で銃を構える。敵勢が発砲したからといって、すぐに撃つのは愚策だ。こちらの位置を知らせるだけになる。だが敵が本当に攻撃してきたら、もはや躊躇《ちゅうちょ》すべきではない。

白く染まった視界のなかに、ふいに人影が浮かんだ。能面の男がひとり、ふたりと出現し、即座に拳銃《けんじゅう》を向けてくる。瑠那はとっさにトリガーを引いた。銃火が二度連続し霧を赤く染める。能面のふたりは突っ伏したが、その背後に新たな人影がうっすら浮かんでいた。瑠那の拳銃はスライドが後退したままになった。弾を撃ち尽くした。

銃を投げだし、瑠那はフェンスへと猛然と走った。銃声が背後にこだまする。行く手の格子フェンスは高さ二メートルほどで、敷地外の雑木林が透けて見えていた。真里沙と藪美はもうフェンスの向こうにいる。

藪美が大きく手を振った。「急いで！」

瑠那は全力疾走し、フェンスの手前で跳躍した。片足の爪先《つまさき》を格子にかけ、さらに伸びあがると、空中で前転しつつフェンスを乗り越えた。ランドリーバッグは先に投げ落とし、その上に身体を丸めたまま背中から着地する。クッションがわりにはなったが、バッグの弾力で瑠那は跳ねあがり、泥のなかを転がる羽目になった。

雨脚がさらに強まっている。瑠那は真里沙を引き立たせた。藪美が前方に顎《あご》をしゃくる。三人は豪雨のなかを死にものぐるいで走った。

がむしゃらに駆けつづけても、視界はほとんど変化しない。白い霧が覆うなか、進んだぶんだけ行く手から木々だけが、ぼんやりと浮かびあがってくる。いつまでも同じ場所にいるような錯覚をおぼえる。だが背後を振りかえると、学校舎のシルエットは完全に消えていた。やはり相応の距離を走ってきたと実感する。

ようやく歩を緩めた。真里沙と藪美の呼吸は荒かった。大木の幹のそばで、三人は寄り添うようにしゃがんだ。

真里沙のびしょ濡れの顔を覆うのは、雨水か涙か判然としなかった。目を瞬《しばた》かせながら真里沙がささやいた。「瑠那……。さっきピストルを……」

ピストルとは妙に可愛い言い方だった。真里沙が素人だからだろう。瑠那は小さくうなずいた。「幻滅したでしょ。わたしはただの人殺し」

ところが真里沙はいきなり抱きついてきた。耳元で真里沙の涙声が告げた。「すごい。瑠那……。やっぱりただ者じゃなかったのね。わたしにはもうあなたしかいない」

困惑ばかりがひろがる。真里沙の感性は良くも悪くも世間離れしていた。杢子神宮を児童養護施設代わりに育ち、物心ついたときには巫女《みこ》になる運命だった。差別を受け、常に除《の》け者にされてきたため、友達との交流もあまりなかったのだろう。純粋なところもあるが、瑠那のことは無条件に受けいれてしまう、その邪心のなさがかえって心配になる。

「きいて、真里沙」瑠那は話しかけた。「わたしはさっき能面の男を撃ち殺した。ひとりじゃなく二十人近くも」

「わたしを守るために、瑠那の手が血で染まってる……。なにもかもわたしのせい。ごめんなさい」

そっちか。思わず唸《うな》りたくなる。乙女チックもここまで来るとどうかと思う。だがやはり真里沙には同情心を禁じえない。

世間離れしている子はいじめの対象になりやすい。瑠那もそうだった。まして瑠那は素性を隠すため、意図的に素朴な振る舞いをしてきたが、真里沙の場合は天然だ。異質であることを理由に嫌悪し、攻撃の対象にしたがる、そんなひねくれた人々がいる。瑠那は真里沙を守りたかった。本来どんな性格であれ、それを理由に糾弾される謂《いわ》れはない。

真里沙はなおも瑠那から離れようとしなかった。「ああ、瑠那。ずっと一緒にいて」

ずぶ濡れの藪美が頭を掻《か》いた。「お取りこみ中悪いんだけどさ。早いとこ逃げなきゃ」

瑠那は藪美にきいた。「どこへ逃げる？」

「こっちへまっすぐ行けば、方角的に鳶坂の中心街だよ。駐在所もある」

警戒心がじわりとこみあげる。瑠那は油断なくささやいた。「よくそんな方向に脱出できたね」

「偶然」藪美はため息をついた。「運がよかった」

「銃声とか怖くなかった？　わたしが拳銃を撃つのを見ても、藪美はショックを受けなかったみたい」

「弓道場でも瑠那を猟銃で狙ってた奴がいたからさ。怖かったけど、ビビって固まってたんじゃ死ぬだけだし」藪美がスマホをとりだした。濡れた画面を手で拭《ぬぐ》いながら藪美がつぶやいた。「ありゃ。圏外……？」

瑠那は藪美の手からスマホをひったくった。電源を切ったうえで藪美の懐にねじこんだ。

藪美が眉《まゆ》をひそめた。「なにすんの」

巫女舞の実習だったというのに、また藪美はスマホを持ちこんでいたようだ。瑠那はもちろん自分のスマホを所持していない。さっきまで巫女舞を踊っていた真里沙の懐にも、だし忘れた化粧用品が一個残るのみだろう。

ただし瑠那も、まったく無関係に見えるだろう小物をひとつ、袖のなかにいれていた。これはどこかに落としておかねばならない。

なんにせよいまは藪美にスマホを使わせるわけにいかない。懐に手をいれようとする藪美を、瑠那は目で制した。

訝《いぶか》しそうに藪美がきいた。「どういうこと？」

「ジャマー」瑠那はふたりに告げた。「校内にケータイ電波が届いてたのに、フェンスをでたとたんに圏外になった。周辺地域に妨害電波が張り巡らされてる。スマホは使えない」

「なにも電源を切らなくても……」

「位置情報をたどられたら困る。どんな方法で割りだされるかわかったものじゃないし」

「大変なことになってきた」藪美は厄介そうに立ちあがった。「そろそろ動いたほうがいいかも」

「まって」真里沙が藪美を引き留めた。戸惑いがちに懐をまさぐり、なにかをつかみだす。それはコールドクリームのチューブだった。真里沙は落胆のいろを浮かべた。所持品がほかの物であってほしかった、顔にそう書いてある。真里沙は深刻な口調でささやいた。「大事な物を持って行かないと」

藪美がきいた。「大事な物って？」

「USBメモリー」

「……なんの？」

瑠那は首を横に振ってみせた。「真里沙。いったでしょ。名簿なんかもういらない」

だが真里沙は譲らなかった。「あれをわたしに預けた大人たちは、内容をバラされると困るみたい。だから持ってたほうが安全」

「逆だってば。持ってるせいで狙われる」

「でも名簿はどっかであきらかにしなきゃ……。きっと世のなかのためになる」

沈黙のなか雨音だけが大きく耳に届く。瑠那は真里沙を見つめた。真里沙は視線を落とさず、まっすぐに瑠那を見かえした。

　真里沙は変わってきている。世のなかのためと真里沙はいった。なにが正しいか、自分だけの狭い視野ではなく、社会全体のことを広く考えだしたのだろうか。いまの真里沙の主張は、そんな成長の兆候かもしれなかった。もしそうなら否定するべきではない。

　藪美が唸った。「なんだかわからないけど、そんなに重要な物なら持ってきゃいいんじゃない？」

　瑠那は真里沙に問いかけた。「名簿はどこにあるの？」

　すると真里沙は腰を浮かせ、遠方を指さした。「あっちへぐるっとまわって、小高い丘の麓《ふもと》あたり……」

「マジ？」藪美が額に手をやった。「瞰野古墳じゃん」

　真里沙がおずおずと告白した。「誰も立ち入れないと先生がいってたから……」

　古墳は宮内庁の管理下にある。ドローンの飛行禁止区域でもあった。たしかにUSBメモリーを埋めておくには適している。しかし……。

　瑠那の当惑は深まった。「どうやって入ったの？　特別に石室の見学があるときいたけど……」

藪美が真顔を向けてきた。「日本史の授業で、見学自体はもう始まってるよ。班によっては参加してるはず」

真里沙がうなずいた。「そう。わたしは石室まで行ったの。帰りにこっそり道を外れて、USBメモリーを隠してきた」

正直者の真里沙だけに、たぶん本当のことを口にしているのだろう。隠したい物を持っていて、瞰野古墳に足を踏みいれる機会を得たのなら、それを利用しない手はない。だが厄介な状況だった。真里沙を無事に逃がしたい。なのに巫女《みこ》学校周辺に留まり、人目のない古墳に侵入するとなると、敵に包囲される恐れがある。

遠くから男たちの怒声が響いてきた。校外へ捜索範囲を広げたらしい。真里沙の顔を怯《おび》えのいろがよぎった。

やむをえない。瑠那はランドリーバッグを手に立ちあがった。「真里沙。場所はわかる?」

「行けばわかると思う……」

三人は顔を見合わせ、ほぼ同時に駆けだした。巫女から濡《ぬ》れ鼠に転落したうえ、なおも逃げまわらねばならない。意図して敵の罠《わな》に嵌《は》まるうち、そこから抜けだせなくなっている、いまはそんな状況ではないのか。文字どおりの五里霧中から脱出できるだろうか。

21

雨水はランドリーバッグの中身にまで染みこんでいた。制服はどれもずぶ濡れだったが、文句はいっていられない。どうせ傘もささず豪雨のなかを突っ切らねばならない。瑠那たち三人は木立の奥で巫女装束から制服に着替えた。半袖《はんそで》ブラウスに膝丈《ひざたけ》スカート、靴下もそれぞれにサイズの合う物があった。

ただしランドリーバッグだけに靴の類《たぐ》いはいっさいない。ぼろぼろになった足袋《たび》から靴下に履き替えるだけだった。真里沙の足の裏は豆が潰《つぶ》れたうえ、擦り傷も相俟《あいま》って血だらけだった。藪美もほぼ同様だった。瑠那は皮が厚めだが、ほどなく同じありさまだろう。

それでも足をとめてはいられない。靴下数枚を重ね履きしたうえで、制服姿になった三人は、森林のなかを走りだした。泥濘《ぬかるみ》に大小の石、木の根が這《は》う凸凹した地面を、その足で駆けていかねばならない。

真里沙が転倒しかけるたび、瑠那は腕をつかみ支えた。嗚咽《おえつ》を漏らす真里沙が気の毒で仕方ない。けれどもいまは同情心を頭から閉めだした。やさしさとあきらめの感情は結びつきやすい。中東の戦地に育った感覚としては、それも悪魔に魂を売り渡すのと変わらない所業に思える。

風が強まってきた。雨音のなかに追っ手の怒号が交ざるのが耳に届く。風速から察するに半キロほどは離れている。とはいえ安心にはほど遠い。なぜなら……。

藪美がつぶやいた。「犬が吠《ほ》えてる」

真里沙が瑠那にすがってきた。瑠那は落ち着かせようと真里沙の頰を撫《な》でた。「心配ない。この雨ならにおいは容易にたどれない。いまは犬について注意しなきゃいけないのは聴覚。なるべく喋《しゃべ》らないほうがいい」

豪雨に泥の地面、それに靴下のため、足音が響かないのは幸いだった。枝を踏みしめるノイズだけが気になる。犬との距離が詰まらないよう前進しつづけるしかない。

市街地から学校への一本道を横切らないよう、反対方向へ迂回《うかい》していく。辺りは未開の奥地の様相を呈してきた。小枝がびっしりと生い茂り、隙間を抜けるだけでも制服のあちこちが切れる。唐突に急斜面の上り下りにもでくわした。泥濘のなかには得体の知れない生き物が這いまわる。真里沙は悲鳴をあげかけたが、涙目になりながら両手で口を覆い、叫びを吞《の》みこんだ。

やがて杭《くい》にロープの張り巡らされた境界が見えてきた。ほとんど雑草に埋もれた看板には〝立入禁止　宮内庁〟とある。ここから先が畝野古墳だった。

瑠那は辺りを見まわした。防犯カメラやモーションセンサーの類いはない。電柱や電線がないのだから、それらを設置できなくて当然かもしれない。しかし遠目からの監視までも皆無とは思えなかった。霧が立ちこめているせいで、おそらくそうした警戒の視線が遮られている。侵入するならいまのうちだろう。

三人はロープをくぐり、立入禁止地域に足を踏みいれた。雑木林はいままでと大差ない。特に整備されてはいなかった。白い靄《もや》のなかに目を凝らすと、遠くの地面が隆起しているのがわかる。古墳の本体まではかなりの距離がある。すると宮内庁に制限された一帯は途方もない広さになる。ここにひとつの街があったなら、丸ごとすっぽりおさまってしまうほどの面積だ。

藪美が顔の雨水をしきりに拭《ぬぐ》った。「石室って古墳の真んなかにあるんだよね？見学はあのへんまで行った？」

真里沙が困惑をしめした。「たぶん……」

「なに？　はっきりしてよ」

「石室をでて、小径《こみち》に沿って歩いて、三十メートルか四十メートルぐらいのとこだったから……。ちょっとだけ道から外れて、地面に埋めたの」

「手で埋めたんでしょ？　雨で流されてなきゃいいけど」

議論をしている場合ではない。古墳にたどり着かなくてはなにも始まらない。瑠那は歩を踏みだした。「行きましょ」

また森林のなかに深く分けいっていく。足の裏の痛みを頭から閉めだそうと躍起になった。さまざまな棘《とげ》が突き刺さるのを感じる。宮内庁の管理下のわりには、枝という枝がずいぶん伸び放題だった。霧がなくとも行く手を見通せないほどの密度。あるいはこれが侵入を阻むという目論見《もくろみ》だろうか。

隆起した一帯に近づくにつれ、どうも首を傾げざるをえなくなる。たしかに小高い丘ではあるが古墳に見えない。あまりに草木の育ちようが無造作で、丘そのものも人工物とは思えなかった。単なる大きめの起伏ではないのか。そう疑いながら周りに目を向けると、白い霧が漂うなか、似たような丘が方々に浮かびあがっている。

藪美が嘆いた。「なにこれ……。あちこち古墳だらけ？　ちがうよね？　めざしたところは古墳じゃなかったってこと？」

遠目には古墳に見えたものの、じつはちがっていたようだ。立入禁止地域内に低い丘がいくつもあった。それだけのことだろう。真里沙は見学用の小径を往復したにすぎず、そこまでわかっていなかったと考えられる。

真里沙は顔を真っ赤に染め泣きじゃくった。「ごめんなさい。こっちだと思ったんだけど……」

「ちょっと」籔美が憤りのいろを漂わせた。「泣かないでよ。それより石室だかその帰り道だかがどこにあるか、本当にわかってるの？　わかんないとかいわないでほしいんだけど」

「籔美」瑠那はやんわりと制した。だが立ちどまっていれば、籔美の不満が募るばかりだろう。真里沙の心も折れてしまう。瑠那は先に立って歩きだした。

戸惑いぎみに立ち尽くす籔美が、瑠那の背を目で追ってくる。「どこへ行くの」

「勘で探すしかない」瑠那はいった。「こっちへ」

「なんでそっち？　古墳って地面が盛りあがってるとこでしょ？　傾斜を下りてくなんて」

「いいから。ほかに当てがある？」

真里沙は黙って瑠那についてきた。籔美は抵抗の素振りをしめしていたが、やがて仕方なさそうにつづいた。

たしかにこの先は下り斜面だ。小高い丘に囲まれた谷底が、立入禁止地域内にいくつもある。だからこそ気になる。手つかずに等しい雑木林は、古墳の本体から離れていくことを意味するが、あまりに自然を放置しすぎだ。周辺から土器などが掘り起こされたのなら、これだけの広さが立入禁止に指定されることも、事実としてありうる。しかし手入れを怠るのはおかしい。むしろ適度に伐採し、地下の保全に努めるのが道理ではないか。

背後から藪美がぼやいた。「こんなほうに行くのはまちがってる。どれでもいいから丘を登ろうよ」

「しっ」瑠那は片手をあげ、藪美に沈黙をうながした。

斜面をほとんど下りきり、地面が水平に近づいている。ここの樹木は枝葉を落とした形跡がある。そのぶん見通しもよくなった。そこかしこに通路ができていて、泥濘には消えかかったタイヤの痕《あと》すら見てとれる。トラクターが林のなかを縫っていったらしい。

さらに歩を進めていくと、木々の密度はさらに低下していった。霧はあいかわらず立ちこめているものの、徐々に視界がひろがりだした。

やがて林を抜けた。霞《かすみ》のかかった広大な一帯は、等間隔に木が残されているが、ほとんどが伐採され畑になっている。木は高く水平に網《ネット》を張るための柱代わりにされていた。畑の上を覆い尽くすネットは半透明だが、迷彩柄と貼りつけた葉でカモフラージュ効果を生じる。降雨を遮る庇《ひさし》にはならず、現状は畑も雨水に晒《さら》されていて、晴天時には陽光も充分に受けるだろう。ネットが張られた目的はなにか。上空からの監視を避けるためとしか思えない。その理由もすぐに見当がついた。

赤や白、ピンクいろの花が咲いている。茎は五十センチから一メートルぐらいに育っていた。この天候で見るとどこか不気味な雰囲気が漂う。瑠那は鼻をひくつかせた。においはけっして好ましくない。漢方薬を腐らせたような独特の悪臭だった。

瑠那はつぶやいた。「ケシ畑」

真里沙と藪美が驚きの声を発した。藪美は畑に歩み寄ると目を瞠《みは》った。「マジで？こんなに綺麗《きれい》なのに。ヒナゲシじゃなくて？」

すると真里沙がつぶやいた。「あー……。いわれてみればヒナゲシって、ケシ？」

「まさか。そこいらの花屋さんにも売ってるのに？」

見た目で識別できる。瑠那は赤い花を指さした。「ヒナゲシは合法だけど、これはちがう。花びらが四枚、枝分かれが多くて、つぼみの表面や花梗《かこう》に毛が多く生えてる。栽培自体が違法なアツミゲシ」

「こっちは？オニゲシってやつじゃね？やっぱり花屋で見たことあるよ」

「それもオニゲシに似てるけど、花びらの基部に黒紫の斑点《はんてん》があるから、ハカマオニゲシってわかるの。ハカマオニゲシの栽培も違法。なにより白い花はぜんぶ純粋なケシ」

「めちゃくちゃたくさんあるじゃんか……」

瑠那はため息まじりにいった。「これが学校舎の正体。ケシを栽培する工場だったのね。一年じゅう憑依巫女《ひょういみこ》の再現と称して、幻覚や禁断症状の人体実験をしてる」

藪美が表情を硬くした。「あの口寄せの実習？　まさか」

「ふだんはシャーマンの再現実験ってことにして、若い子を学校舎に連れてくるだけでいいけど、夏期巫女学校のあいだもケシの製造はつづくし、人体実験をやめられない。だから口寄せの実習に見せかけてる」

瞰野古墳は宮内庁の管轄だが、同時に日廻神宮の神域でもある。ふだんの管理責任は日廻神宮が引き受けているのだろう。土器が出土したことにして立入禁止地域を広げ、小高い丘に囲まれた谷間ごとに、人知れず広大なケシ畑を設ける。宮内庁が全国の古墳に一律にだした布告により、立入禁止地域にはドローンも飛ばせない。高高度からの地図作製用のセスナ機が撮る航空写真は、距離があるためこのネットで充分にごまかせる。

「そんな」真里沙が恐ろしげにささやいた。「日廻神宮がケシの栽培だなんて……」

瑠那は首を横に振った。「神社本庁といっても、日廻神宮は維天急進派です。古色蒼然《そうぜん》とした階級社会への回帰をめざす人たち。杢子神宮のトランスジェンダー差別も維天急進派のせい」

真里沙はさらなる衝撃を受け、ただ全身を凍りつかせていた。「それは……。わたしの育った杢子神宮が……」

「目を覚ますときがきたの。真里沙。幼少期を振りかえって、やさしくされたことも皆無じゃないとか、楽しいこともあったとか思うかもしれないけど、それらも含めてすべて刷りこみ、洗脳みたいなもの。あなたは悪魔の巣窟《そうくつ》で迫害されて育った」

「悪魔だなんて……」真里沙が表情をこわばらせた。「瑠那。神道の概念に悪魔なんてものは……」

「神道では邪気という表現に留《とど》めていても、現にこの世にはあるの。むしろ邪気や邪心しか存在しないという神道の教えを、本当に悪意のある人たちが利用してる。信者が自分たちを疑わないように」

「……杢子神宮の神職にある大人たちが、正しくなかったってこと?」

「ショックだろうけどそれが事実。あなたが逃げたいと思ったのは気の迷いなんかじゃない。生きるために必要なことだった。成長していくなかであなたはそれを悟った」

「瑠那」真里沙は目を真っ赤に泣き腫《は》らしていた。「わたしはあなたを信じたい。だけど……」

「誰を信じるかは自由になってから考えればいい。客観的なものの見方は、いまのあなたじゃ無理。安全が確保されたうえで、世の女子高生と同じ生活を送ってからでないと……」

真里沙は打ちのめされたように下を向いた。滴り落ちる涙は雨と明確に異なる。純粋な真里沙の成分そのものに見えた。ある意味では真里沙こそが、十代の少女のあるべき正しい姿といえる。けれどもそれでは犯罪者の意に沿うように操られてしまう。成長は邪心をともなう。いまの社会で生きていくには避けられない。

「まってよ」藪美が苛立《いらだ》たしげな声を発した。「瑠那、ちょっと妄想がすぎない？　ケシってさ、ちゃんと国の許可を得て、モルヒネとか咳止《せきど》め薬用に、栽培する畑があるはずでしょ？　これもそうなんじゃないの？　宮内庁の管轄下だし」

瑠那は藪美を見かえした。「宮内庁と厚労省になんのつながりもないことはわかるでしょ。古墳の立入禁止地域内に、国認可の薬用植物園なんてありえない。なにより

「……」

「なによ」

「広すぎるし多すぎる。南米コロンビア並」

「……瑠那。あなたいったいどういう人？　いろんなことを受けいれようと努力してきたけど、もうキャパの限界。本当は何者なの？」

　藪美の当たりはやや強めに感じられる。敵愾心《てきがいしん》まではいかなくとも、猜疑心《さいぎしん》はうわまわっていた。真里沙も困惑を深めたまなざしで瑠那を見つめてくる。むしろ藪美が真里沙の不信感を煽《あお》ろうとしているように思えてならない。

　けれどもいま瑠那は、それ以上の詮索《せんさく》を避けた。ほかに注意を喚起されたからだ。藪美や真里沙の向こう、白い霧が覆う畑の縁に、ぼんやりと人影が浮かんでいた。アサルトライフルを構えようとするときの、独特の右肩の上がりぐあいが見てとれる。

　瑠那は反射的にすばやく動いた。畑を低く囲むロープをつかみ、杭《くい》ごと引きちぎりつつ、人影に向け突進していった。あわてたようすの人影がアサルトライフルを水平に狙い澄ます。だが発砲されるより早く、瑠那はシステマのロープファイティングの構えをとった。両手のあいだに張ったロープを銃身に巻きつけ、力ずくで大きく逸《そ》らす。両手のふさがった敵は、意地になりアサルトライフルを保持しつづけるが、それが瑠那にとっての勝機になる。左右どちらの手も自由にならない敵の首に、ロープをもうひと巻きし、腕力をこめ引っぱる。アサルトライフルが垂直に立ち、上部のリアサイトベースが敵の顔に衝突した。

能面や鬼面などの奇天烈《きてれつ》な敵ではなかった。迷彩柄のキャップにジャケット、足とは軍用のブーツ、ケシ畑の警備兵としか思えない。祥子の連れてきたチンピラどもとはちがい、鍛えているうえに体術の心得がある。瑠那の腹に膝蹴《ひざげ》りを浴びせようとしてきた。身動きのできない現状では的確な判断だろう。しかし瑠那はその動きを予測し、すかさず腰を引いて躱《かわ》した。身体を反転させながら投げ技を打つ。ロープが長いぶん、遠心力に助けられ、背負い投げも容易だった。瑠那は男を仰向《あおむ》けに地面に叩《たた》きつけると、アサルトライフルを奪った。FNスカーだった。銃口に減音器《サプレッサー》を装着しやすいからだとわかる。

霧のなかに新たな人影がふたつ浮かびあがったことに、瑠那はいち早く気づいた。仰向けになった敵の喉《のど》もとを片膝で圧迫しつつ、瑠那はふたつの人影に対しFNスカーを水平に構え、すかさずトリガーを二度引いた。サプレッサーによりマズルブラストが軽減され、煙はほとんど発生せず、音圧も相応に抑えられていた。ふたりの迷彩柄が胸部から血飛沫《ちしぶき》を撒《ま》き散らし、つづけざまに泥のなかに突っ伏した。

次にやるべきことはきまっている。瑠那は片膝をついたまま、自分の下で仰向けになった男に銃口を向けた。俯角《ふかく》で至近の顔を狙い澄ます。

真里沙が息を呑《の》んだのがわかる。藪美も制止するような声を発しかけた。男が恐怖に表情を引きつらせている。

だがためらいなど生じるはずもなかった。瑠那はただ冷静にトリガーを引き絞った。セミオートで三発がまとめて発射される。反動もわずか一秒足らずだった。眼前で男の頭部は破裂し、瑠那は大量の返り血を浴びた。

首から上を失った死体が泥のなかに横たわる。滝のように激しく降る雨のなか、瑠那はゆっくりと立ちあがった。迷彩柄のポケットをまさぐる気にはなれない。所持品に発信器がついていたら自殺行為だ。

瑠那は右手でＦＮスカーをぶら下げながら軽く振った。ストックに妙な物が入っていないことをたしかめる。身を守るための武器は持っていくが、替えの弾倉も必要だった。瑠那はあわてず、真里沙と藪美の前を横切ると、迷彩柄ふたりの死体に歩み寄った。同じＦＮスカーから、それぞれマガジンを引き抜き、二本ともスカートベルトに挿した。

藪美が震える声でいった。「なにも殺さなくても……」

生きるためだった。しかしそのことを説明する気にはなれない。移動だけは急がねばならない。サプレッサーで減音されたとはいえ、ケシ畑を守るほかの警備兵が、誰も銃声に気づかないとは思えなかった。瑠那は慎重に前進し始めた。「ついてきてください」

歩を踏みだすのを渋る素振りは真里沙のほうだった。藪美は真里沙をうながし歩きだした。

瑠那は自分と他者の関係について考えた。無垢《むく》で無知蒙昧《もうまい》な巫女《みこ》を装っても、素顔を晒《さら》してもドン引きされる。だからいつも孤独になる。優莉匡太の子供の宿命なのだろう。これでいいと瑠那は思った。ただの女子高生ならいまごろ死んでいる。そう思うだけで少しは心が楽になる。

22

雨はいくらか小降りになっていた。瑠那は真里沙とふたりきりで、古墳の石室から横方向に突きだした、岩でできた庇《ひさし》の下にしゃがんでいた。

三人が古墳に着いたのは十分ほど前だった。外見上はほかの丘と大差がない。ただ丸みを帯びていて、斜面を頂上付近まで登ったあたりに、このように石材で組んだ出入口がある、それらが決定的にちがう。

ここから見学用の小径《こみち》を下り、途中の脇道を探しまわるにあたり、まずは休息をとりたかった。そのためにいったん隠れた。真里沙のうろ覚えのようすからすると、USBメモリーの発見は容易ではなさそうだからだ。

籔美は周りを見てくるといってひとり離れた。真里沙が引き留めたが、難しい顔の籔美は、人殺しとは一緒にいられない、そういいたげに立ち去った。好きにすればいいと瑠那は思った。籔美は怪しい。ただどのレベルの敵かわからないだけだ。EL累次体から維天急進派、祥子と取り巻きやチンピラまで、あらゆる段階の対立者が考えられる。アマチュアレスリング技や、ケシ畑での殺人に動揺したのが本当の籔美だとすれば、さほど脅威ではない。

瑠那はアサルトライフルを斜めに抱き、石を積んだ内壁にもたれながら、やはり石畳の床に腰を下ろしていた。同じように座った真里沙と向かい合う。瑠那は自分の生い立ちを語った。凜香にもろくに明かしていない、九歳までのできごとは端折《はしょ》った。振りかえるのが辛《つら》い思い出は誰にでもある。

真里沙は神妙な顔でうつむき、ずっと瑠那の言葉に耳を傾けていた。放心状態のような真里沙が、虚空を眺めながらつぶやいた。「優莉匡太の六女というだけでもびっくりなのに、友里佐知子の……」

胎児脳外科実験とステロイド実験の産物。真里沙はそれらの事実を受けいれたようだ。ケシ畑からこの古墳へ到達するまでに、瑠那はさらに六人の警備兵を殺してきた。そのさまを見たからだろう。三人目か四人目の殺害以降、真里沙と薮美はただ黙って身を潜め、すべてを瑠那にまかせるようになった。ふたりとも死体からは常に顔をそむけ、陰鬱《いんうつ》な面持ちで歩きだすものの、抗議の声はあげなかった。

瑠那のスカートベルトには四本のマガジンが挿してあった。それ以上は重すぎてスカートがずり落ちる。ため息とともに瑠那はささやいた。「わたしは人の道を外れるどころか、最初から外道として生まれてきた。そのうえ人殺しが日常茶飯事の戦場で育った。まともじゃない」

「なのにおとなしい子を装って、高校に通いながら巫女をつづけてるの？　なぜ？」

「さあ。よくはわかんない。ずっと寿命を延ばすことに躍起になってた。でも実際にそれが果たされてからは、大人になる資格があるかどうか……」瑠那は重苦しい気分を紛らわせようと、軽く鼻を鳴らした。「もともと長生きできても十八まで。それが正解だったのかなといまになって思う。嘘をついて人を殺すだけの自分が嫌になる」

真里沙の疲弊しきった顔に、ふと微笑が浮かんだ。「丁寧語で喋《しゃべ》ってた瑠那とは別人みたい」

なぜ笑うのだろう。それしか理不尽な現実を受けとめる方法がないからだ。瑠那も過去に何度か経験したことがある。つられるように苦笑しながら瑠那は目を落とした。「なんでだろうね。ふだん義父母《ふぼ》や凜香《あね》にさえ、こんな喋り方はしないのに」

しばし沈黙があった。真里沙が発言を迷う素振りをしめした。瑠那は無言で真里沙が話すのをまった。なにを語るにしろ無理強いはできない。

ほどなく真里沙が涙声を漏らした。「わたしはあなたを誘惑するよう強制されたの」

思考と感情が鈍化している。瑠那は自分についてそう思った。頭が働いていないような自覚があった。心にもなにも浮かばない。事実を受けとめた先にまつものがなんなのか、不安を掻《か》き立てられるがゆえ、いっさいを閉めだす。そんな適応機制のなせるわざかもしれない。

瑠那は小声で応じた。「知ってた」

「でしょうね」真里沙がうつむいた。「だけどいまはもう……。あなたのことが本当に好きになっちゃった。自分でもどうしたらいいかわからない」

「大人たちの理不尽な強制力は排除する。あなたの未来には自由がある」

真里沙は沈んだ表情のまま視線をあげた。「瑠那の未来は？」

また言葉がでてこない。目も虚空をさまよう。熟考したくないことばかりだ。みずからの心を見つめ直すのは苦手だった。長いこと病んでいたのは身体ではなく、精神のほうだったのかもしれない。

瑠那はあえて淡々と問いかけた。「この古墳を下りきったところから、見学用の小径を三、四十メートルいったところの脇道だよね？　なにか目印になる物をおぼえてる？」

真里沙が唸《うな》った。「実際にその場に行ってみないと……。行けばたぶん思いだすだろうけど」

ならここで考えあぐねていても意味はない。瑠那は立ちあがろうとした。「そろそろ出発しようか」

そのとき外の斜面を登ってくる気配があった。真里沙ははっとしたが、瑠那はさして緊張をおぼえなかった。歩調から藪美だとわかる。ただ足取りがずいぶん重い。なにか荷物を運んできたようだ。

石室の出入口に藪美が姿を現した。大きめのリュックを片方の肩にかけている。吹っきれたような半笑いで藪美が告げてきた。「しばらく山ごもりになるかもしれないと思って持ってきた」

不穏な空気を感じる。古墳の近くで最後に殺した警備兵、そのわきに落ちていたリュックだとわかる。警備兵の持ち物だろう。瑠那はわざとスルーしたが、藪美が拾ってきてしまった。首を横に振りつつ瑠那はいった。「そんなに長居するつもりはありません。危ないでしょ」

「平気だってば」藪美はリュックを石畳の上に置いた。「喉《のど》が渇いた。お腹もすいた。なにか食べなきゃやっていけない」

制止を呼びかけるより早く、藪美が大胆にもリュックの口を開け放った。なかをのぞきこむと藪美が声を弾ませた。「ペットボトルがある」

死体を目にして間もないうちに、飲み食いができるからといって、ただちに異常とはかぎらない。個人差がある。瑠那は戦場を通じその事実を学んだ。殺人現場の近くで食欲旺盛《おうせい》になっても、それだけで残忍とはきめつけられない。ふだんの性格とはなんの関連もなく、単なる素質に基づくようだ。

藪美の場合はまだどちらなのかわからない。リュックの底付近にあるらしいペットボトルしか眼中にないのはあきらかだった。ほかの物は邪魔とばかりに無造作に取りだす。まず真っ先に藪美がつかみだしたのは、一辺が三十センチぐらいの正方形、厚み十センチもあるプラスチックの塊だった。瑠那はひやりとした。正方形の上面に円盤形の蓋《ふた》、灯台の地図記号に似た文様。M19対戦車地雷だと気づいた。藪美は顔いろひとつ変えず、それを瑠那に投げて寄越した。瑠那はあわてぎみに受けとった。

危険物に見えないのも無理はない。プラスチック製の外殻が覆うせいで、アウトドア用品かなにかに見える。内蔵する銅製の起爆薬容器と、ステンレス製撃針にしか金属が用いられていない。地中に埋まっているときに、金属探知機で発見されにくくするためだ。金属部分は三キロ未満、総重量も十三キロほど。リュックにおさめて運べるしろものではある。

歩哨《ほしょう》に地雷をひとつずつ持たせることはめずらしくない。新しく敷設する地雷を、見張りのついでに所定の位置に埋めてくる。多少の時間はかかるが効率的に地雷原を広げられる。イエメンの軍事拠点でも頻繁におこなわれてきたやり方だ。

次いで藪美が別の物体をつかみだした。「なにこれ？　電動シェーバー？」

たしかに形状はそっくりだが実際にはちがう。瑠那はひったくった。「スタンガン」

しかも日本で販売されていない軍用の高電圧タイプだった。瑠那はスタンガンを地雷に載せ、そっと石畳の上に置いた。足で蹴《け》って壁際に押しやる。そもそも不用意に触りたくもなかった。

地雷に軍用スタンガン。警備兵がアサルトライフルで武装していたことを考えれば、歩哨の標準的かつ本格的な所持品といえる。これを拾ってきた藪美は、なんら嘘をついていないとみるべきか。あるいは疑いをなくさせようとして、あえて警備兵の装備をそのまま持参したのだろうか。まだどちらともつかない。

リュックの底から一リットルサイズのペットボトルがつかみだされた。スポーツドリンクだった。藪美が顔を輝かせた。「アクエリアスじゃん。助かる。真里沙、先に飲む？」

真里沙は戸惑いがちに身を退かせた。「いえ。わたしは……」

「遠慮しないでよ」藪美はペットボトルの蓋を外した。「いいからまず真里沙が飲んで」

「……いまは身体が受けつけそうになくて」

「身体が吸収しやすい成分だからだいじょうぶ」藪美がペットボトルを真里沙に押しつけた。「さあ、ほら」

遠慮をしめしながらも真里沙は大きなペットボトルを受けとった。重そうに両手で抱えている。真里沙は迷惑そうな顔をしたが、藪美はいっこうに取り合わない。仕方なさそうに真里沙がペットボトルを口に運ぼうとした。

瑠那は手を伸ばし真里沙を制した。「まって。藪美。余分に歩いたんだから先に飲んでください」

藪美が無言で瑠那を見つめた。真里沙も異存はないという面持ちで、ペットボトルを藪美に返却した。

「ご親切にどうも」藪美がひきつった笑いを浮かべた。「だけど考えてみたら、瑠那がいちばん動いてるんだし、まずは好きなだけ飲んで」

「シアン化ナトリウムを溶かしこむのにスポーツドリンクは向いてる。ポカリスエットだと白さがめだつけど、アクエリアスならちょうどよくなる。調合しだいでアクエリアスの酸味の強さが、青酸ソーダの苦味をうまく隠蔽《いんぺい》する」

「ちょっと。なにいってんの？」

「いいから藪美が飲んで」

「なんでそんなふうにいわれなきゃいけないの？　いかにも怪しいみたいに」

「現に怪しんでるからしょうがない」瑠那は藪美をまっすぐ見つめたまま、右手を真里沙に差し伸べた。「コールドクリーム持ってるよね」

「あ……はい」真里沙がコールドクリームのチューブをとりだした。

受けとったチューブを瑠那は瑠那は薮美に放り投げた。片腕でペットボトルを抱える薮美が、もう一方の手でチューブを薮美に放り投げた。


「それ」瑠那はいった。「髪の毛に塗りこんでください。ほんの数本でいいから」

「なんでそんなことしなきゃいけないの」

「明るい髪を黒く染めてればコールドクリームで落ちます。完全に落ちきらなくても、前に明るくしてた髪の色艶《いろつや》が、てかりぐあいに表れる」

「わたしが白髪染めしてるって？　そんなに歳いってるように見える？」

「いくつかは年上でしょう。でも歳を隠すための白髪染めじゃなくて、刑務所に入るときにカラーを黒にするよう強制されただけ。巫女《みこ》になりすますのにも黒髪は好都合だし」

「またぁ。瑠那」薮美は笑わなかった。「なにを根拠に妄想を先走らせてんの」

「ヘアドネーションの保管室から、寄付された髪の束を盗んだのは薮美ですよね。染めてるのがばれちゃ困るから」

「はあ？　そんなことすると思う？　髪を盗んだりしたら、そのほうが疑われるでしょ」

「その疑いを紛らわせるために、ほかの数人の髪も盗んだんです」

「馬鹿馬鹿しい。わたしが髪を染めてて、それを隠したいだけなら、保管されてる髪束の名札を付け替えるだけでいいじゃん」

「その子が呼びだされて髪を調べれば、染めてないことは一瞬でわかります。結局最後は藪美に疑いが向く。自分を含む数人の髪が消える以外に、あなたがとる方法はなかった」

藪美が呆《あき》れ顔になった。真里沙を一瞥《いちべつ》してから、ふたたび瑠那に目を戻す。怒りを漂わせつつ藪美がきいた。「わたしにどうしろっていうのよ」

「三択のうちのどれか。コールドクリームで髪をこするか、アクエリアスを飲むか、あるいはその両方」

「四択にしない？　どれも拒否」

「なぜですか」瑠那はたずねた。

「疑われるのなんてむかつくから」藪美が憤然と持っている物を床に投げつけた。ペットボトルとチューブが石畳の上に転がった。

否定しようがかまわない。いま癇癪《かんしゃく》を起こしたことですべてがあきらかになった。瑠那はささやいた。「藪美。わたしは凶悪犯罪者だし、人を疑うのに証拠なんか必要ありません」

「それ脅し？」藪美の口もとが歪《ゆが》んだ。「道すがら何人も殺した哨兵《しょうへい》と同じく、問答無用って？」

「哨兵」瑠那は藪美を睨《にら》みつけた。「歩哨よりもう一段、玄人《くろうと》っぽい言い方ですよね。さすがにもうアマレスのアスリート系女子高生で通すのは無理じゃない？」

藪美は苦笑ぎみにぶらりと動きだした。「なにも通すとか通さないとか、そんな話じゃなくてさ……」

なにげなくうろつくように見せかけて、計算されたステップだと瑠那は気づいた。藪美は石畳に横たわるペットボトルに歩み寄ると、後方に引いた足をすばやく繰りだし、力いっぱいに蹴った。ペットボトルにはまだ三分の一ほど中身が残っている。横回転するペットボトルが青酸ソーダをぶちまけつつ、瑠那の鼻先めがけ飛んできた。飛沫《ひまつ》が口に入るのを避けるため、大きく顔をそむけざるをえない。その隙に藪美が突進してきた。

姿勢を低くした藪美のタックルを受け、瑠那は石畳に押し倒された。悪いことにアサルトライフルを手放してしまった。ただちに逃れようともがいたが、藪美の両腕がしっかりと絡みつき、身動きを封じている。

真里沙が駆けてきた。「や、藪美！　やめて！」

けれども藪美は起きあがろうともせず、真里沙の胸部に後ろ脚で蹴りを浴びせた。真里沙は呻《うめ》きながら後方に飛び、石畳の上を転がると、出入口から外へと落下していった。悲鳴が傾斜を急激に下っていくのがわかる。真里沙は古墳から転落した。

どうなったのか状況をたしかめるすべがない。藪美のクリンチは深く入っていて、瑠那は起きあがるのも不可能だった。動ける範囲でもがいては、肘《ひじ》や膝《ひざ》で強引に藪美の身体を打ち、徐々に引き剝《は》がしていく。藪美の肉体は恐ろしく鍛えあげられていた。絞め技に神経が麻痺《まひ》しかけるほどだった。これ以上圧迫されるわけにいかない。瑠那は死にものぐるいで抗《あらが》った。

するといきなり藪美が腕力を弱めた。瑠那はとっさに退き、急ぎ立ちあがった。しかし藪美はその瞬間を狙っていたかのように、最短の助走で蹴《け》りを繰りだしてきた。舞いあがったスカートから蛇のような片脚が襲いかかった。

ストンプキックからサイドキックの二段蹴りは、いずれも狙いが正確で重く、手で弾《はじ》けば強烈な痺《しび》れが残る。瑠那も負けじとフロントキックを放ったものの、その動きは藪美に読まれていた。藪美は覆いかぶさるように瑠那の脚に抱きつき、ただちに上方へと逸らした。いかにもレスリング技だった。瑠那は重心を崩し、後方に倒れざるをえなかった。

受け身をとろうとしたものの、本来なら石畳に背を打ちつけるはずが、身体がさらに下方へと落ちていく。空中で瑠那は焦燥に駆られた。石室内の竪穴《たてあな》に嵌《は》まった。藪美は無作為な攻撃に見せかけつつ、じつは巧みに瑠那を追いこんでいた。竪穴の正確な深さがわからず、しかも仰向《あおむ》けに落下しているため、穴底との衝突に備えられない。身体を丸めるしかないが、片脚に抱きついた藪美が、体重を乗せ瑠那の上半身を沈めてくる。顎《あご》を引いても後頭部が穴底にぶつかるのは避けられない。

次の瞬間、風圧がやむと同時に、脳が強烈な衝撃に揺さぶられた。鼓膜が破れそうなほどの騒々しい音をきいた気がする。全身の筋肉が脱力しきった。腕も脚も痺れに包まれてしまい、まるで感覚がない。瑠那は穴底に大の字に横たわった。意識が遠のくのをおぼえた。

必死に理性を喚起し、強引に我にかえろうとする。ときおり目が覚めては、また気絶状態に陥る、その繰りかえしだった。

かろうじて覚醒《かくせい》状態を保つ瞬間が、断続的に繰りかえされる。そのときどきがフラッシュバックのように認識できた。瑠那は四角い石室の底に仰向けになっていた。広さは四畳半ていど、穴の深さは二メートルほど。落下中はもっと深く感じたが、案外浅かった。それだけ取り乱していたのだろう。

　藪美は穴底に降り立っていた。瑠那のわきに油断なくひざまずくと、ナイフの刃を片手に、どう料理しようかと思案するように見下ろす。瑠那の意識がいったん途切れ、真っ暗になった視野のなかで、布が裂ける音をきいた。また我にかえったときには、藪美が瑠那の制服をびりびりに切り裂いていた。抵抗しようにも力はいっこうに戻らず、刃が肌を這《は》う感覚すらない。悪夢で経験する金縛りのようでもある。

　それでも徐々に意識が長く保てるようになった。わずかに腕を浮かせられると感じる。しかしその腕を藪美がつかんだ。注射器の針が前腕に突き立てられる。また意識が朦朧《もうろう》としだした。目に映る自分の上腕には、制服の袖《そで》が見えなかった。すっかり脱がされてしまったらしい。

　また仰向けになっているのを自覚できた。我にかえったものの、さっきまでとは感覚がちがっていた。意識はあっても自分の身体とは思えない。大の字に寝たまま動けない。目だけはわずかに下を向ける。一糸まとわぬ裸にされていた。

　近くに藪美が立った。「ヘロインは多幸感を生じるけど、さっき注射した薬物はね、モルヒネによる神経麻痺の効能を強めてあるの。正気を保ってるのに身体が死んでる感覚はどう？」

瑠那は口がきけることに気づいた。半ば唸《うな》るような自分の声を瑠那はきいた。「前にも経験した」

藪美が笑った。「へえ、そうなの。経験豊富な杠葉瑠那。サウジとイエメンの国境紛争は、このていどじゃないぐらいの地獄だったって？　でも無様じゃん。真里沙なら涎《よだれ》を垂らして喜ぶ眺めだろうけど、あいにくわたしにはそっちの気がなくて」

「……真里沙は？」

「古墳から転落したのは見たでしょ。拾ってきてここに放りこまなきゃいけないけど、まずあんたの始末をつけてから」

「誰なの」

「わたし？　世墓藪美」

知識の断片がおぼろに蘇《よみがえ》ってくる。瑠那はささやきを漏らした。「世墓組って指定暴力団があったっけ」

「そこの娘。ゴミみたいな一家は皆殺しにしてやった。あいつら娘には油断しきってて隙だらけでね」

「服役中をEL累次体に雇われた？」

「勘がいいね」藪美は瑠那の傍らで片膝《かたひざ》をついた。ナイフの刃をそっと瑠那の胸部に逗わせる。真顔で藪美がつぶやいた。「へえ。乳首と乳輪のバランスがとれてる。肌もすべすべして綺麗《きれい》。お腹はでてないね。よく鍛えてる。その下も……薄くて綺麗な毛並み」

吐き気をおぼえるものの、瑠那はいっさいの感情を閉めだした。「わたしと真里沙の全裸死体が石室で見つかって、心中が疑われるとか？」

「当たり。あんたの自室に残るラブレターと、巫女《みこ》学校でほかの生徒たちが目撃した親密ぶり。誰もがあんたたちを熱々の同性カップルだと思う」

「そうかしら」

「ほんとは名簿に引き寄せられただけのあんたが、傍目《はため》には真里沙に惹《ひ》かれて巫女学校に来たように見えるってのが鍵《かぎ》だった。そのうち真里沙が本当にあんたを落とすだろうって大人たちは予測してた」

「そこまで熱心になったつもりはないけど」

「ほんとにね。あんたは想像以上のあまのじゃく。気があるようなないような素振りばかりで翻弄《ほんろう》して、真里沙のほうがすっかり参っちゃった。あんたも真里沙と同じ変態？」

「真里沙のトランスジェンダーを変態扱いする差別主義者ですね。ＥＬ累次体が目をつけるだけのことはある」

「あんたはそっちの性癖じゃないでしょ」

「誰を好きになるかは自由。その自由さを尊重してる」

「でも真里沙のことは好きにならなかったよね？　残念。ノンケだろうがかならず落とすと評判の真里沙だったけど、結局役立たず。わたしの援助がなきゃ計画は大失敗」

　藪美が弓道場や御正宮で、祥子の雇ったチンピラたちから瑠那を守ったのは、計画を完遂するためだったのだろう。そもそも瑠那が口寄せの体験授業に目をとめたとき、藪美はなんの前ぶれもなく現れ、頼んでもいないのに事情を説明してきた。憑依《ひょうい》巫女が麻薬中毒者と気づかれては困るからだ。

　公安の刑事とおぼしき青年を殺害してまで、瑠那にUSBメモリーをつかませた。藁《わら》人形で騒ぎを起こし、逃亡を手助けした。祥子が引き連れてきた荒くれ男たちや、潜入刑事。想定外にして常識外の妨害を、藪美はいちいち排除する役割を担った。

　瑠那はため息まじりにささやいた。「さっさと殺せばよかったのに。なんてまわりくどい」

「貶《おとし》めてやる必要があったの。あんたと真里沙、それに世の同性愛者をね。ＥＬ累次体は厳格な社会を築こうとしてる。古き良き価値観こそが未来を救う。行き過ぎた自由に歯止めをかけるため、大衆の目を覚ます」

「わたしと真里沙が心中すれば、大衆の目が覚めるっていうの」

「優莉匡太の娘と、西洋の血が入った異端児の巫女が、同性愛で結ばれてた。これ以上ないってぐらいの醜悪なものの組み合わせ。やはり同性愛は異常者の依存症だって認識がひろまる。反感を抱く人々がこぞって維天急進派の信条に賛成する。それで同胞が自然に選別され、新政権のもとに集まってくる」

「階級制度。徴兵制。労働力不足。家庭の困窮」

藪美が語気を強めた。「統制された社会の安定。明治期のような強い日本。それがなにより重要でしょ」

「支配側に都合がいいだけ」

「そう。だからわたしも進路の志望としては、将来の支配側に就きたいと思ってね」

「シビックに与《くみ》した人たちとまったく同じ言いぐさ」

「ちがう。EL累次体は熱烈な愛国心を持つ大人たちの共同体」藪美の見下すような目が瑠那をのぞきこんだ。「日廻神宮も鳶坂署もそう。誰にいわれるでもなくつながってる。あんたたちの死体が見つかっても、捜査範囲はここだけに留《とど》まる。鳶坂署員はケシ畑なんて見て見ぬふり」

当然だろう。あれだけ広大なケシ畑が、網《ネット》のカモフラージュだけで地元警察の目を欺けるとは思えない。維天急進派の後ろ盾がある日廻神宮が、いかに地域に絶大な影響力を誇っているか、その証《あかし》といえた。だがそのために犠牲者があとを絶たずにいる。薬漬けにされる憑依巫女たちが、みな同意のもとに参加したとは思えない。そもそも巫女でない者も含まれていただろう。

ＥＬ累次体は思想面で保守勢力を装っているが、実際には正反対だった。神社本庁からすれば維天急進派こそ異端にちがいない。麻薬カルテルとしてヘロインを密輸出、外貨獲得を急いでいるのもあきらかだ。愛国心は名ばかり、飽くなき権力欲求のみに毒された、典型的な勘違い中高年の集まりに思える。権力獲得の先になにを目標とするのか、現時点ではわからない。だが神道を隠れ蓑《みの》として悪用している時点で、推して知るべしだろう。

藪美はナイフの柄を、人差し指と親指の二本だけでつまみ、刃を真下に垂らした。その尖端《せんたん》が瑠那の胸もとの肌を這《は》う。鼻を鳴らし藪美がいった。「指定暴力団の組長の家系に生まれたわたしが、どれだけ酷《ひど》い日々を送ったかわかる？　優莉家の子供は父親の死によって解放された。その後は無知な人権団体が手厚く支援した。でも最初から暴力団だったわたしの家は？」

「救いを求める方法はあったでしょう」

「ない。父は病気ひとつせずヤクザの集団に君臨してたし、わたしはその娘として世間から毛嫌いされた。優莉匡太半グレ同盟も恒星天球教《こうせいてんきゅう》も過去のものだけど、わたしにとってはずっと現在進行形だった。だから自分の手で終止符を打ってやった」

「その結果、大事なものを見失った」

「なによ大事なものって。逆でしょ。真実を見いだした。現行法に守られた、甘ったれの優莉家のガキども。真里沙みたいな変態と同じぐらい虫唾《むしず》が走る。ここで恥をさらして息絶えればいい！」

藪美の口ぶりには優莉家への嫉妬《しっと》が多分に含まれている。だからこそ瑠那を辱めて殺害することに喜びをおぼえているのだろう。EL累次体の狙いもほぼ同じところにあるらしい。あろうことか優莉家に権威性があると感じ、それを失墜させたいと願っている。闇社会の優劣に権威性などお笑いぐさだが、EL累次体は独特のプライドにとらわれている。

優莉家。西洋人の血を引きながら神道に関わる異端児。同性愛。偏見を持つ差別主義者らが、憎悪する材料をひとつに集約させることで、国民の意思をたしかめようとしている。いわば瑠那と真里沙は、ＥＬ累次体の支持基盤になりうる層を炙《あぶ》りだすための、リトマス試験紙の役割らしかった。ふたりの心中に拍手喝采する者たちがＥＬ累次体の味方、そうでなければ敵。識別が容易になったことで、一致団結しやすくなり、勢力拡大も進む。瑠那は醒《さ》めた気分になった。ＥＬ累次体はどんどん低俗な本性をあらわにしつつある。

瑠那はつぶやいた。「あなたは後悔する」

「へえ。ほんとに」藪美が澄まし顔で見下ろした。「丁寧語を使わなくなったあんたって、優莉結衣にそっくり」

「あの人を知ってるの？」

藪美はまともに答えなかった。「結衣もあんたも、いかにも父親の血って感じ。あんたみたいなゴミが、恥さらしとして世を去るのは、この国の飛躍への第一歩。記念すべきできごと」

「なぜあなたが後悔するか知りたくない？」

「後悔なんかしない」

「わたし、この薬物を打たれるのが、初めてじゃないといったでしょ。二度三度と打たれれば身体が順応して、回復も早くなってくる」

「時間稼ぎだったって？　あら怖い。でもどうしようもないでしょ。ちょっとでも動いたら、このまま心臓をブスリと刺すだけ」

「べつにそうしてもかまわないけど」瑠那は目をわずかに上方へ逸《そ》らした。「彼女が許すかどうか」

藪美が不穏な気配を察知し、表情を険しくした。瑠那の視線を追い、藪美は頭上を仰ぎ見た。

竪穴《たてあな》をのぞきこんでいた真里沙が、いきなりわめき声とともに飛び下りてきた。ずっと真里沙が息を潜めていたのは、ナイフが瑠那に向けられたままだったからだ。擦り傷だらけの真里沙が藪美にぶつかってくる。藪美は向き直るやナイフで迎撃しようとしたが、それより一瞬早く、真里沙の握ったスタンガンが藪美の首筋に接触した。稲妻に似た青白い閃光《せんこう》が放射状に走った。

弾《はじ》けるような鋭いノイズとともに、藪美がのけぞった。金属音の反響によりナイフが落ちたとわかる。瑠那は跳ね起きた。筋力は充分でなくとも、すでに感覚は麻痺《まひ》状態から回復している。瑠那が飛びつく寸前、藪美は真里沙を突き飛ばした。真里沙は竪穴の内壁に衝突し、ばったりと床に倒れた。

瑠那は藪美とつかみあいになり激しく争った。両者の力は拮抗《きっこう》し、どちらも体勢を変えられずにいる。藪美はクリンチを強めようとした。だが前と同じ攻撃について瑠那は学習していた。藪美の首を両腕で抱えこみ、手前に引き寄せつつ、腹に膝蹴《ひざげ》りを見舞った。呻《うめ》いた藪美がわずかに跳ねあがったが、まだ体術は解けない。瑠那は右腕を依然藪美の首に絡めたまま身を翻した。藪美の重心が崩れた。すばやく腰に藪美を乗せ、縦回転を加え投げ技を放った。藪美の背は石畳に叩《たた》きつけられた。

苦痛に表情を歪ませたものの、藪美は仰向《あおむ》けの体勢から瑠那の顔面を蹴った。目の前に火花が散り、耳鳴りが襲う。瑠那は転倒した。藪美が馬乗りになってきて、瑠那にこぶしを打ち下ろそうとした。とっさに瑠那は頭部をわきにずらし、藪美の腕をつかんで引っぱるや、掌打で藪美の顎《あご》を突きあげた。背を反らしブリッジの体勢をとり、藪美のマウント状態をひっくりかえす。ところが藪美は左右の手刀を猛然と浴びせてきた。瑠那は全身をもろに打たれ、後方に吹き飛んだ。

狭い竪穴のなかで、瑠那は内壁に背をぶつけ、その場にくずおれた。衣服がないぶん身軽ではあったが、ダメージを和らげるクッションは皆無だった。激痛がまた五体のあちこちを痺《しび》れさせる。唸《うな》りながら起きあがろうとしたとき、手が金属物に触れた。短い棒状の物体が数本、竪穴の底に散らばっている。アサルトライフルのマガジンだった。瑠那の服が切り刻まれたとき、スカートベルトから落ちたと思われる。あいにくアサルトライフルは竪穴の外にちがいなかった。

藪美は鼻血まみれの顔で立ちあがった。激昂《げきこう》したようすの藪美は、瑠那に向かわず、手近に倒れている真里沙の胸倉をつかみあげた。「こいつの頸椎《けいつい》からへし折ってやる!」

瑠那は焦燥に駆られたが、床のなかに鈍く光る刃を見てとった。さっき藪美が落としたナイフだった。瑠那は石畳の上に前転しながら、右手でナイフを拾った。柄を逆手に握り締める。左手はマガジンから銃弾を一発だけ抜きとった。左手の人差し指と中指の付け根に、弾の薬莢《やっきょう》をしっかりと挟む。弾頭はまっすぐ藪美に向ける。瑠那は怒鳴った。「藪美!」

目を剝《む》いた藪美が顔をあげ、瑠那を睨《にら》みつけた。その一瞬を逃さず、瑠那は右手に握ったナイフの尖端を、左手で保持した弾の薬莢の底、雷管に突き刺した。

一ミリのずれも許されない、まさにミクロな対象物を、しかも満身の力をこめ瞬時に突いた。銃もないのに発砲音が轟《とどろ》き、瑠那のてのひらに燃えるような熱がひろがった。薬莢から打ちだされた弾丸が、藪美の眉間《みけん》を貫いた。

ふいに静かになった。

藪美の顔が茫然《ぼうぜん》と固まった。銃などなかったはずなのに、そういいたげな表情に見えた。藪美は勢いよくつんのめった。

真里沙がすくみあがっていた。なにが起きたかわからないようすだった。半ば放心状態の面持ちで瑠那を見つめてくる。

瑠那の左手には空っぽの薬莢と、火傷《やけど》のひりつきが残っていた。顔の周りに立ちこめる煙とともに、火薬のにおいが濃厚に漂う。指先を緩めると、落ちた薬莢が床に跳ね、甲高く虚《うつ》ろな音を奏でた。

重い沈黙がひろがる。瑠那はゆっくりと立ちあがった。真里沙の涙でくしゃくしゃになった顔が瑠那に向き直る。哀愁のまなざしが見つめた直後、はっとしたように真里沙は両手で顔を覆い、竪穴の隅に逃げこんだ。

裸を見て照れているらしい。瑠那はなにも感じなかった。ベトナム戦争の有名なニュースフィルムに、全裸の幼児が号泣しながらふらつくさまがあるが、かつて瑠那もそんなひとりだった。死体の服を奪って着るのも、物心ついたころから習慣化している。藪美のスカートベルトを引っぱりあげ、仰向けに寝かせたのち、さっさと脱がしにかかった。

頭を撃ち抜いてよかった、瑠那のなかにある思いはそれだけだった。穴のあいたブラウスを纏《まと》わずに済んだ。

藪美のスマホは、ブラウスの胸ポケットに入っていた。電源を切ったまま、画面に微光を反射させると、指先の脂が点々と付着しているのが見てとれる。PINコードの2、3、7、9、0の位置だとわかる。7だけ濃くなっているのは二度打つからだ。校長室で藪美は縦横斜めに指先を走らせた。位置から考慮するに207937だろう。瑠那は数列を頭に刻みこんでおいた。まだ電源は入れない。電波など発信するべきではないからだ。

「着終わったよ」瑠那は真里沙に声をかけた。

真里沙が恐縮ぎみに振りかえった。「大浴場の女湯にも入る自信がなくて」

よくいままで杢子神宮の集団生活に耐えられたものだ。瑠那は石壁に向かおうとして、ふとスカートのポケットの膨らみに気づいた。手をいれてみると、小さなポリ袋に入ったUSBメモリーがあった。

「あっ」真里沙が駆け寄ってきた。「たぶん……わたしが埋めたUSBメモリー」

そういうことかと瑠那は思った。「藪美はこれを取りに行ってたのね」

「ほんとに？　わたしでさえ埋めた場所に自信がなかったのに」

発見したのは藪美ではなく警備兵だろう。ケシ畑の守備に金属探知機は欠かせない。裏社会の常識として、有害成分が溶けだす鉄類を埋め、ケシの発育を妨害する潜入工作があるからだ。

おそらく藪美と内通していた警備兵を、瑠那が先に殺してしまったことで、藪美の予定が狂った。発信器を嫌った瑠那は、死体の所持品を探らなかったが、藪美は取りに戻った。怪しまれないよう、警備兵のリュックをそのまま持ってきたが、毒入りペットボトルは意図的に用意したにちがいない。

瑠那はつぶやいた。「EL累次体の計画では、ここがわたしと真里沙の墓場になる予定だったんでしょう」

真里沙が当惑のいろを浮かべた。「わたしたちを貶《おとし》めるのなら、ただ心中するだけじゃなくて、なにか罪を着せたりとか……」

「いえ。維天急進派の価値観では、同性愛それ自体が恥ずべきことで、罪深いととらえているみたいです。心中に至るだけで世間が軽蔑《けいべつ》すると信じています。感覚が一般社会からずれてる。いまの日本の権力者全体にいえることだけど」

「恥ずべきこと……」真里沙が暗い顔でうつむいた。

「わたしはそう思いません」瑠那は真里沙の手をとった。「名簿を持った以上、形勢は逆転できます。まずはこの竪穴からでなきゃ」

高さ二メートルほどの垂直な壁を真里沙が見上げた。「落ちるときは簡単だけど、登るのは……」

「問題ありません」瑠那は軽く助走をつけ、勢いで壁を垂直上昇した。わずかな摩擦が生じれば、それだけで充分な足がかりになる。滑落する前に自分が伸びあがればいい。爪先《つまさき》を何度か壁面にこすりつけ、跳躍の連続で登っていくと、穴の上端の縁をつかんだ。懸垂の要領で自分の身体を引っ張りあげる。瑠那は竪穴を脱するや腹這《はらば》いになり、できるかぎり上半身を穴底へと乗りだした。両手を伸ばし瑠那は呼びかけた。

「走ってきて、この手をつかんで」

真里沙は意を決した表情になり、反対側の壁まで後退すると、いわれたとおり駆けてきた。バレーボールのネットを前にしたジャンプのように、真里沙は垂直に飛びあがり、瑠那の手を握った。

腕力も握力も七割がた戻ってきている。瑠那は歯を食いしばり真里沙の身体を引きあげた。墓場から蘇《よみがえ》ってみせる。ケシ畑という重大犯罪の証拠を抱えた敵こそ、いまや風前の灯火《ともしび》にちがいない。

23

降雨は弱まってきたものの、霧は逆に濃さを増したように思える。瑠那は真里沙を連れ、雑木林のなかをひたすら走った。

手にはずしりと重いアサルトライフルのFNスカーを携える。サプレッサーが装着されてはいるものの、できるだけ交戦を控えたい。銃声をきいた敵勢が四方八方から集まってくれば、たちまち包囲されてしまう。完全アウェーの敵側テリトリー内では、発砲が一方的な不利を生む。

宮内庁が指定した立入禁止地域を脱し、巫女《みこ》学校周辺の山林に戻った。方角の認識が正しければ、鳶坂の市街地と学校舎を結ぶ唯一の車道に、ほどなく行き当たるはずだ。

ふいに真里沙が体勢を崩した。手で片足をかばいながら顔をしかめる。「痛っ……」

瑠那は立ちどまった。「いったん座って。足の裏を見せて」

ずっと靴を履いていない。足の裏の激痛は瑠那も感じていた。真里沙の靴下は爪先まで血が滲《にじ》んでいる。しゃがんで確認してみると、破れかけた靴下の底に尖《とが》った小石がめりこんでいた。瑠那はそれを取り除いた。

これまで殺した敵の軍用ブーツは奪わずに来ている。ベイツ社製のP5だけに、踵《かかと》に発信器を内蔵している可能性が高い。広大なケシ畑の警備兵らを管理する側には、必須《ひっす》のアイテムにちがいない。

瑠那は自分の靴下を脱いだ。重ね履きしていた靴下を、そのまま真里沙に履かせる。

「まって」真里沙が心配そうに制してきた。「これじゃ瑠那は裸足《はだし》……」

「さっきまで裸足どころか裸だった。いまはまだマシ」

「だけど……。道のりは長いでしょ」

「外国にいたときにはロッククライミングで裸足だったの。だから平気」

言葉から想像できるような優雅な趣味ではない。ある夜更け、ほかの難民の子たちと一緒に、バラック小屋で寝ていた。いきなりアルカイダに襲撃され、みな裸足で逃げ惑った末、切り立った崖《がけ》を決死の覚悟で下った。悪夢のようなひと晩だったが、真里沙には真相を伏せておいた。

裸足が泥のなかにめりこむ。それもアサルトライフルの重量のぶんだけ深く沈む。もう足もとを気にかけるのが馬鹿げたことに思えてきた。かまわず瑠那は小走りに木々の隙間を抜け、真里沙を先導していった。

伸び放題だった雑草が、この辺りは苅《か》られた跡がある。車道に近づいている気がする。そう思ったとき、静寂を切り裂くような甲高い悲鳴が、霧のなかに響き渡った。

有視界範囲の外だがごく近い。びくっとした真里沙が立ちすくむ。瑠那は片手をあげ、真里沙が喋《しゃべ》るのを禁じた。その場でしゃがむよう身振りで伝える。怯《おび》えた顔の真里沙が指示にしたがう。瑠那は姿勢を低くし、アサルトライフルを構え前進した。

　行く手にうっすらと人影が見えてきた。激しく身悶《みもだ》えするようすがわかる。女の呻《うめ》き声もきこえた。さらに距離を詰めると、しだいにようすがあきらかになってきた。巫女学校の制服が、ふたりの警備兵に取り押さえられている。警備兵のひとりが片手で少女の口を塞《ふさ》いでいた。後方から抱きつき動きを封じている。もがいているのはなんとクラスメイトの琴奈だった。たったひとり捕獲されたらしく、周りにほかの生徒の姿はない。もう一方の警備兵はヘッドセットを装着し、マイクで通信を試みようとしている。報告するつもりだろう。

　琴奈がさかんに身をよじるため、警備兵とともに位置が予測不能に変わる。このままでは狙い澄ますのも困難だが、瑠那はアサルトライフルを水平にし、照準をのぞきこんだ。対象が落ち着かなければ固めてしまえばいい、その方法はある。

　瑠那は下唇を噛《か》み、極めて高い音の歯笛を鋭く吹いた。はっとした三人が動きをとめ、周囲に注意を向ける。警備員ひとりの頭部は、なおも大部分が琴奈の陰になっていたが、わずかにのぞくこめかみを瑠那は狙撃《そげき》した。血飛沫《ちしぶき》とともに男が吹っ飛んだとき、もうひとりの額も撃ち抜いた。警備兵ふたりはほぼ同時に倒れ、身をこごませた琴奈ひとりだけが残った。驚愕《きょうがく》のまなざしで死体を見下ろし、顔面蒼白《そうはく》になりすくみあがる。

一拍置き、ほかの脅威が霧から出現しないのを確認する。瑠那はアサルトライフルの銃身を下ろし、ゆっくりと歩いていった。「琴奈」

「瑠那!?」琴奈は目を白黒させ、両手を振りかざし駆け寄ってきた。驚きと喜びに、まだ醒《さ》めやらない恐怖が混ざりあい、軽くパニックを起こしている。腹の底から張りあげるような声で琴奈が叫んだ。「ああ、よかった! 瑠那! ここで会えるなんて……」

「しっ」瑠那は静寂をうながした。周囲を指さし、敵に声をきかれる危険について示唆する。

琴奈はあわてぎみに両手で口を塞いだ。潤んだ目が瞬《まばた》きもなく、ひたすら丸く見開かれている。

真里沙が及び腰で近づいてきた。瑠那は無言のうちに、手振りで仲間どうしだと伝えた。琴奈と真里沙はあまり親しくないだろうが、いまは手と手を取りあい、涙ながらに再会を喜びあっている。

瑠那は辺りに警戒の視線を配りながら琴奈にきいた。「なんでここに?」

「みんな帰らされてるの」琴奈が泣きだしそうな顔でうったえた。「学校舎に大勢の無断侵入があったからって」

「強制下校？　寮に戻らされたんじゃなくて？」

「有無をいわせず帰宅なの。どのクラスも担任の先生が血相を変えて……。バスに乗れっていわれて、片っ端から鳶坂駅までピストン輸送してる。寮の荷物も置いたままなんだよ。あとから送るからっていわれて」

巫女舞の実習授業中に拳銃《けんじゅう》で武装した集団が乗りこんできた。たしかに学校の日程を継続するほうがどうかしている。だが奇妙だった。パトカーのサイレンがいっさいきこえない。距離があってもこの静寂のなか、風に吹かれ耳に届くのが自然に思える。

校長らの暗黙の了解のもと、武装集団の襲撃があったとは考えにくい。あの一群は真里沙を攫《さら》おうとしていた。もし校長がEL累次体とつながっていて、襲撃について見て見ぬふりをするにしても、なにも授業中に踏みこんできたうえでの連れ去りを許す必要はない。ほかならぬ学校の不祥事として記録に残ってしまう。所轄署の取り調べだけでは済まなくなる。

学校側にとっては祥子のチンピラたちの蛮行と同じく、あずかり知らない事態ではあったが、警察への通報は控える方針かもしれない。EL累次体か維天急進派か、裏の権力による不可抗力ともいえる横暴に、ふだんから目をつむる傾向があるとも考えられる。広大なケシ畑を運営する以上、日廻神宮とその系列の学校舎は、犯罪組織の末端にほかならない。鳶坂署との癒着、隠蔽《いんぺい》も日常茶飯事か。

なんにせよ物事には限度がある。生徒たちを帰らせたのなら、なにが起きたのか、事実がたちまち拡散してしまうだろう。それ以前に、学校にいた巫女はみなスマホを持っている。周辺を電波妨害しようとも、駅に着いたとたん事件が明るみにでる。校長らはそれでかまわないのか。

瑠那は見通しの悪い周辺を眺め渡した。「学校舎の正門はこの近くじゃないでしょ」

琴奈の両耳は靄《もや》のなかでもわかるほど真っ赤に染まっていた。「わたし〝舞の間〟で腰が抜けちゃって……。ひとりだけ逃げ遅れて、虹野先生がクルマでここまで送ってくれたの。ほかにも生徒がいるかもしれないからって、先生はまた学校に戻っていって」

「こんなところに琴奈を置いていったの？」

「取り急ぎいったん避難させたつもりみたい。見捨てないでって、わたし泣いて頼んだけど、先生のクルマは学校へ引きかえしていったの。その後さっきの人たちに見つかって……」

真里沙が疲れたように項垂《うなだ》れた。「どうしてこんなに受難の連続なの？　神様にお仕えする立場の巫女なのに」

瑠那は冷えきった心で本音をつぶやいた。「生き死にがかかったときには、神様も仏様もない」

琴奈が頭を掻《か》きながら、真っ白になった周囲を振りかえった。「そうよね。ふだんから寺社仏閣に足しげく通っても、救いの手なんか差し伸べられない」

沈黙が生じた。真里沙が瑠那に目を向けてきた。瑠那は黙っているように手でしめした。琴奈はただ怖々と辺りを眺めつづけている。

声のトーンを変えないように努めつつ、瑠那は琴奈に話しかけた。「本当に奇跡を信じられなきゃ、誰も初詣《はつもうで》なんか行かない」

琴奈は不安げに瑠那のアサルトライフルをちらと見た。「それ本物……だよね？」

「死なないために持ってるだけだから」瑠那は軽くいった。「気にしないで」

深く長いため息を琴奈は漏らした。「まっていれば虹野先生来るかな……。ここからどうすればいいんだろ」

瑠那はうなずいた。「わたしたちももう限界。大人たちの移動手段に頼るしかない」

琴奈が視線を下に向けた。瑠那と真里沙の足もとを目にするや、自分の痛みのように顔をしかめ、琴奈がつぶやいた。「ひどい。だいじょうぶなの？」

「なんとかね」瑠那は片足ずつ地面から浮かせ、痺《しび》れる足の裏を丸めた。「いまのところは」

「クルマが来てくれなきゃ……。だけど駅は本当に安全？　先生の誰を信用していいのかわかんない」

「どっかに神社かお寺があったら駆けこむのが正解かも」

琴奈が妙な顔で振り向いた。「なんでこの期におよんでまた寺社仏閣？　お巡りさんかお医者さんのほうが、まだ頼りになるでしょ」

真里沙の訝《いぶか》しげなまなざしが琴奈に向いた。「あの……。どうしてそんなふうにいうの？　さっきから寺社仏閣って」

「……なにか変だった？」

瑠那は黙ってアサルトライフルを琴奈の胸もとに突きつけた。

「ちょっと」琴奈が青ざめながらたじろいだ。「なにすんの。瑠那。やめてよ」

「なんで寺社仏閣？」瑠那は琴奈を見つめた。「神社仏閣じゃなくて？」

「そんなの……正しい言葉遣いなんか知らない。わたし国語はむかしから得意じゃなくてさ」

「国語は関係ないでしょ。世間に誤用が溢《あふ》れてても、巫女《みこ》育ちにはありえない」

「どうして?」琴奈がこわばった顔で見かえした。「たかが言葉の綾《あや》でしょ」

「寺社でお寺と神社なのに、さらに仏閣でまたお寺。実家が神社なら誤用はない」

「おおげさだって。わたし巫女っていっても、バイトだからさ。あ、正式には助勤や助務って呼ばなきゃいけないのか。働き手を募集してただけの、地元のちっぽけな神社だし……」

「埼玉県美里町にある、柾岡神社というところで育って、高校に通いながら巫女をしてるんじゃなかった? キャラ設定はブレずにおかないと」

真里沙が怯《おび》えたように後ずさり、琴奈と距離を置く。琴奈の焦燥のいろが落ち着きだした。悲嘆に暮れる様相も鳴りを潜めてきている。

澄まし顔になった琴奈が自嘲《じちょう》ぎみにいった。「妙に寺に言及してる時点で、二度目は気づくべきだった。なにか誘ってんなって」

「潜伏する殺し屋がひとりのわけがありません。一番手の本人も気づかないうちに、二番手のバックアップが送りこまれてる」

「わたしが藪美のバックアップ？　なんでそう思う？」

「髪束を盗んだのが藪美なら、ほかの盗まれた子たちはカモフラージュにすぎません。自動的にシロになります。藪美が馬脚を露《あら》わしたとたん、琴奈は疑惑の対象から外れるなんて、ほんとよくできた関係性」

琴奈はすっかり冷めた顔になっていた。「そんなに人を疑って、敵視してばかりで疲れない？　入学直後に仲良くなった、内気でちょっと愚鈍なクラスメイトって、相棒として置いとくのにちょうどいいのに」

「二度も襲われたわたしと一緒にいたがるなんてどうかしてます」

「知ってる？　優莉結衣にも濱林澪《はまばやしみお》って人畜無害な友達が……」

「テロ発生直後から一緒にいて、しかも結衣さんはその友達を助けたってききました。わたしは弓道場と〝舞の間〟であなたをほったらかし。御正宮はあなたに無関係。それでもまだ近づきたいなんて思う？」

琴奈の表情がひきつりだした。「おまえさ、お姉さんに似てきたね。ですます調で喋《しゃべ》らないときは、特に優莉結衣にそっくり」

微妙に胸にひっかかる言いぐさだった。瑠那は低くささやいた。「藪美もそんなようなことといってました。なぜですか」

すると琴奈は不敵に笑った。「わたしに興味を持った?」

瑠那はアサルトライフルの銃口を、より強く琴奈の胸に押しつけた。「ここからどう逃れるつもりか、そこは興味があります」

「あー。じゃまだ気づいてないのか。なら期待が持てそう」琴奈はわずかにうつむき、邪心に満ちた上目づかいで瑠那を見つめた。「おまえが全能じゃないっていう、なによりの証《あかし》だから。死ねよ人体実験の欠陥品」

総毛立つような異様さを肌身に感じる。周りの霧から黒い人影が無数に、しかもいっせいに湧きだし、横並びに詰め寄ってきた。瑠那と真里沙の有視界範囲を正確に計算し、その数歩だけ外円を取り巻いていたようだ。全員が武装兵のシルエットだとわかる。

真里沙が息を呑《の》むのとほぼ同時に、琴奈がアサルトライフルの銃身をつかみ、間髪をいれずわきに逸《そ》らした。瑠那がトリガーを引くに引けないタイミングを、琴奈は的確にとらえていた。琴奈はすぐに手を放したものの、もう瑠那が銃口を戻すことはできなくなった。不穏な動作は包囲する敵兵らの一斉掃射を誘う。琴奈は撃たれるのを恐れていない。目を見ればわかる。

急に突風が襲った。嵐か竜巻に似た猛烈な風が吹き荒れる。雨脚がまるで浮き足立つように乱れだした。瑠那は頭上を仰ぎ見た。

さすがに愕然《がくぜん》とせざるをえない。上方の視界深度も限られているのは承知済みだったが、それを若干うわまわる高度から、ゆっくりと巨大な黒い影が降下し出現した。攻撃ヘリだった。コブラの装甲がさらに厚くなり、やや丸みを帯びた感のある機体。まだうっすらとしているものの、A129マングスタだとわかる。悪いことに対地攻撃専門の設計だった。しかも短翼《スタブウイング》にぎっしりと兵装を抱えている。

ヘリがまっすぐ降下しだすや、琴奈を含む敵兵の包囲網が、またも横並びに揃って後退し、霧のなかに消え去った。まるで群舞のように統率のとれた動きだった。真上に対地攻撃ヘリ、敵勢の唐突な撤収とくれば、次に起きることはひとつしかない。

瑠那は真里沙の腕をつかんだ。「走って!」

金属音を頭上にきいた。スタブウィングが爆弾を切り離した。無誘導爆弾がまっすぐ自由落下してくる。逃走したところで間に合わないのは百も承知だった。わずかな窪《くぼ》みに真里沙を、半ば突き飛ばすように横たわらせる。瑠那は身を翻した。

落ちてくる爆弾の速度が遅い。まるでスローモーションの映像を観ているようだが、それは空気抵抗板のせいだとわかる。落下を減速させることで、ヘリが高度を上げ離脱する時間を稼ぐつもりだ。わずか数秒にすぎないが、投下された側にもこの差は大きい。砂漠のゲリラたちが命懸けで臨んだ、起死回生の一手があるからだ。

瑠那はさっきの場所に駆け戻ると、足から滑りこみ仰向《あおむ》けに寝た。爆弾が落ちてくる真下だった。視界のなかで黒々とした爆弾がみるみるうちに大きくなる。正気の沙汰《さた》ではない。だが誘導装置を内蔵しない爆弾は、本質的に単価の安い大量生産品だ。地面にぶつかったときの激しい衝撃なしには、信管が爆発しない設計のため、それまではただの機械と変わらない。機械なら重要部品が破損すれば機能を失う。

イエメン紛争の戦場では、マジュヌーン・ファティマと呼ばれてきた行為になる。マジュヌーンはクレージーを意味し、ファティマはアラブ人に多い女性名だった。戦士が出払った街に爆弾を投下されたとき、留守を守る女の抵抗のすべは、もはや退避ではなく爆弾への銃撃。地面衝突時のショックよりは、いくらか弱い被弾をあたえるうち、いかに信管の仕組みを破壊できるかにある。

瑠那は視野のなかを迫り来る爆弾に対し、アサルトライフルを真上に向けると、セミオートで銃撃した。落下中の爆弾は激しく回転しているが、けっして弾頭は狙わない。爆弾の側面に張りだすエアダクトにのみトリガーを引く。信管につながる回路がその奥にあるからだ。命中した銃弾が火花を散らせる。

マジュヌーン・ファティマなる命名がいかに的確だったか、瑠那は痛感した。まさに自爆テロに次ぐ無謀な所業に思える。けれども戦場では撃ち合い自体が、経験と勘に頼った命知らずな賭《か》けだ。無誘導爆弾の落下中に銃撃で機構の破壊をもくろむのと、さしてちがいはない。どちらもマジュヌーンと呼べる自殺行為でしかない。

異様に長く時間が経過したように感じるが、実際には数秒だった。視野を覆い尽くすほどに、接近した爆弾が拡大して見えている。ダクトの網目がわかるほどだ。爆弾の回転を考慮し、照準にダクトが入るより早く、アサルトライフルのトリガーを引いた。銃弾の飛ぶ速度と滞空時間を考慮すればそれでいいはずだ。そのうちいままでの火花とはちがう、オレンジいろの炎の噴出を見てとった。爆弾がもう瑠那の顔面にぶつかってくる。

瑠那は急速に寝返りを打ち、転がりながら遠ざかった。重い物体が落下し、地面に跳ねる音がした。もういちどバウンドしたのち、爆弾は硬い石のように、ごろりと横たわった。

心臓が早鐘を打ちつづける。瑠那はすばやく飛び起きた。空中にあったときには、比較物がないためサイズがはっきりしなかった。長さ五十センチ、底部の直径三十センチほどで、円錐《えんすい》というよりはずんぐりと丸みを帯びている。ダクトのひとつから黒煙が吹きだしていた。信管が作動せず、炸薬《さくやく》への発火は生じなかった。このうえなく危険な賭けに勝った。爆発しなかった爆弾が目の前にある。

アサルトライフルのボルトが後退したままになっていた。弾を撃ち尽くした。瑠那はアサルトライフルの銃身を下に向け、サプレッサーごと地面に突き立てた。

汗だくのまま爆弾を凝視する瑠那の耳に、周囲のざわめきが届きだした。遠くで怒鳴り声がきこえる。周囲に退避していた敵兵らが不発に驚き、ふたたび距離を詰めてこようとしている。ヘリは上空を旋回中で、まだこちらに達していない。霧のなかでは、ふたたび瑠那に標的を定めようとしても、パイロットから目視できる高度に戻るまで時間がかかる。

瑠那はスタンガンをとりだし、スイッチをいれたままロックすると、先端部を爆弾のダクトに突っこんだ。高電圧が直接内部のメカニズムに接触しないようにする。けれどもそのうち静電気が断線部分を通電させる。ただしそうなるまでには、あるていどのタイムラグがある。

藪美のスマホにＰＩＮコードを打ちこむ。２０７９３７。開いたメニュー画面のなかで、ミュージックアプリのアイコンが目についた。タップし曲を選択する。女性歌手によるフランス語のシャンソン『Chanson d'automne』がまったりと流れだす。瑠那はスマホを爆弾のわきに放置し、真里沙のいる窪みへと駆けていった。

真里沙は窪みで上半身を起きあがらせていた。瑠那は窪みに飛びこむと、真里沙をかばうように覆いかぶさり、ふたり身を寄せ合いながら横たわった。強引に周りの泥を掻《か》きこみ、できるだけふたりの姿を埋もれさせる。充分に隠れきれないうちに、敵兵らの怒声と靴音が迫ってきた。

霧のなか、窪みの両脇を大勢の敵が通過していく。みなスマホが鳴らす音楽の方向をめざしていた。瑠那はひそかに仰ぎ見た。この部隊はアサルトライフルの下部に榴《りゅう》弾《だん》発射機を装着している。銃が大ぶりなぶんだけ、下方に目が行かず、足もとが疎《おろそ》かになる。誰かが靴底を滑らせ、窪みのなかに嵌《は》まらないことを祈るのみだ。そのときは敵のうちひとりだけだろうと、即座に頸椎《けいつい》をへし折り、地獄への道連れにするしかない。

しかし敵兵の群れはすっかり窪みを通過しきった。全員が音楽の鳴る付近へと集まり、範囲を狭めながら索敵に入った。周りには誰もいなくなった。瑠那は跳ね起き、真里沙の腕をつかみ引き立てると、全力で逃走に転じた。敵兵らが集中する一帯から遠ざかるべく、がむしゃらに駆けていった。

十秒が一分に思えるほどだった。かなりの時間が経過したように思える。けれども現実にはさほどではなかったのだろう。きこえてくるスローテンポな歌声は、まだ一度目のサビだった。“Et je m'en vais au vent mauvais qui m'emporte deçà, delà, pareil à la feuille morte……”

だしぬけに太陽が落ちてきたような白光が霧全体を照らした。瑠那は走りながら振りかえった。閃光《せんこう》は立てつづけに三度連続し、その都度敵兵らのシルエットを霧のなかに浮かびあがらせる。全員が動揺をあらわにするように、後ずさったり逃走したりする素振りをみせた。しかしそれは一瞬にも満たない光景にすぎなかった。想像を絶する爆発音が大地を揺るがした。噴火を思わせる極太の火柱が、たちまち直径を増していき、敵兵の群れをひとり残らず呑みこんでいく。地を這《は》う炎の波に地割れが発生し、縦横に真っ赤な亀裂《きれつ》が走った。地表は大小の土塊と化し、陽炎《かげろう》のように揺らぐ視界のなか、宙に巻きあがっては粉砕されていった。

すべてを焼き尽くす業火のごとく、赤みを帯びた熱風が急激に押し寄せてくる。瑠那と真里沙は転倒し、なおも風圧に抗《あらが》いきれず転がった。泥までが高温と化し、いたるところに湯気を立ち上らせる。このまま温度が上昇しつづければ身が持たない。

だがほどなく地面の熱は冷めていった。瑠那は顔をあげた。近くで真里沙が泥人形のように横たわっている。むろん瑠那も同じありさまだった。

爆発にともなう熱の発生により、地面の放射冷却が抑制されたのかもしれない。霧が晴れ始めている。山火事の後のごとく木々が燃え尽き、視界が開けていた。爆心地を中心にした一帯がクレーターのように抉《えぐ》れている。累々と横たわる黒焦げ死体が見てとれる。ほとんどは原形を留《とど》めていない。敵勢は全滅した。

ヘリの爆音を耳にするや、瑠那は死体の山へと走りだした。頭上に攻撃ヘリが飛来しつつある。仰ぎ見ずともメインローターの巻き起こす旋風が、どれぐらい低空を飛行しているか体感させる。

瑠那は泥のなかに榴弾発射機つきアサルトライフルを見つけた。飛びこみながら前転し、片膝《かたひざ》をついた姿勢で起きあがると、武器を両手のなかにしっかりと携える。仰角に攻撃ヘリを狙った。空中停止飛行《ホバーリング》する攻撃ヘリは機首を下げ、機銃を掃射しだした。さらに強く吹き荒れる疾風のなか、瑠那の周りで泥が着弾に跳ねた。

敵機の照準が徐々に瑠那に定まりつつある。しかし瑠那はそれより早く、アサルトライフルの照準を攻撃ヘリの機体前面に合わせた。瑠那は『Chanson d'automne』の一節、有名な和訳をつぶやいた。「身に沁みてひたぶるにうら悲し」

トリガーを引き絞るや、発射にともなうガスが横殴りに襲った。乱れた自分の長い髪が視野にそよぐのを目にした。その向こうで榴弾がまっすぐに飛び、攻撃ヘリに命中する。プレクシグラスが割れ、コックピットが炎で満たされた。直後に火球が機体を突き破り、全方位に無数の火柱を噴出する。粉々に砕けた機体の残骸《ざんがい》が四散し、燃え盛る燃料と混ざりながら落下してきた。地面に衝突するやもういちど爆発が巻き起こった。雨のなかでも炎の勢いが衰えない。パイロットは骨も遺《のこ》らないだろう。

静寂が戻った。泥と死体ばかりの凄惨《せいさん》な戦場だった。瑠那自身も泥に覆い尽くされている。

地面に埋もれた拳銃《けんじゅう》を一丁拾った。スカートベルトの後ろに挿すと、尻《しり》から太腿《ふともも》の裏側をつたい、泥水が滴り落ちるのを感じた。瑠那は振りかえり、ゆっくりと歩きだした。真里沙のいる場所に引きかえす。

霧がだいぶ晴れてきた。だが行く手にまつのは、ひとりたたずむ真里沙の姿ではなかった。真里沙の悲鳴が響き渡った。押し倒された真里沙に、泥まみれの人影が覆いかぶさっている。

瑠那は走りだした。真里沙は人影の左右の腕をつかみ、必死に抵抗をつづけている。人影は右手に拳銃を握っていた。銃口が真里沙に向きしだい、トリガーが引き絞られるのは自明の理だ。

目を凝らすまでもなく、人影が誰なのかは識別できた。瑠那は駆け寄りながらアサルトライフルを構えた。「琴奈！」

こちらを見た琴奈の顔は、ただ泥と血にまみれているだけではなかった。半分の皮膚が焼けただれている。黒焦げの肉もうっすら浮きだしていた。それでも痛みを感じないのか、琴奈は醜悪な顔面をさらに歪《ゆが》め、濁った唸《うな》り声を発した。真里沙に拳銃を突きつけたものの、トリガーを引いたのでは人質として盾にできない、そう気づいたのだろう。ただちに真里沙を引き立て、琴奈はその陰に隠れた。拳銃の銃口が真里沙の首筋を這う。真里沙は怯《おび》えて震えるばかりだった。

瑠那は足をとめた。アサルトライフルを水平に構え、瑠那は警告した。「銃を捨てて」

「そっちこそ」琴奈は気管をやられたのか、声がざらついていた。「この最悪の糞娘《くそむすめ》。優莉匡太の子供で欠陥実験材料。おまえなんか死ぬべき」

一見して琴奈はもう助からないとわかる。出血がひどい。それでも立っていられるのは、瑠那への激しい怒りに突き動かされているからか。驚愕《きょうがく》の執念だった。しかしそれは琴奈の側の事情でしかない。

油断なく瑠那は問いかけた。「あなたの親はまともなんですか」

「うるせえんだよ」琴奈の濁った発声は、どこか涙声の響きを帯びだした。「おめえは優莉匡太を知らねえ。本当に猛毒親から逃れられない娘の生きざまなんかわかるか」

「世墓藪美と同じ境遇なんですね」

「もっと悪い！　馬鹿親父はEL累次体に染まってた」

「そんな父親のもとにいなきゃよかったでしょう」

「宗教二世みたいなもんなんだよ！　世のなかもわからず、まだ親に依存しなきゃいけない年ごろから、それを利用して支配しやがる。子供を好き勝手な道具にしやがる」

「わかってるならしたがうべきじゃないでしょ」

「それができないから洗脳だろが。猛毒親だと知ってても逆らいきれねえ。わたしたちはそういうふうにできてんだよ！」

瑠那は首を横に振った。「理解できない」

「ああ。おめえはそうだよね。生まれる前から脳を切り刻まれちまってるもん。加工品は文字どおり無神経。感情の働きなんかいっさい阻害されてる。友里佐知子の作ったからくり人形」

ぴりっと神経を逆撫《さかな》でされた気になる。瑠那は静かにきいた。「繊細さを自覚すれば罪滅ぼしになると思っていますか」

「なにその上から目線。ならまともな人生はどこにあんの？　おめえじゃないよね。世のなかまちがってる。日本人は絶滅危惧種《きぐしゅ》。一年に百四十四万人が死んで、七十五万人しか生まれない。なのにジジババが自分のことしか考えず、死んだあとなんてほったらかし。こんな時代に生まれたわたしたちは地獄の境遇」

「自分たちの世代でなんとかしていくしかないでしょう」

「おめえは可能性を片っ端からぶっ潰《つぶ》してるだろ」

「異次元の少子化対策とか、特別支援学校の生徒児童を皆殺しとかですか。あんな考えを持つほうが異常です」

「学校をでたとしても低賃金で働いて、なんでジジババの年金を支えなきゃいけねえんだよ！　神道が救済の教義を持たねえからだろ」

「いってる意味がわからない」

「宗教ってのは救済を保証すべきなんだよ！　神の恵みで天国に行けるって、嘘でもいいからいえよ！　それがねえからこの国じゃ、ジジババが現世でしか幸せを得られねえと居直りやがる。自分が生きてるうちだけの喜びしか追求しねえ。少子化も国力低下もぜんぶそのせい」

「そんな世を正すのがＥＬ累次体の教えじゃなかったんですか？　その一員である父

親を尊敬できますか？」

「尊敬するわけねえ！　だけどいってることは正しい。だから逆らえねえ」

琴奈の矛盾した思考や感情は、姉の凜香がときおりのぞかせる苦悩に似ていた。父親と世のなかを死ぬほど憎んでおきながら、しばしばそれら両方にふしぎな愛着をしめす。自分のなかで折り合いがついているのではなく、常に激しい葛藤《かっとう》があるようだ。凶悪犯の父のもとで育てば、そんなアンバランスな情緒を抱えざるをえないのか。

死期が近いのを悟ったのか、琴奈は現世の社会に叫ぶばかりになった。「ジジババなんか早く死ねよ！　わたしたちになにもかも押しつけんな！　勝手に富を食い荒らしやがって、地球環境を悪くしやがって。子供を第一に考えろ。それに勝る親の自由なんかねえんだよ！　子供は親が責任を持って育てろ！　生涯の幸せを請け合え！」

「わたしたち十代が大事にされてる面もあるでしょう」

「どこが！　十代でも男は親から独立せずに、実家でのうのうと暮らしやがる。女は少子化対策を押しつけられる！　子を産め子を産めって、なら金持ちで性格のいいイケメンだけ用意しろよ！　ほかはでてくんな！」

「異次元の少子化対策には反対だったんですか。ＥＬ累次体のために働いてたくせに」

「馬鹿親父には逆らえねえっていってるだろ。文科大臣の信頼まで得てるし」

「誰なんですか。お父さんって」

「築添聊爾！　国立大学の教授のせいで、家庭でもモラハラ三昧《ざんまい》でよ」

「勇気を持って親子の関係を断つべきでした。世のなかには逃げられる場所がある」

「んなもん、いまのこの国のどこにあるってんだよ!?　EL累次体は政府筋にまで浸透してんのに！」

「阿宗神社に来ればよかった」瑠那はつぶやいた。「巫女《みこ》の友達として迎えてあげたのに」

琴奈は一瞬だけ絶句したものの、肉体の機能を失うのを拒むように怒鳴った。「この女をぶっ殺す！　助けたきゃ銃を捨てろ！」

霧はすっかり晴れていた。沈黙がひろがる。真里沙が泣きながら身を震わせている。そんな真里沙と目が合った。瑠那は榴弾《りゅうだん》発射機付きアサルトライフルを投げ落とした。

要求が受けいれられたことに、琴奈はむしろ驚いたようすだった。それでもすぐに憎悪の念が燃えたぎったらしい。琴奈は拳銃《けんじゅう》を瑠那に向けた。「先に地獄に行け！　おめえが推す仏教の地獄によ！」

だがその瞬間、真里沙がいきなり後方に肘《ひじ》を振り、琴奈の顎《あご》を突きあげた。呻《うめ》きながら琴奈が体勢を崩した。ただちに真里沙が横っ飛びに逃れる。琴奈の銃口は瑠那から わずかに逸《そ》れていた。

○・一秒の間も置かず、瑠那は腰の後ろから拳銃を引き抜き、琴奈めがけ発砲した。銃声はやけに軽く、反動もごくわずかだった。発射したのは一発のみ、琴奈の胸部を撃ち抜いた。

急にぼんやりした顔に戻った琴奈は、初日にクラス分けの貼り紙の前で会った、あのときの表情のままだった。焼けただれた顔の半分までも穏やかに見えた。琴奈はまっすぐ後ろに倒れ、泥のなかで仰向《あおむ》けになった。

瑠那は拳銃を持つ手を下ろした。ため息が漏れる。水たまりが波紋を描かないことに気づいた。雨はやんでいた。辺りの木立にはもう人影は見えない。琴奈に歩み寄り、瑠那は黙って見下ろした。胸部を撃ったのは、顔を狙いたくなかったからだ。

真里沙は泥の上にへたりこんだまま、肩を震わせ泣いた。「この子の運命って……。少しでもなにかがちがってたら……」

「ええ」瑠那は思いのままを口にした。「この姿がわたしか、真里沙だったかもしれません」

24

築添聊爾はトヨタの大型SUV、ランドクルーザーの助手席に揺られていた。運転席でステアリングを握るのは菜嶋直之だった。菜嶋が焦燥に駆られた顔でアクセルを踏みこむ。巫女学校への一本道とは別の、山林のなかの車道を全速力で飛ばす。

「畜生」菜嶋がうわずった声で悪態をついた。「どうなってるんだ。水も漏らさぬ完《かん》璧《ぺき》な計画だったのに」

出発が遅れたのは豪雨と霧のせいだった。雨がやみ、霧も晴れたいま、ようやく日廻神宮をでた。いま学校舎へ急行しようとクルマが猛然と走りつづける。

古墳の警備兵から緊急のメッセージが届いた。仲間が大勢殺されたうえ、石室からは世墓藪美の全裸死体が見つかったという。築添は耳を疑いながらも、古墳周辺の状況を逐一調べるよう指示を送った。

名簿のUSBメモリーは奪われた可能性が高い、そんな報告もあった。菜嶋と議論の末、一気に総力戦で片をつけることになった。虎の子の攻撃ヘリと、ケシ畑防衛の主力部隊を送りこみ、逃亡する瑠那と真里沙を始末させせんとした。

指揮は娘にとらせた。築添の分身ともいえる存在、琴奈ならすべてをうまく取り仕切るはずだ。娘にはなにもかも教えてきた。維天急進派の定める研修も幼年期から受けさせた。ＥＬ累次体の結成後は父親と同じく、計画実行のＰ部隊に加入を認められた。十代半ばにして心身ともに鍛えあげられた琴奈は、まさに天才少女だった。学校など未成年のコミュニティでの工作活動に役立ち、おおいに成果を挙げてきた。これまではそうだった。

瑠那と真里沙を包囲、攻撃ヘリから爆弾を投下との報告が入り、築添は娘を誇りに思った。今晩の祝杯が目に浮かぶようだった。ところがその直後、無線が途絶えた。琴奈ばかりではない、どの傭兵《ようへい》とも通信が不能になった。

木立のなかで発生した爆発は、距離を置いた日廻神宮の境内をも揺るがす威力だった。報告よりも遅いタイミングでの起爆が気になったが、それにより瑠那も真里沙も仕留めたはずだった。ところが攻撃ヘリのパイロットすら音信不通になっている。なにが起きたのかまるでわからない。

築添は歯ぎしりした。「いったとおりだ。傭兵たちに小型カメラ付ヘルメットをかぶらせとくべきだった。そうすれば現地のようすが……」

「はん」菜嶋がさかんにステアリングを切りながら一笑に付した。「ゴープロをこめかみに付けさせろって？　ワイファイ接続するためにはジャマーを停波させなきゃいけないんですよ。第三者による傍受の危険も生じます。簗添教授の娘さんがいるから御の字だったはずですよね？」

「なんだその言いぐさは。そもそも世墓藪美という人選はきみの発案だろう」

「教授も同意したじゃないですか。人選に誤りはなかった。計画にもです」

「その結果が全部隊との交信断絶か」

「報告がないからどうだってんですか！　どうせ杠葉瑠那や松崎真里沙はちゃんと仕留めてますよ。味方にいくらか……いや甚大な被害がでたかもしれませんが、殺害の成功は確実だ」

　三十七歳でシンクタンク勤務のわりに、子供っぽい癇癪《かんしゃく》を起こす。最初からそういう幼稚な面が気になっていた。簗添はいった。「優莉匡太の娘と、異端児の巫女が、同性愛のすえ心中。スキャンダルで辱め、命だけでなく尊厳も奪う。単純な計画だった。それがなんだ。巫女学校の近くで戦争状態。梅沢総理が各方面を抑えようにも、もう国連の査察は免れない。武蔵小杉高校事変並みの大騒ぎになったじゃないか」

「攻撃ヘリと主力部隊投入は教授の考えでしょう！」

「ひそかに騒動を収めることを期待したんだ」

「爆弾投下に賛成なさったのにですか」

「いちどの爆発だけなら、なんらかの無人事故を装えるといったのはきみだぞ。学校舎にプロパンガスのボンベを運ぶトラックが、道を外れ横転したことにすれば、豪雨で証拠も残らないと」

「ええ、そうですよ。部隊が撤収すれば済むことです。日廻神宮の所有する土地にあたりますからね。あとでなんとでもなると思ってました。でも兵の死体がごろごろしてたら、さすがに隠蔽《いんぺい》工作が間に合わない。霧も晴れたし報道のヘリが飛んできます」

「計画にはバックアップを用意しとくもんだ」

「世墓藪美のバックアップが教授の娘さんでしょう⁉ ちがうんですか」

「娘になにかあったら、計画の不備が裏付けられたも同然だ。きみのせいだぞ！」

菜嶋の憤然とした顔が睨《にら》みかえしたとき、車内スピーカーからスマホの着信音が鳴った。

無線ではなくスマホに連絡が入った。菜嶋が眉《まゆ》をひそめ、ステアリングのボタンを押した。「はい」

男の声が低く告げてきた。「こちら粥《かゆ》調理班の飯田《いいだ》です」

ケシ畑の警備兵だ。主力部隊ではない下っ端だった。学名でケシはPapaver somniferum、属名はラテン語で粥を意味する。そこから粥調理班との変名がきめられた。

菜嶋がじれったそうに唸《うな》った。「なんでスマホで電話してくる？　規則違反だろう」

「無線がいっさい通じないので……。いま爆発の起きた現場に来てます」

「なに？　持ち場を離れるな」

飯田は情けない声を発した。「ケシ畑に留《とど》まってなんかいられませんよ。傭兵は全滅、ヘリも墜落してます。……築添教授の娘さんもお亡くなりに」

一瞬だけ前後不覚におちいった。茫然《ぼうぜん》とする築添の目には、フロントガラスの向こうの景色が映っていた。森林の奥に黒煙が立ち上っている。

「た」築添はささやきを漏らした。「たしかなのか？」

築添の声だったからだろう。飯田はしばし沈黙したが、やがて口ごもりながら応じた。「ご遺体がここに」

娘が死んだ。親が受けるショックとは少しちがう。最初に浮かんだ感情は腹立たしさだった。なにをやっている。父親に恥をかかせる気か。目の前にいればそう怒鳴っただろう。

琴奈が気の毒だ、可哀想だという感覚もなくはない。しかしだからこそ計画は成功させねばならなかった。幸せを追求するなら富と権力を得る必要がある。理想が果たされれば喜びも得られる。まずは与えられた義務を完遂することだ。そのためあえて厳しくするのが本当の親心だ。なのに琴奈は期待を裏切った。娘にしてみれば自業自得だろう。しかし父親の立場はどうなる。

杠葉瑠那。なんという恐ろしい小娘だ。膨大な時間と手間を費やし、途方もない人員を送りこんだ計画を、あっさりとひっくり返した。たかがふたりの女子高生の抹殺さえ可能にならないのか。

菜嶋が苦い表情でクルマを走らせながらいった。「飯田。もういい。撤収しろ」

築添は怒りとともに菜嶋を睨みつけた。菜嶋は前方を向いたまま、気まずそうに横目で築添を見たが、指示は撤回しなかった。

「……はい」飯田の声が力なく応じた。通話は途切れた。

感情を抑えようと躍起になったが、苛立《いらだ》ちばかりが募る。築添は憤懣《ふんまん》やるかたない思いにとらわれた。ダッシュボードや側面ドアをこぶしで殴りつける。築添はため息がきこえた。運転席の菜嶋が咎《とが》めた。「やめてください。エアバッグが開いたらどうするんです」

「なにを……」怒鳴っても仕方がない。築添は言葉を呑《の》みこんだ。行く手に目を戻したものの、やはり黙ってはいられない。築添は吐き捨てた。「ぜんぶ計画が浅かったせいだ」

「……娘さんも気の毒に」

「なにかいったか」

「娘が死んでも泣かない親のもとに生まれたのが、なによりの悲劇だっていったんですよ。EL累次体の理想実現のためには、犠牲になる家族も必要でしょうけどね。わかっていてもあなたには頭に来る」

「なんだと？　それが計画立案の責任者のいうことか！　おまえが杠葉瑠那を軽視したのがすべての敗因だ！」

「あなたこそ杠葉瑠那を侮っていたでしょう！」

「杠葉瑠那を侮ってたのはおまえだ！」

黒煙の立ち上る地点が、かなり大きく見えてきている。あと少しだった。築添がそう思ったとき、またもスマホの着信音が鳴り響いた。ナビ画面に開いたウィンドウには、番号非通知と表示されている。

菜嶋がうんざりした顔でステアリングのボタンを押した。「はい」

かつてマスコミでよく流れた声が、いまはずいぶん低いトーンで語りかけてきた。

「失敗したそうだな」

　ひやりと冷たいものが背筋を走る。築添は菜嶋と顔を見合わせた。菜嶋の面持ちも極度にひきつっている。

　矢幡嘉寿郎《かずお》前総理の声がつづけた。「梅沢君からきいた。EL累次体の理想を実現するための計画というプレゼンだったそうだな。ところが大幅後退の憂き目に遭った」

　築添は震える声を絞りだした。「総理。いえ、元総理……。築添です。〝桜を見る会〟でお会いしたとき、私の娘にも声をかけていただいたでしょう。琴奈はあのときまだ小学生でしたが、もう立派に務めを果たす歳になりました。ただ無念にも、娘は今回の計画で命を落とし……」

　菜嶋が横目に築添を見た。呆《あき》れと軽蔑《けいべつ》の混ざったまなざしだった。心にもないことを口にし同情を買う気か、表情にそう書いてある。なんとでも思えと築添は内心つぶやいた。

　けれども矢幡の声は予想外に冷酷な響きを帯びていた。「小娘に下駄を預けるとは愚劣の極みだな。親子揃って救いようのない馬鹿だ」

　築添は絶句した。情け容赦のない言葉に衝撃を受けただけではない。急に疑惑が頭をもたげてきた。築添は問いかけた。「矢幡元総理。本当にあなたですか……?」

「なにをいってる。私は私だ」

「元総理。私は以前にも、元総理から激励のお電話をいただいております。大変失礼ですが、いつどんなお話だったかご記憶でしょうか」

「間抜けな質問をするな、築添。菜嶋と一緒に東京へ戻り指示をまて。懲罰は免れん。覚悟をきめておけ」

通話が切れた。愕然《がくぜん》とせざるをえない。築添はつぶやいた。「矢幡元総理じゃないぞ……」

「なに!?」菜嶋がステアリングを切り損ない、危うくガードレールにぶつかりかけた。あわてぎみに進路を戻しつつ菜嶋がきいた。「どういうことですか。いまのはたしかに元総理のお声……」

「声が変えてあるだけだ! 本人じゃない」

「……なんてことだ」菜嶋の顔から血の気が引いた。「そういえばEL累次体の極秘会合に、元総理はいちども姿を見せていない。いつも電話だけでした」

「さすがに梅沢総理は直接会ってるんじゃないのか?」

「わかりませんよ……。伝聞でしか意見や指示をきいたことがない」

精神的拠《よ》りどころだったはずのものが、根底から揺さぶられたと感じる。築添は狼《ろう》狽《ばい》を禁じえなかった。矢幡元総理のめざす理想の社会、その構築と実現ではないのか。だとすればEL累次体というのは……。

またも着信音が鳴った。今度は問髪をいれず菜嶋がボタンを押した。「はい」

まったく別の男の声がいった。「粥調理班の幾山《いそやま》です」

さっきとは異なるケシ畑の警備兵だった。菜嶋が声を荒らげた。「なんだ。いちいちスマホで連絡するな」

「古墳周辺の捜索を命じられたので……」

そうだった。築添はじれったさを嚙《か》み締めながらたずねた。「なにかあったか」

「死んだ警備兵のリュックが別の場所に捨ててありました。中身を漁《あさ》った形跡があります」

「奪われた物は?」

「いま装備一覧と照らし合わせてるんですが……。リュックは空っぽなので、入ってたはずのスタンガンが消えてます。それから地雷もありません」

「地雷……?」

「そうです。新規埋設分をひとり一基ずつ持たされていたはずなんですが」

菜嶋がため息まじりにいった。「間もなく着きます」

目の前の道端に黒煙が立ち上っている。クルマをここに停めれば、徒歩で到達できる距離だった。爆心地の周囲の木々は薙《な》ぎ倒されていた。この路上も泥で溢《あふ》れかえっている。アスファルトがほとんど埋もれ、まるで未舗装の道路と錯覚しそうになる。

はっと息を呑んだ。状況から導きだされる可能性はひとつだけだ。築添は泡を食って叫んだ。「駄目だ！　クルマを停めろ！」

菜嶋が目を瞠《みは》った。クルマは減速しかかっていたが、まだ完全に停車しきってはいなかった。

最期にまのあたりにしたのは強烈な閃光《せんこう》と、菜嶋の驚きと恐怖にひきつった横顔だった。すべての光景がホワイトアウトしていく。タイヤが踏んだ地雷は、瞬時に爆風を噴きあげ、車体を粉砕した。菜嶋の肉体が炎に包まれ吹き飛んでいく。築添も灼熱《しゃくねつ》地獄のなかで絶叫していた。意識を喪失する寸前、琴奈の顔が一瞬だけちらついた、そんな気がした。娘は笑っていた。

25

瑠那と真里沙はふたりとも泥まみれだった。山林のなかをひたすら駆けつづける。またひとつ丘を越え、下り斜面に差しかかった。木立の隙間から行く手がのぞけた。まだ距離はあるものの市街地が見えている。

真里沙が安堵《あんど》のため息を漏らした。そのとき轟音《ごうおん》とともに縦揺れの震動が突きあげた。びくっとした真里沙が体勢を崩しかける。瑠那はすばやく抱きとめた。

後方を振りかえる。立ち上る黒煙が二本に増えた。地雷を戦場跡から近い道路に埋設しておいた。それがいま爆発したようだ。

おそらくケリがついた、瑠那はそう思った。

茫然《ぼうぜん》とした面持ちの真里沙だったが、やがて目が潤みだし、瑠那にしっかりと抱きついてきた。真里沙は涙声でいった。「瑠那……」

「もうだいじょうぶ」瑠那は真里沙の頭を撫《な》でた。「ぜんぶ終わったから」

泥と血と汗にまみれ、傷と痣《あざ》だらけの真里沙の顔が、泣きじゃくりながら瑠那を見つめた。「これからも一緒にいてほしい」

虚無が胸のうちにひろがりだした。瑠那は首を横に振った。「わかってるでしょ。そんなのは無理」

「なんで？　最初は大人にいわれるまま瑠那と知り合ったけど……。わたしにはもう瑠那しかいない。瑠那がいなきゃ生きていけない」

「真里沙」瑠那は穏やかにいった。「そう思える理由はふたつ。あなたが洗脳されやすい下地を作られてきたから。もうひとつは、あなたの知る世界が狭すぎるから」

「……狭い？」

「あなたは維天急進派にとって都合の悪い情報を制限されてきた。世間にはいろんな人がいる。出会わなきゃなにもわからない」

「だけど……。今後わたしが誰と知り合ったとしても、瑠那ほど好きにはなれない。お願い。わたしを嫌いにならないで」

「嫌いになんかならない。だけど真里沙、それなら約束して。まず同世代だけでも百人の子と知り合うこと」

真里沙が目を丸くした。「ひ、百人……？」

「そう。べつに恋人候補じゃなくて、あくまで友達として、あるいはただの知人としての百人。女でも男でもいい。それだけ大勢と接するには、新たな生活を送る必要がある」

ＥＬ累次体の影響下にない、行政とのつながりが薄い民間支援団体の世話になり、私立の児童養護施設に身を置けばいい。巫女《みこ》をつづけるかどうかは真里沙の意思しだいになる。

名簿が瑠那の手に渡っても、まだ真里沙は追われる不安を抱えることになる。たしかにこのままなら危険な目に遭うこともありうる。だが瑠那はそうならないと確信していた。

琴奈が口を滑らせた。父は文部科学大臣の信頼を得ていると。黒幕は尾原輝男文科大臣だったか。なら真里沙が追われる心配もなくなるのに、そう日数はかからない。

なおも真里沙がせつないまなざしを向けてきた。「百人と知り合って……それからどうすればいい？」

「その時点でもまだわたしのことを想うのなら……。阿宗神社に来てくれればいい」

真里沙の顔にあきらめのいろがよぎった。視線が徐々に落ちていく。その目に大粒の涙が膨れあがった。震える声で真里沙がささやいた。「やっぱりやさしいね、瑠那は……。別れのひとことを避けてる。わたしを突き放そうとしない」

「そうじゃない。真里沙。まだ見ていない世のなかを見てほしいだけ。そのうえでなら真里沙の気持ちを否定しない。わたしだって……」

それ以上は言葉にしなかった。瑠那はそっと真里沙を抱き締めた。真里沙も瑠那に身を寄せ、静かに声を潜めながら泣きつづけた。

好意を持たれることはすなおに嬉《うれ》しい。真里沙のように純真な子ならなおさらだ。けれどもその純真さは、まだ同じ十代が織りなす社会に、本当に触れてはいないがゆえだろう。きっと友達ができる。真里沙はほどなく悟る、自分が多くの人々から愛されることを。

瑠那は真里沙をうながした。「行こう。街までの一本道は近いでしょう」

真里沙がうなずいた。いままで何度もそうしたように、ふたりは手を取り合い、ゆっくりと歩きだした。

猛毒親のもとに生まれたふたりの娘。藪美や琴奈と、瑠那を分け隔てるものはなんだったのだろう。孤独を生きてきたのは真里沙も同じだ。四人のうち、ふたりは死に、ふたりは生き残った。瑠那の手は血で染まっている。けれども真里沙だけは無垢《むく》なままでいてほしい。新たな人生を歩みだすとき、絶望の日々と完全に決別できる。真里沙が切り捨てるべき世界に、きっと瑠那も含まれている。人殺しの瑠那も。

殺伐とした身と心にも微風はやさしい。部活帰りのような爽《さわ》やかさすらある。そんな気がした。もっとも、たしかなことはわからない。瑠那は帰宅部だからだ。それでも理解できたことがある。愛されるのは嬉しい。なにものにも代えがたい歓《よろこ》びがある。

ふと足が自然にとまった。

真里沙がまた不安げな顔になった。「今度はなに?」

「しっ」瑠那は静粛をうながした。エンジン音がきこえる。バスのようだ。

26

鑑継祥子は極度に怯《おび》え、バスの座席にしがみついていた。山道を蛇行するバスの揺れに、ひどく気分が悪くなる。運転がやたら荒かった。やけにスピードがでている。どうやら運転手も早く逃げたくて堪《たま》らないようだ。

窓の外は霧が晴れたものの、まだ鬱蒼《うっそう》と茂る木々ばかりが覆い尽くす。駅はまだだろうか。こんな状況にはもう耐えられない。

満員の車内は静まりかえっていた。乗客の半分は女生徒で、制服と巫女《みこ》装束が交ざりあう。残る半分は斎服姿の教師たちだった。村富校長以下、主要な教職員が顔を揃えている。ところが先生がたは、みな小さくなって震えるばかりで、なんとも頼りない。

祥子はこれまで反社崩れの男たちを、ボディガード代わりに引き連れていた。中学生ぐらいからずっとそうだ。権禰宜《ごんねぎ》を務める父の影響だった。暴力団とのつきあいは、暴対法により制限されるようになったものの、父は代わりに半グレを雇いだした。男たちは父から報酬を受けとっているため、娘の祥子の指示にもよく従った。そのうち祥子は万能感に浸るようになり、男たちを顎《あご》で使い始めた。気にいらないことがあれば男たちをけしかけるのが習慣化した。巫女学校の近くまで男たちをクルマで来させ、期間内ずっと潜伏させるのも、ごくふつうのことに思えていた。

いまになって自分が異常な心理にとらわれていたと感じる。反省したわけではない、ただ後悔の念があった。あのていどの輩《やから》どもを率いるだけで、姫にでもなった気分に浸りきるなんて、とんでもなく愚かだった。男たちは瑠那に叩《たた》きのめされ、ひとり残らず逃げ去ってしまったが、たとえ残っていてもこの状況に太刀打ちできなかっただろう。本格的に武装した謎の集団が学校に乗りこんできた。猟銃でなく本物の拳銃《けんじゅう》を全員が振りかざしていた。

心細さを抱えながらバスで避難する。多少なりとも安堵《あんど》できるのは、斎服姿のなかに教員以外の警備員がいると知ったからだ。二十代から三十歳ぐらいの、若く屈強そうな斎服が複数いる、当初からそう思っていた。彼らは日中に巫女学校を守備するため、教職員のなかに溶けこむ役割だった。日廻神宮が契約している警備会社から派遣されたらしい。いまもバスの車内の前後にひとりずついる。武装はしていないが鍛えた肉体を誇っていた。職務に忠実そうだし、意志も強そうだ。襲撃を受けても人間の盾として、女子生徒らを守ろうとしてくれるだろう。

斎服の警備員ふたりは、バスへの乗車を誘導してくれたとき、ぶっきらぼうに自己紹介をした。運転席近くに立つ刈り上げ頭が利島《としじま》、後方に控える出張った顎が鰐垣《わにがき》。ふたりともプロレスラーのように逞《たくま》しかった。笑顔は見せず、終始無言で一同の避難を支援する。どうせボディガードに雇うのなら、こういう男たちにすべきだった。報酬はいくらぐらいだろう。

そう思ったとき、窓際の女生徒が小さく驚きの声を発した。ほかの女生徒たちもざわつきだす。

浄のクラスメイトのひとりがささやいた。「駅はあっちじゃない?」

いつしかバスは道なき道を走っていた。いわれてみればたしかに、道なりに進むのが正しかった気がする。

学年主任の倉橋教諭が腰を浮かせた。通路に立つ鰐垣に話しかける。「あの……」

鰐垣が低い声で指示した。「座ってろ」

不穏な空気が漂う。倉橋は硬い顔になった。「道がちがってる気がするんだが」

「そりゃそうだろ」鰐垣がぞんざいにいった。「おまえらは道を外れてる。神道の風上にも置けない奴らだ」

村冨校長が立ちあがった。「きみ。一介の警備がそんな口を……」

いきなり鍔垣は高い蹴《け》りをすばやく繰りだした。瞬時に靴の裏が村冨の顔面をとらえた。鈍い音が響き渡った。村冨校長は鼻血を吹きながら通路に転がった。

「こ」桝崎教諭が取り乱したようすで座席から飛びだした。「校長！」

浄のクラス担任、ヒョロ男とニックネームがついた槍沢《やりさわ》が、及び腰ながら鍔垣に詰め寄った。「ひどいじゃないか。校長は日廻神宮の宮司でもあられるのに……」

鍔垣は仏頂面で槍沢を見かえすと、ふいに頭突きを食らわせた。槍沢がふらつくや、こぶしを何発も猛然と浴びせる。パンチングマシンと化した槍沢は、全身を激しく痙《けい》攣《れん》させ、ばったりと倒れた。

乗客はみな息を呑《の》んだ。警備のひとりが乱心した。祥子は泡を食い、車内前方に助けを求めようとした。もうひとりの警備、利島に制止してもらうしかない。

ところが利島はいつしか拳銃を運転手に突きつけていた。運転手は震えあがったようすでステアリングを切っている。

車内の女生徒らがいっせいに悲鳴をあげた。教員らも狼狽《ろうばい》するばかりになった。

「騒ぐな」鍔垣が一喝した。「欲に溺《おぼ》れた日廻神宮のイカサマ神職どもと、杢子神宮のブス巫女ども。おまえたちには処分の命令が下った。地獄までの旅路につきあってもらおう」

巫女舞の虹野夕子教諭が食ってかかった。「降りてよ！　あんたたちふたりとも、いますぐ降りて！」

むっとした鰐垣が斎服の下に手を突っこみ、拳銃を引き抜いた。血の気が引いた虹野の顔を、拳銃のグリップで殴りつける。たった一発で虹野は宙に浮き、二列先の座席に頭から転落した。

パニックを起こした女生徒らが、バスの前方に逃げようとする。しかしそちらにも利島がいる。騒然とするばかりの一同が通路で身を寄せ合った。だが祥子はそのなかにさえ加われずにいた。座席から立ちあがれない。片脚がギプスで固めてある。

「た……」祥子は座席に孤立した状態で、ただつぶやきを漏らした。「助けて」

鰐垣は地獄耳のように祥子の小声をききつけたらしい。つかつかと近づいてくると、拳銃の銃口をまっすぐ向けてきた。「いかにも性格の悪そうな小娘。おまえから始末してやる」

祓串《はらえぐし》があれば振りたい心境だった。祥子は震える声でうったえた。「お、お助けください……。わたしの父は杢子神宮の権禰宜です。きっと良きに計らってくれますから」

「詐欺集団の要職など自慢にもならねえ。そんな奴の身内なら、むしろ真っ先に殺す」

女生徒らのさらなる悲鳴がこだました。教師たちはみな凍りつくばかりで、誰ひとり助けようとしない。祥子は氷点下の寒気にとらわれた。絶望だった。鰐垣が人差し指に力をこめようとしている。いまにも銃弾が祥子の額めがけ飛んでくる……。

だが唐突に利島が叫んだ。「わ、鰐垣!」

鰐垣が前方に目を向けた。祥子も反射的にその視線を追った。

愕然《がくぜん》として言葉もでない。フロントガラスの向こう、山道の路上に、泥だらけの女生徒がひとり立つ。スカートの裾《すそ》が破れて短くなったうえ、裸足《はだし》だった。か弱そうな痩身《そうしん》ながら、逆に強靱《きょうじん》にしか見えない。そんな異様な存在感を発する巫女はひとりしかいない。

「杠葉瑠那だ」鰐垣が緊張のいろとともに怒鳴った。「轢《ひ》き殺せ!」

利島が運転手のこめかみに拳銃の銃口をめりこませた。「スピードを上げろ!」

「ひいぃ」運転手が恐怖の声を発した。バスが急激に加速していく。前方にたたずむ瑠那との距離が、みるみるうちに狭まる。

ところがふいにタイヤが破裂した音が響き、バスが激しく蛇行し始めた。女生徒らの悲鳴はいっそう大きくなった。右に左に車体が果てしなく揺れつづける。全員がバランスを崩し転倒した。

車体の床下から砂利に似た音が響く。尖《とが》った物でも敷き詰めてあったのだろうか。パンクしたらしいバスが、急ブレーキで減速するや、祥子は一同とともにつんのめった。

停車後の静寂が包むこと数秒、フロントガラスが爆発したように砕け散った。あたかも猛禽類《もうきんるい》がバードストライクで機内に突入してきたように、黒い人影がバスのなかに飛びこんだ。

運転席近くの利島がとっさに反応し、身体を起こすや拳銃を構えようとした。だが泥だらけの瑠那は、直前に引きちぎったワイパーを水平に振り、利島の喉《のど》もとを掻《か》き切った。利島は血飛沫《ちしぶき》をあげ、白目を剝《む》きながら倒れこんだ。女生徒らや教職員たちの絶叫は頂点に達した。

ぼろぼろの瑠那が通路に立った。乗客はみな両側の座席で小さくなっている。瑠那と相対峙《たいじ》するのは鰐垣だった。大柄で筋肉質の鰐垣が、憤怒の感情を表出させ、拳銃をまっすぐ瑠那に向けた。

だが瑠那は冷静につぶやいた。「差別主義者で非常識な勘ちがい集団、EL累次体の一員ですよね。ならこの世に生きる資格はありません」

鰐垣が額に青筋を浮きあがらせた。銃弾をいまにも放たんとしつつ鰐垣がわめいた。

「薄汚い小娘が分不相応な口を……」

稲妻のように俊敏な動作を、祥子の目はとらえきれなかった。一秒後にようやく状況を察した。瑠那はすばやく踏みこみ、鰐垣との距離を詰めると、拳銃《けんじゅう》を持つ腕を巧みにねじりあげていた。どの関節がどういう状態にあるのか、なにもかも祥子の理解を超えていた。硬い物が粉砕される音が鳴り響き、鰐垣が苦痛の叫びを発した。技を解かれると、鰐垣は悶絶《もんぜつ》しながら後ずさった。積んであった荷物に背をぶつけ、そのまま尻餅《しりもち》をついた。通路に転がった檜《ひのき》製の長い箱の蓋《ふた》が外れ、祓串が一本、車内の床に投げだされていた。

瑠那はその祓串をつかみあげた。鰐垣が歯ぎしりしながら起きあがり、闘牛のごとく瑠那に突進していく。しかし瑠那は祓串を激しく水平に振り、鰐垣の頭部を左右に強打した。祓串についた白い紙片が風を切り、絶えず唸《うな》る。叩《たた》きのめされた鰐垣がのけぞり、手放した拳銃が宙に浮いた。瑠那は軽く跳躍し、右手で拳銃を奪った。鰐垣ががぎょっとした表情になる。しかしそれも一瞬にすぎなかった。瑠那が拳銃を発砲した。弾丸は鰐垣の頭部を貫き、脳髄が車内にぶちまけられた。

もはや誰も悲鳴を発していなかった。女生徒らが失神し、ばたばたと倒れていく。

教職員たちも眼球が飛びださんばかりに目を剝いていた。

瑠那は平然とした面持ちを村富校長に向けた。「駅は近いです。ここから徒歩で森を越えたほうが早く着きます」

サイドウィンドウの外の光景を見て、祥子は衝撃を禁じえなかった。道端にはほかにもバスが数台停まっていた。降車した女生徒らが木立の奥へと向かっていく。ここで瑠那はバスが来るたび襲撃し、人質を解放していたのか。

ひとりだけ瑠那と同じぐらい泥まみれの女生徒がいた。真里沙だと一見してわかった。だが真里沙はこちらを見ていない。ただ疲れきったようすで、足を引きずりながら歩くだけだった。

村富校長が感極まったような声をあげた。「杠葉瑠那さん。きみこそ本当の意味での巫《かんなぎ》だ。現代の卑弥呼だ」

瑠那はむしろ迷惑そうな顔をした。「わたしのことは忘れるように、みんなに伝えていただけませんか」

「も、もちろんだよ。きみがそう望むなら、生徒全員に対し徹底する」村富校長はちらと窓の外を眺めた。「もう避難してもいいかね……?」

「はい」瑠那がうなずいた。

それを合図とするかのように、乗客がたちまち昇降口に殺到した。運転手の操作でドアが開く。女生徒らも教職員たちも、慌てふためきながら車外へ飛びだしていった。祥子もいますぐ降車したかった。けれども立ちあがれない。腰が抜けたせいもあるが、なによりギプスの片脚がいうことをきかない。松葉杖《まつばづえ》はどこかへ行ってしまった。閑散としつつある車内を、瑠那が歩み寄ってくる。祥子はただ恐怖にすくみあがった。

瑠那が見下ろした。「鑑継さん。早く降りたほうがいいです」

「た、立てないの。だってこの足……」

「大国主神《おおくにぬしのかみ》を知ってますよね」

この国を創った神。だが瑠那がなにを示唆したか、祥子は敏感に察した。大国主神は酷《ひど》いいじめに遭った。それでもやさしさと慈愛の精神で、荒ぶる八十神《やそがみ》を平定、農業と医療を教える神様になった。

視界が涙にぼやけだした。祥子は震える声を絞りだした。「杠葉さん。わたしは悔しい。あなたみたいになれないのが悔しい」

瑠那はしばらく無言で祥子を見つめていた。やがて身をかがめると、祥子のギプスに手を伸ばした。

祥子は取り乱した。「無理に立とうとしちゃ駄目だって、お医者さんにいわれてる」

「骨は折れてません。脱臼《だっきゅう》してるだけです」

「知ってるけど、状態が深刻だから、保存的治療に二か月かかるって……」

だが瑠那は容赦なく祥子の膝《ひざ》と踵《かかと》をつかむと、瞬時に力を加えた。ギプスの割れる音がきこえた。祥子は電流が走るような激痛をおぼえた。

けれども一秒ののちには、もうなにも感じなくなっていた。違和感さえない。祥子は茫然《ぼうぜん》とした。脚全体が自然に動く。負傷する前に戻ったかのようだ。足もとに目を落とし、信じられない気分で腰を浮かせる。祥子はすんなりと立ちあがれた。

「ゆ」祥子は驚きと喜びに満ちながら視線をあげた。「杠葉さん」

面食らいながら車内を見まわす。もう瑠那の姿はなかった。開放されたドアの外から、女生徒らの安堵《あんど》の声がきこえてくる。雲の切れ間に青空がのぞいた。陽射しが車内を明るく照らしだしていた。

27

尾原輝男文科大臣は、世田谷《せたがや》の高級住宅街にひとり暮らしだった。休日のきょうはクルマを飛ばし、郊外のホームセンターに来た。規模の大きな店舗だった。都内ではどこに人の目があるかわからない。

心中穏やかではなかった。カジュアルな服装に身を包み、売り場を行ったり来たりするが、なにをどう揃えればいいか、どうにも難しい。育ちのいい尾原は技術工作系に無縁だった。目的はただひとつ、家にあるノートパソコンのすべてにドリルで穴を開けたい。HDDを読めなくするために、そんな行為を実行した国会議員がほかにいる。その議員はまんまと起訴を免れた。見倣わない手はない。

電動ドライバーとドリルの本体が同じで、先端のパーツだけ付け替える、そんな事実を初めて知った。どれを装着できるのかわからず、店員にきこうとしたが、休日のせいか誰もが接客中だった。業を煮やし、ひとりを強引につかまえ、無理やり問いただした。どうやらメーカーがちがっていても、だいたい普遍的に使いまわせるらしい。そういうものなのか。尾原は最後だけ穏やかな口調で取り繕うと、さっさと店員のもとを離れた。

とはいえどんなドリルなら、HDDの破壊に効果的かは不明だった。金になんの不安もない尾原は、大量のドリルを買いあさった。レジを抜けた尾原は、両手に大きく膨らんだ買い物袋を提げていた。

足ばやに外にでた。広々とした駐車場が陽炎《かげろう》に揺らぐ。夏の陽射しの下、尾原は汗だくだった。早くすべてを済ませ、入浴してさっぱりし、ブランデーを呷《あお》りたい。

自分のクルマへと歩きながら思った。梅沢総理の態度は冷酷の極みだ。救いの手を差し伸べようともしない。かまうかと尾原は一蹴《いっしゅう》した。きのう巫女学校で起きた謎の襲撃事件や、その付近の山林における傭兵《ようへい》の大量死と、尾原を結びつける証拠はなにもない。学校といっても巫女学校はあくまで民間の教育機関だ。文科省はいちおう関わっているものの、基本的に神社本庁の管轄になる。マスコミがうるさく群がってくるが、断固として関与を否定せねば。

駐車場に停めた自家用車、レクサスRXの後方にまわる。車体の下に片脚を突っこむ。ハンズフリーパワーバックドアにより、ハッチが自動的に開くはずだった。ところが脚を前後させても反応しない。尾原は苛立《いらだ》ちを募らせた。肝心なときにはいつもこうだ。

そのとき若い女の声が呼びかけた。「大臣」

尾原は驚きとともに振りかえった。とたんに眼鏡が取り払われた。何者かが尾原の顔から眼鏡を奪い、そのまま持ち去っていく。近視の尾原の視野は極端にぼやけていた。女子高生が身を翻したのがわかる。白のブラウスに、エンジとグレーのスカート。

日暮里高校の夏服に見える。

「おい」尾原はあわてて呼びとめようとした。「ちょっとまて。おい」

だが両手が塞《ふさ》がっていては、女子高生の肩をつかむこともできない。しかも女子高生の動きは奇妙だった。ただちに逃走しようとせず、ただ車体の側面にまわりこみ、姿勢を低くした。尾原は急ぎ追いかけたが、なんとそこに女子高生の姿はなかった。クルマの外側を一周してみたものの、女子高生はどこにもいない。

狐につままれたような気分になる。幻でも目にしたのか。しかし眼鏡を盗まれたのは、紛れもない事実だ。

ぼやけた視界を見まわしていると、スーツの集団がぞろぞろと押し寄せてきた。短く刈りあげた髪がSPを彷彿《ほうふつ》させるが、きょうは護衛を頼んだおぼえはない。

集団の先頭は尾原より年上、五十代半ばぐらいの男だった。近くまできてようやく顔がわかったが、知り合いではなかった。男のしめす身分証で、私服の警察官だとあきらかになった。

「警視庁捜査一課長の坂東《ばんどう》です」男が淡々と告げてきた。「尾原大臣。ご同行願います」

「な……」尾原は笑ってみせた。「なんだねいきなり。私はきょう休みだ」

「そうおっしゃらずに。逮捕状もでているので」

「逮捕状だと？」尾原は思わず頓狂《とんきょう》な声を発した。「いったいなんの冗談だ。私は文科大臣だぞ」

「不逮捕特権は国会の会期中だけです。いまはそうじゃありませんから」

「大臣は会期中でなくとも逮捕は……」

「失礼。元大臣とお呼びするべきでした。総理があなたを解任なさったので」

「な……なに？　梅沢総理が？」

「黙秘権があるのはご承知ですよね」

「きみ！　どういう容疑で逮捕するというんだ。警視総監に電話するぞ」

「さっきしましたよ。私に全権を委任するとのことでしてねぇ」坂東の目が鋭く光った。「いろいろ詳細をうかがいたく存じます。EL累次体の内情など打ち明けていただければ、非常に興味深い」

「エル……なんだね？　あいにくきょう買ったのはL字管ではないよ」

坂東が笑った。ほかのスーツたちも控えめな笑い声を発した。だが坂東が真顔になると、まるで全員がしめしあわせたように、むっつりと黙りこくった。

「おとぼけを」坂東が距離を詰めてきた。「昨日の山梨県鳶坂、巫女学校の件です」

「あれがどうかしたのか？　私はあずかり知らぬことだが」

「現地におられたのにですか」

「なんだと？　馬鹿をいうな。行ったおぼえなんかない」

「そうですか」坂東の疑わしげな目がじっと見つめてきた。「つかぬことをおうかがいしますが、眼鏡は？」

「さっき盗まれた。誰だか知らんが女子高生っぽかった」

「ほう。女子高生に」坂東がなにやら思わせぶりな態度をしめしつつ、ほかの刑事に向き直った。

刑事が透明なポリ袋に入った物体を指先にぶらさげる。尾原は言葉を失った。愛用の黒縁眼鏡がそこにあった。

「そ」尾原は手を伸ばした。「それは私の……」

すると刑事がすばやくポリ袋を遠ざけた。代わりに坂東が割って入ってきた。「瞰野古墳のそばに広大なケシ畑がありましてね。そこに落ちてたんですが、あなたの眼鏡ですか？」

「知らん！　そんなことがわかるわけがない」

「そうですか？　秘書のかたにも確認してもらいました。まちがいなくあなたの眼鏡です。選挙ポスターに載ってる顔写真も、まさしくこれですよね。つるからあなたのDNA型も検出されておりますし」

「なくしたんだよ。しばらく前に」

「ほう。いつのことですか」

尾原は凍りついた。日暮里高校の体育祭だとうったえても、捜査一課は否定するだろう。SPには眼鏡をなくしていないと強がってしまったからだ。

杠葉瑠那だ。尾原は震えあがった。体育祭のグラウンドで眼鏡を拾った者がいるとすれば、瑠那以外に考えられない。

眼鏡の紛失について報道がなく、日暮里高校にも後日、発見したら届けでてくださいとの通達はさせなかった。一方メディアの取材を受ける尾原は、前と同じ眼鏡をかけていた。そのあたりで察したのかもしれない。なんと恐ろしい洞察力だ。さっき尾原の顔から眼鏡を奪ったのも瑠那か。

こんなところまで尾《つ》けまわせるものなのか。いや警視庁をでた刑事たちの動きを追った可能性が高い。坂東らがここに駆けつける寸前、瑠那は先まわりし、尾原から眼鏡を盗み去り、どこへともなく消えた。

尾原は焦燥とともに怒鳴った。「この付近を捜せ！　眼鏡は盗まれたんだ」

「元大臣」坂東が睨《にら》みつけた。「裸眼でここまで運転してきたんですか？　免許証には眼鏡使用とあるでしょう。道交法違反になりますよ」

「だから奪われたのはついさっきだ」

「女子高生にですか。誰に？」

また言葉に詰まる。杠葉瑠那の名を挙げるのはまずい。関わりがあると白状するようなものだ。尾原はまくしたてた。「レジ店員にきいてみろ！　さっきドリルについて教えてくれた店員でもいい。なんなら防犯カメラ映像をチェックしろ。私は眼鏡をかけてた！」

「ドリルをなんにお使いですか？」

「趣味のDIYにまで口を挟む気か」

「いいですか、尾原元大臣」坂東が凄《すご》みだした。「店員の曖昧《あいまい》な証言や、低解像度で遠目の防犯カメラ動画じゃ無意味なんです。あなたがいつもどおりの眼鏡をかけていたことが、正式に確認できるのは、一昨日《おととい》のご公務で撮られたお写真が最後です」

そのあとケシ畑に行き、銃撃戦のあったきのう、うっかり眼鏡を落としてきたとでもいうのか。尾原は腸《はらわた》が煮えくりかえる思いだった。「なら眼鏡を作った店にきいてみれば……」

「うかがいました。大臣が同じ物をご購入になった事実はないと、店長がきっぱりと否定なさいました」

尾原は自分の失態を呪った。眼鏡を新調した事実を口止めしてあった。墓穴を掘ってしまった。これでは下手な言い逃れをしているようにしかきこえない。

杠葉瑠那め。あの眼鏡を巫女《みこ》学校まで持って行き、ケシ畑に落としてくるとは、なんという抜け目のなさだ。攻撃ヘリが爆弾を投下した付近であれば、眼鏡も熱で溶け去ったにちがいない。瑠那は予想していたのだろう、EL累次体がケシ畑を燃やすはずがないと。事実として証拠隠滅をしようにも、あの大雨のせいで山火事を起こそうにも起こせなかった。

「元大臣」坂東はポリ袋に入った眼鏡を指さした。「これ特注品ですよね。テンプルの付け根、ヨロイっていうんですか、そこに小さなフラップがあります。なかにウロコ一枚ぐらいは入りますよね」

「あ……開けたのか？」

「ええ。でも空っぽでした。わざわざ特注してまで、なにを隠してたんですか」

いえるはずがない。だからこそ眼鏡の紛失をひた隠しにしてきたのだ。なのにあの中身まで杠葉瑠那の手に落ちたのか。もうEL累次体が許すはずがない。

「では」坂東が手を差し伸べた。「荷物をお持ちしましょう」

半ば茫然《ぼうぜん》と買い物袋を差しだした。受けとるべく刑事たちが尾原のもとに寄り集まってくる。このまま逮捕か……。

冗談ではない。ふいに尾原は逆上した。買い物袋を力いっぱい刑事らに投げつけると、思わぬ隙が生じた。尾原は脱兎《だっと》のごとく逃げだした。広大な駐車場を全力疾走する。

坂東の叫び声がきこえた。「追え！　逃がしちゃいかん」

尾原は死にものぐるいで走った。駐車場を徐行するクルマが、尾原の目の前で急ブレーキを踏み、けたたましくクラクションを鳴らす。うろたえながら尾原は方向を変えた。駐車車両の隙間を縫うように駆け抜けた。なにがあっても捕まるわけにいかない。留置場のなかすら安心はできない。口を割る危険があればEL累次体は……。

いきなり胸もとをなにかが貫いた。肉を裂くような鈍い音がした。激痛に目を落とすと、服が鮮血に染まっていた。

銃声はわずかに間を置き、辺り一帯に反響した。口のなかが液体に満たされる。苦しくなってむせると、アスファルトの上に大量の血が吐きだされた。

力が失われる。尾原はその場に両膝《りょうひざ》をついた。朦朧《もうろう》とする意識のなか、坂東たちが駆け寄ってくるのを、視界の端にとらえた。刑事たちは取り乱している。スナイパーライフルによる遠方からの狙撃《そげき》など、誰も予想していなかったのだろう。むろん尾原も同様だった。

前のめりに倒れたとき、周りの客たちの悲鳴をきいた。うるさい一般人どもだ。だがいまは羨《うらや》ましい。大衆はなにも知らない。守るべき秘密もない。不安に掻《か》き立てられる毎日も送らずに済む。

無情だった。これがEL累次体における処遇か。思い描いた理想郷ではなかった。加担する勢力をまちがった。

と同時に、これまで死んでいった同胞たちの無念を知った。十代の小娘と侮ったのがまちがいだった。考えてみれば高校生のころ、クラスメイトには賢く運動神経の優れた女子がいた。大人になってから考えるより、本当はずっと大人びていた。

駆けつける刑事たちの靴が、ぼやけるばかりの目に映る。意識が急速に薄らぐ。尾原は好ましく思った。尋問を受ける前に死ねる。喋《しゃべ》っても口を閉ざしても地獄。ならこの世にはいられない。

28

夏休みが終わり、新学期の初日を迎えた。通学路に降り注ぐ陽射しも脆《もろ》くなった。涼風が頬を撫《な》で、髪を穏やかになびかせる。

ひさしぶりの再会に賑《にぎ》わう生徒たちのなか、瑠那はひとり静かに校舎に入り、廊下を一Bの教室へと向かった。

日暮里高校では体育祭を訪問した故・尾原元大臣に対し、哀悼の意を表するべきではとの声があがったが、PTAの猛反対で撤回となった。元大臣がケシ畑にいた事実が証明され、麻薬業者のスナイパーに消されたとの噂が濃厚だった。またも政治の腐敗が有識者の槍玉《やりだま》にあがっている。有識者のなかにもEL累次体のメンバーは多いため、プロレスを演じているにすぎないとわかる面は興ざめだが。

廊下を引き戸の前まで来たとき、ぽんと肩を叩《たた》かれた。振り向くと凛香が立っていた。

「おはよ」凛香は笑顔だったが、瑠那の顔をじっと見つめると、やや深刻そうにささやいた。「近くだと擦り傷の痕《あと》がまだわかる。ファンデをもうちょっと厚く塗ったら？」

瑠那はただ微笑をかえした。「治りは早いほうです。しばらくすれば、怪我があったことも忘れます」

「糞親父《くそ》の遺伝子にいいとこがあるとすれば、傷の治りの早さかなぁ」凜香は瑠那と一緒に一Bの教室に入った。「テレビのニュース観てても、いろんなことが気になる。こいつもEL累次体だったんだなって」

「名簿を警察に送らなくていいんですか」

「送るなら捜査一課の坂東だけど、まだいいよ。あのおっさんが命を狙われちまうし」

「わたしたちが全メンバー名を把握していれば、今後どうにかできることもあるでしょうね」

「じっくり考えて慎重にやったほうがいい。奴らも名簿の公開を恐れて、しばらく手出しを控えてるみたいだけど、なにが起きるかわかんない。ハスミンにも黙っとかないと……」

瑠那が自分の席に行き着き、机の上にカバンを置いたとき、ふいに蓮實教諭の声が呼びかけた。「杠葉」

びくっとして振りかえる。凜香も同じ反応をしめした。巨漢の蓮實がすぐ後ろに立っていた。

「な」凜香がひきつりぎみの笑みを浮かべた。「なんだよ先生。おはようございまぁす」

蓮實はじろりと凜香を横目に見た。「ハスミンと呼ぶのはよせといったろ」

「そうでした。でも先生。まだ朝のホームルームの時間には早いのに、なんの用だよ」

「話があるのは杠葉だ」蓮實の目が瑠那に移った。「巫女学校の騒動は災難だったな、といちおういっておこう。本当はなにがあった？」

「……報道のとおりです」瑠那は小声で応じた。「巫女学校の校長を兼ねる村富宮司が逮捕されて……」

「麻薬の横取りにきたとおぼしき武装勢力が近くで紛争。校内にまで突入してきた。それもよりによって杠葉がいる教室にな」蓮實の目つきが険しくなった。「杠葉。先生の前では嘘をつくな。隠し立てもするな」

「本当になにも知りません。わかったことはひとつだけです」

「なんだ？」

「どこへ行っても身勝手な大人ばかり」

沈黙が生じる。蓮實はため息をつき、仕方なさそうに告げてきた。「きみがなにも知らないというのなら信じるしかない。しかし月並みな言い方かもしれないが、杠葉。溜《た》めこむなよ。どんなことでも先生が相談に乗る」

凜香がおどけたように口を挟んだ。「ちょうどよかった。逆手に握ったナイフ、敵の肋骨《ろっこつ》に当たっちまうと、さくっと奥まで入らなくてよ。どうやったら一発で刺せる？」

蓮實は怒りを漂わせた。「なんの話をしてる」

「特殊作戦群にいた先生の知恵を授けてほしいんだよ」

「自衛隊をなんだと思ってる。優莉匡太半グレ同盟じゃないんだぞ」

「おい。ずいぶんストレートにその名称を口にするじゃねえか。なら理解してんだろが。わたしをそこいらの不良娘と一緒にすると……」

本気の口論ではないことを瑠那はわかっていた。このふたりの言い争いはある意味、互いの信頼の裏がえしでもある。蓮實のほうは、なんとか馴《な》れ合いを脱したいと望んでいるようだ。教師と生徒の関係を確立したいのだろう。けれども当面は無理かもしれない。蓮實のほうにも凜香や瑠那に依存する側面があるかぎりは。

ふたりの声を聞き流しながら、瑠那は心が沈んでいくのを自覚した。凜香も蓮實も巫女《みこ》学校事件について、さほど問題視しているようには見えない。クラスメイトらもそうだった。またも十代が通う学校で武装襲撃発生と、ひところマスコミが喧伝《けんでん》したものの、もう過去のニュースになっている。理由は単純だった。生徒の犠牲者が皆無と報じられたからだ。むしろ杢子神宮の福祉に関し、健全な児童養護施設とは呼びがたい実態や、維天急進派の洗脳問題があかるみにでた。若者の将来が救われたと歓迎する声のほうが大きい。

しかし報道はすべてを伝えていない。ふたりの女子生徒が死んだ事実は闇に葬られてしまった。EL累次体が送りこんだ藪美と琴奈は、どちらも本当は巫女でなかったがゆえ、巫女学校の生徒氏名一覧からも、抹消が容易だったのだろう。杢子神宮や日廻神宮が、警察の取り調べを受ける際、ふたりの名を伏せたとしか思えない。人殺しに育った少女たちの存在はなかったことにされた。

彼女たちの死を誰も気に留めない。仮に知ることがあったとしても、自業自得とか因果応報とか、そんな揶揄《やゆ》に終わるだけだ。道を誤った未成年者は常にそんな扱いだった。瑠那や凜香がいつそうなってもおかしくない。ふつうの女子高生として生きたい。なのに凶悪犯罪を重ねてしまう。血塗られた日々からいっこうに脱せない。藪美や琴奈と本質的にはなにも変わらない。

蓮實がふと思いだしたようにいった。「そうだ、優莉。三年の学年主任の先生が、優莉と会って話したいといってる。あとで職員室に来い」

「はぁ？　なんで三年の学年主任？」

「ローテーションで来年は一年を担当することになってる。じつはおまえの妹さん……伊桜里《いおり》さんだったか。日暮里高校を志望してるらしい」

凜香が目を丸くした。「伊桜里だって⁉　たしかにいま中三だけど、なんでまたこの学校に？」

「わからん。だから学年主任の先生もおまえに事情をききたいといってる」

「事情もなにも知るかよ。伊桜里なんてずっと会ってねえし。兄弟姉妹は顔も合わせられねえ規則だろ？　入学なんかできんの？」

「そこが問題だ。伊桜里は優莉匡太の六女として報じられてる。本当の六女は杠葉だが、公になっていないため同じ学校にいられる。これは特例だ」

「だよな」

「ただ兄弟姉妹の学区はそれぞれ別にしてあったはずが、引っ越ししてまで日暮里高校に入った誰かのせいで、伊桜里と学区が重なってしまったようでな」

「誰かとか濁すんじゃねえよ。わたしだろ。だけど伊桜里もこの学区内にいたなんて……」

ふいに廊下から男子生徒の声がきこえてきた。「おい！　雲英亜樹凪さんが戻ってきたぜ!?」

教室内がにわかにどよめいた。男女生徒らがいっせいに廊下に駆けだしていく。ほかの教室からも大勢の野次馬が繰りだし、三Aの教室がある階上へと向かいだした。まるで祭りのような騒々しさだった。

蓮實が愕然《がくぜん》とする反応をしめした。瑠那を一瞥《いちべつ》したのち、心ここにあらずといったようすで踵《きびす》をかえし、足ばやに退室していった。

凜香が呆気《あっけ》にとられたように瑠那を見つめた。瑠那は机に視線を落とし、ゆっくりと椅子に腰かけた。

「……瑠那」凜香がささやいた。「亜樹凪は……」

死んでいない。瑠那は凜香の顔を見上げた。「お姉ちゃん。わたしを信用してくれますか」

言葉を詰まらせたようすの凜香だったが、ほどなく微笑を浮かべた。「ああ。瑠那の判断なら信じる」

ただし凜香の笑みには、まだぎこちなさが残っていた。机に両手をつき、もやもやした感情をのぞかせたものの、吹っ切るように身体を起こした。

瑠那はうつむきながら右のこめかみの髪を掻《か》きあげた。亜樹凪は殺すべき女だったと、凜香はいまでも考えているだろう。けれども瑠那はそうしたくなかった。

ふと凜香の表情が和らいだ。「瑠那。そのイヤリングは？　片方だけ？」

耳に穴を開けないマグネットイヤリング。凜香のいうとおり片方しかない。右耳のみに着けたイヤリングを、瑠那はそっと指先で触れ、微笑とともにいった。「人に好かれるのは、悪い気はしませんから」

本書は書き下ろしです。

高《こう》校《こう》事《じ》変《へん》15

松《まつ》岡《おか》圭《けい》祐《すけ》

令和5年 6月25日　初版発行

発行者●山下直久

発行●株式会社KADOKAWA
〒102-8177　東京都千代田区富士見2-13-3
電話　0570-002-301（ナビダイヤル）

角川文庫 23697

印刷所●株式会社暁印刷
製本所●本間製本株式会社

表紙画●和田三造

ISBN 978-4-04-113781-9　C0193

角川文庫発刊に際して

角川源義

第二次世界大戦の敗北は、軍事力の敗北であった以上に、私たちの若い文化力の敗退であった。私たちの文化が戦争に対して如何に無力であり、単なるあだ花に過ぎなかったかを、私たちは身を以て体験し痛感した。西洋近代文化の摂取にとって、明治以後八十年の歳月は決して短かすぎたとは言えない。にもかかわらず、近代文化の伝統を確立し、自由な批判と柔軟な良識に富む文化層として自らを形成することに私たちは失敗して来た。そしてこれは、各層への文化の普及滲透を任務とする出版人の責任でもあった。

一九四五年以来、私たちは再び振出しに戻り、第一歩から踏み出すことを余儀なくされた。これは大きな不幸ではあるが、反面、これまでの混沌・未熟・歪曲の中にあった我が国の文化に秩序と確たる基礎を齎らすためには絶好の機会でもある。角川書店は、このような祖国の文化的危機にあたり、微力をも顧みず再建の礎石たるべき抱負と決意とをもって出発したが、ここに創立以来の念願を果すべく角川文庫を発刊する。これまで刊行されたあらゆる全集叢書文庫類の長所と短所とを検討し、古今東西の不朽の典籍を、良心的編集のもとに、廉価に、そして書架にふさわしい美本として、多くのひとびとに提供しようとする。しかし私たちは徒らに百科全書的な知識のジレッタントを作ることを目的とせず、あくまで祖国の文化に秩序と再建への道を示し、この文庫を角川書店の栄ある事業として、今後永久に継続発展せしめ、学芸と教養との殿堂として大成せんことを期したい。多くの読書子の愛情ある忠言と支持とによって、この希望と抱負とを完遂せしめられんことを願う。

一九四九年五月三日

次巻予告

『高校事変16』

松岡圭祐

2023年7月21日発売予定

発売日は予告なく変更されることがあります。

角川文庫

北朝鮮での壮絶バトル

好評発売中

『優莉結衣　高校事変　劃篇』

著：松岡圭祐

史上最強の女子高生ダークヒロイン、優莉結衣。ホンジュラスで過激派組織と死闘を繰り広げた後、日本への帰国の道筋が不明だった結衣は、北朝鮮にいた。最終決戦を前にそこで何が起きたのか。衝撃の新事実！

角川文庫

一〇〇万部突破の人気シリーズ
待望の復活、完全新作！

『探偵の探偵　桐嶋颯太の鍵』

好評発売中

著：松岡圭祐

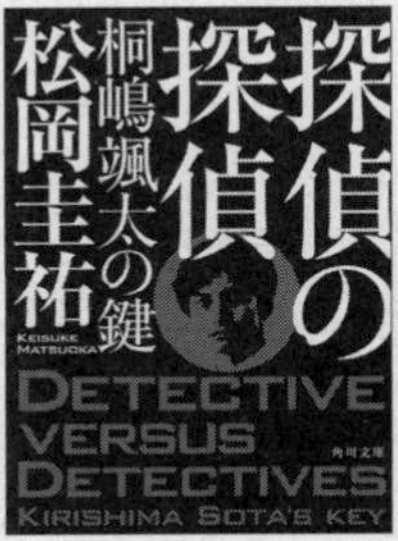

ストーカー被害を受けている女子大生から依頼を受けたスマ・リサーチ対探偵課所属の桐嶋颯太。桐嶋の活躍で事態は収まった――かと思われたが、一転して大きな悲劇が訪れる……。人気シリーズ待望の復活！

「高校事変」を超えた
青春バイオレンス文学

好評発売中

『JK』

川崎にある懸野高校の女子高生が両親と共に惨殺された。犯人は地元不良集団と思われていたが、警察は決定的な証拠をあげられない。彼らの行動はますますエスカレート。しかし、事態は急展開をとげる――。

著：松岡圭祐

角川文庫

角川文庫ベストセラー

催眠完全版
松岡圭祐

インチキ催眠術師の前に現れた、自分のことを宇宙人だと叫ぶ不気味な女。彼女が見せた異常な能力とは？　臨床心理士・嵯峨敏也が超常現象の裏を暴き、巨大な陰謀に迫る松岡ワールドの原点。待望の完全版！

カウンセラー完全版
松岡圭祐

有名な女性音楽教師の家族を突然の惨劇が襲う。家族を殺したのは13歳の少年だった……彼女の胸に一匹の怪物が宿る。臨床心理士・嵯峨敏也の活躍を描く「催眠」シリーズ。サイコサスペンスの大傑作!!

後催眠完全版
松岡圭祐

「精神科医・深崎透の失踪を木村絵美子という患者に伝えろ」。嵯峨敏也は謎の女から一方的な電話を受ける。二人の間には驚くべき真実が!!　「催眠」シリーズ第3弾にして『催眠』を超える感動作。

クラシックシリーズ 千里眼完全版　全十二巻
松岡圭祐

戦うカウンセラー、岬美由紀の活躍の原点を描く『千里眼』シリーズが、大幅な加筆修正を得て角川文庫で生まれ変わった。完全書き下ろしの巻まである、究極のエディション。旧シリーズの完全版を手に入れろ!!

千里眼 The Start
松岡圭祐

トラウマは本当に人の人生を左右するのか。両親との辛い別れの思い出を胸に秘め、航空機爆破計画に立ち向かう岬美由紀。その心の声が初めて描かれる。シリーズ600万部を超える超弩級エンタテインメント！

角川文庫ベストセラー

千里眼
ファントム・クォーター
松岡圭祐

消えるマントの実現となる恐るべき機能を持つ繊維の開発が進んでいた。一方、千里眼の能力を必要としていたロシアンマフィアに誘拐された美由紀が目を開くと、そこは幻影の地区と呼ばれる奇妙な街角だった――。

千里眼の水晶体
松岡圭祐

高温でなければ活性化しないはずの旧日本軍の生物化学兵器。折からの気候温暖化によって、このウィルスが暴れ出した！　感染した親友を救うために、岬美由紀はワクチンを入手すべくF15の操縦桿を握る。

千里眼
ミッドタウンタワーの迷宮
松岡圭祐

六本木に新しくお目見えした東京ミッドタウンを舞台に繰り広げられるスパイ情報戦。巧妙な罠に陥り千里眼の能力を奪われ、ズタズタにされた岬美由紀、絶体絶命のピンチ！　新シリーズ書き下ろし第4弾！

千里眼の教室
松岡圭祐

我が高校国は独立を宣言し、主権を無視する日本国へは生徒の粛清をもって対抗する。前代未聞の宣言の裏に隠された真実に岬美由紀が迫る。いじめ・教育から心の問題までを深く抉り出す渾身の書き下ろし！

千里眼
堕天使のメモリー
松岡圭祐

『千里眼の水晶体』で死線を超えて蘇ったあの女が東京の街を駆け抜ける！　メフィスト・コンサルティングの仕掛ける罠を前に岬美由紀は人間の愛と尊厳を守り抜けるか!?　新シリーズ書き下ろし第6弾！

角川文庫ベストセラー

千里眼　ノン＝クオリアの終焉　松岡圭祐

最新鋭戦闘機の奪取事件により未曾有の被害に見舞われた日本。焦土と化した東京に、メフィスト・コンサルティング・グループと敵対するノン＝クオリアの影が……各人の思惑は？　岬美由紀は何を思うのか⁉

万能鑑定士Qの事件簿0　松岡圭祐

舞台は2009年。匿名ストリートアーティスト・バンクシーと漢委奴国王印の謎を解くため、凜田莉子がもういちど帰ってきた！　シリーズ10周年記念、完全新作。人の死なないミステリ、ここに極まれり！

万能鑑定士Qの事件簿（全12巻）　松岡圭祐

23歳、凜田莉子の事務所の看板に刻まれるのは「万能鑑定士Q」。喜怒哀楽を伴う記憶術で広範囲な知識を有す莉子は、瞬時に万物の真価・真贋・真相を見破る！　日本を変える頭脳派新ヒロイン誕生‼

万能鑑定士Qの推理劇　I　松岡圭祐

天然少女だった凜田莉子は、その感受性を役立てるすべを知り、わずか5年で驚異の頭脳派に成長する。次々と難事件を解決する莉子に謎の招待状が……面白くて知恵がつく、人の死なないミステリの決定版。

万能鑑定士Qの推理劇　II　松岡圭祐

ホームズの未発表原稿と『不思議の国のアリス』史上初の和訳本。2つの古書が莉子に「万能鑑定士Q」閉店を決意させる。オークションハウスに転職した莉子が2冊の秘密に出会った時、過去最大の衝撃が襲う‼

角川文庫ベストセラー

万能鑑定士Qの推理劇　Ⅲ　松岡圭祐

「あなたの過去を帳消しにします」。全国の腕利き贋作師に届いた、謎のツアー招待状。凜田莉子に更生を約束した錦織英樹も参加を決める。不可解な旅程に潜む巧妙なる罠を、莉子は暴けるのか!?

万能鑑定士Qの推理劇　Ⅳ　松岡圭祐

「万能鑑定士Q」に不審者が侵入した。変わり果てた事務所には、かつて東京23区を覆った〝因縁のシール〟が何百何千も貼られていた！　公私ともに凜田莉子を激震が襲う中、小笠原悠斗は彼女を守れるのか!?

万能鑑定士Qの探偵譚　松岡圭祐

波照間に戻った凜田莉子と小笠原悠斗を待ち受ける新たな事件。悠斗への想いと自らの進む道を確かめるため、莉子は再び「万能鑑定士Q」として事件に立ち向かい、羽ばたくことができるのか？

万能鑑定士Qの謎解き　松岡圭祐

幾多の人の死なないミステリに挑んできた凜田莉子。彼女が直面した最大の謎は大陸からの複製品の山だった。しかもその製造元、首謀者は不明。仏像、陶器、絵画にまつわる新たな不可解を莉子は解明できるか。

万能鑑定士Qの短編集　Ⅰ　松岡圭祐

一つのエピソードでは物足りない方へ、そしてシリーズ初読の貴方へ送る傑作群！　第1話 凜田莉子登場／第2話 水晶に秘めし詭計／第3話 バスケットの長い旅／第4話 絵画泥棒と添乗員／第5話 長いお別れ。